诺 贝 尔 文 学 奖 获 奖 者 小 说 坊

丛林里的春天

［英］吉卜林（Rudyard Kipling） 著

高畅 译

江苏凤凰文艺出版社
JIANGSU PHOENIX LITERATURE AND
ART PUBLISHING, LTD

图书在版编目（CIP）

丛林里的春天 /（英）吉卜林 (Rudyard Kipling)
著；高畅译．-- 南京：江苏凤凰文艺出版社，2018.8（2024.2重印）
（诺贝尔文学奖获奖者小说坊）
ISBN 978-7-5594-2359-7

Ⅰ．①丛… Ⅱ．①吉… ②高… Ⅲ．①短篇小说—小
说集—英国—近代 Ⅳ．① I561.44

中国版本图书馆 CIP 数据核字 (2018) 第 156840 号

书　　名	丛林里的春天
著　　者	(英) 吉卜林 (Rudyard Kipling)
译　　者	高　畅
责任编辑	王　青
出版发行	江苏凤凰文艺出版社
出版社地址	南京市中央路 165 号，邮编：210009
出版社网址	http://www.jswenyi.com
印　　刷	三河市双升印务有限公司
开　　本	880 × 1230 毫米　1/32
印　　张	7.25
字　　数	166 千字
版　　次	2018 年 8 月第 1 版　2024 年 2 月第 4 次印刷
标准书号	ISBN 978-7-5594-2359-7
定　　价	59.80 元

目　录

丘比特的箭

从前在西姆拉，有一位非常漂亮的姑娘，她的父亲是个清贫而正直的法官。姑娘心眼儿挺好，当然，她对自己的美貌心知肚明，也很清楚该如何加以利用。而她的母亲则和天底下所有的母亲一样，整日为女儿的未来操心。

倘若有这样一个男人，他是专员，又是个单身汉。他的衣服上镶满了各式珠宝，每次进门的时候，他总是走在最前头——除非还有市议员、副总督或者总督在场，那么，此人无疑是个值得考虑的结婚对象。至少太太们这样认为。当时在西姆拉就有这样一个人，他的身份、打扮和前文的描述完全一致，长相倒是不敢恭维——确切地说，他长得奇丑——整个亚洲恐怕只有两个人在他之下。那张脸让人产生一种把它刻在烟斗上的冲动。他名叫萨格特——巴尔·萨格特——安东尼·巴尔·萨格特，后面还要加上一个六个字母的头衔。在工作方面，他是印度政府最出色的成员之一。然而在社交场上，他却像一只阿谀奉承的大猩猩。

当他把目光投向贝顿小姐的时候，我想贝顿太太一定喜极而泣，感谢上天在她晚年时赐予了这样一份礼物。

贝顿先生倒是没发表意见，他是个很随和的人。

专员们清一色全都是有钱人。他们的收入甚至超出了最贪婪的想象——省吃俭用反而成了一件有失身份的事。大多数专员都很吝啬，巴尔·萨格特算是一个例外。他是个典型的享乐主义者，骑着上好的马匹，还常常举办舞会。他是当地有权有势的人物，言行举止颇有一番派头。

值得一提的是，我所叙述的这些统统发生在一个近似史前的时期，地点是大英帝国统治下的印度。或许还有人记得，在草地网球诞生之前，人们一直在玩槌球。更早些时候，请相信我，连槌球都还没有出现，射箭——一八四四年后它又重新在英国兴起——和今天的草地网球一样，成了风靡一时的运动。人们说起射箭来头头是道，什么“握箭”，“放箭”，“箭柱”，“反射弓”，“五十六磅弓”，“背弓”，“自制的紫杉木弓”之类，就像我们现在谈论“连续对打”，“截击”，“扣球”，“回球”，“十六盎司的球拍”那样。

贝顿小姐箭术高超，射程远远超过一般女人的极限——大约六十码——她被公认为西姆拉的头号女射手。男人们都称呼她“塔拉·德维的戴安娜”。

巴尔·萨格特对她大献殷勤，正如我所料，她的母亲心花怒放。基蒂·贝顿本人倒是冷静得很。当然，能让一位有头衔的专员坠入情网，顺带招来一群姑娘的妒忌，总归是件值得骄傲的事。可谁也没法否认，巴尔·萨格特实在丑得出奇。他越是费尽心思打扮自己，就越显得面目可憎。人们管他叫“长尾猴”——那是一种灰色的猿猴——还是有几分道理的。一方面，基蒂希望他拜倒在自己的裙下，另一方面，她更想摆脱他，去和乌巴拉骑兵团那个潇洒放荡的骑兵库伯一同去骑马。这个年轻人长得挺英俊，偏偏没钱又没势。基蒂对库伯一见倾心。而库伯呢，已经完完全全坠入了爱河，并且丝毫不加掩饰，因为他是个率性的小伙子。基蒂一再躲避巴尔·萨格特庄重的求爱，跑去和年轻的库伯待在一起，为此，她常常遭到母亲的责骂。“可是妈妈，”她说，“萨格特先生真的——真的人丑了呀！”

"宝贝儿,"贝顿太太一脸虔诚地说,"人的相貌都是万能的上帝赐予的,谁也没法改变。再说,你将来一定会比妈妈强。你想想看,是不是这个道理?"

基蒂扬起她尖尖的下巴,说了很多顶撞的话,什么地位啊,专员啊,婚姻啊。一旁的贝顿先生摸了摸头顶,他是个很随和的人。

这个季节快要结束的时候,巴尔·萨格特认为时机已成熟,便想出了一招妙计,由此可见他的能耐。他准备组织一场女子射箭比赛,奖品是一只极为奢华的钻石手镯。他还精心制定了比赛条目,人人都看得出,这只镯子是专为贝顿小姐准备的礼物;而接受了这份礼物,就意味着接受了巴尔·萨格特专员的求爱。比赛规定,参赛者要按照西姆拉射箭协会的规则,进行一轮圣伦纳德射击——每人站在六十码开外,一共射三十六箭。

西姆拉的所有居民都受到了邀请。比赛设在安南代尔,也就是现在的大看台所在的位置。雪松下精心摆放着一张张用茶点的桌子。那只钻石手镯单独摆放在一个蓝丝绒匣子里,在阳光下闪耀着夺目的光芒。贝顿小姐显得焦躁不安——简直没有办法安心比赛。到了比赛的那个下午,西姆拉所有的人都骑着马赶到安南代尔,想要见证这场颠覆帕里斯[①]裁决的比赛。基蒂骑着马,和库伯一同来到赛场。小伙子看起来心事重重。他似乎并不清楚将要发生什么。基蒂一脸苍白,神色紧张,她盯着那只镯子看了许久。巴尔·萨格特衣着华丽,看上去比基蒂还要紧张,也显得比平时更加丑陋了。

贝顿夫人的脸庞上挂着高傲的微笑,俨然以未来专员夫人的

---

① 帕里斯:希腊神话中普里阿摩斯和赫卡柏的儿子,裁决了赫拉,雅典娜和阿佛洛狄忒谁是最美的女人,裁决了谁拥有金苹果。

母亲自居。比赛开始了。所有的观众围成了一个半圆形，女士们一个接一个出场了。

没有什么比赛比射箭更加冗长的。她们射啊，射啊，射了一箭又一箭，直到太阳落下山谷，阵阵微风吹拂着雪松林。所有的人都在期待着贝顿小姐射出那胜利的一箭。库伯站在半圆的一端，巴尔·萨格特站在另一端。贝顿小姐最后一个出场。前面的分数普遍都很低。看来，那只镯子和巴尔·萨格特专员本人都非她莫属了。

专员伸出他那高贵的手，亲自为她拉好弓。她上前一步，望了望那只镯子，第一箭射得相当漂亮——正中靶心——九分。

库伯站在左边，脸色发白，巴尔·萨格特露出一抹得意的微笑，那笑容足以吓退几匹马。基蒂看见了他。她转向左前方，朝库伯微微点了点头，准备射第二箭。

我真想把接下来发生的事全都描绘一遍，真是太不可思议了，简直让人大跌眼镜。基蒂小姐从容不迫地把箭搭在弓上，每个人都看得一清二楚。她的箭术相当精准，使用起四十六磅弓来得心应手，堪称一流。只见她瞄准靶牌的四条木腿，连放四箭，接着她又朝靶牌顶端射了一箭。在场的女士们不由得交换了一下眼色。随后，她瞄准靶上的白色区域——也就是一分区——玩起了花样。她朝白色区域射了五箭，射得很漂亮；巴尔·萨格特先生原本以为她会正中靶心赢得手镯，见此情景，顿时脸都绿了。她朝靶的上空放了两箭，接着又是左边——每一箭都是那样地从容不迫。全场鸦雀无声，贝顿太太掏出了手帕。然后，基蒂对着靶前方的地面射了起来，一口气射断了好几支箭。之后她又朝红色区域射了过去，似乎是要证明给人们看，只要她愿意，想射哪儿就能射中哪儿。末了，她将最后几支箭射在了靶柱上，给这场令人惊叹的表演画上了句号。下面是她的得分：

	金	红	蓝	黑	白	靶数	总分
贝顿小姐	1	1	0	0	5	7	21

巴尔·萨格特的脸色难看极了，仿佛那几箭不是射在靶牌柱上，而是扎进了他的腿里。这时，一个塌鼻子、小个头、满脸雀斑的姑娘打破了沉默。她高声叫了起来，带着胜利的喜悦：

“我赢啦！”

贝顿夫人努力克制着自己，可还是当着众人的面哭了。不论她平日里多么矜持，也难以承受这般打击。基蒂利落地松开弓，回到自己的位置上。巴尔·萨格特竭力装出喜悦的样子，把那只镯子套在塌鼻子姑娘又红又粗的手腕上。整个场面很是尴尬——简直尴尬到了极点。观众向外涌去，只剩下基蒂和母亲待在原地。

不过库伯把她带走了，至于后来的事，大抵没什么悬念了。

约尔小姐的马夫

"一旦男女坠入爱河，纵使卡兹出面，也无可奈何。"

——伊斯兰谚语

有人说，印度人不懂得什么是浪漫。这话说得不对。我们的一生从来不乏罗曼史，有时简直多得难以置信。

斯特里克兰在警察局当差。人们都不大理解他，觉得他是个怪人，每次见到他总会躲得远远的。这都要怨斯特里克兰自己。他有个怪癖的理论，认为一名印度警察必须像当地人那样，对当地的情况无所不晓。其实，整个印度北部，只有一个人能够随心所欲地冒充印度教徒、穆斯林、恰马尔[①]或者托钵僧。从古尔·卡瑟里到加玛清真寺，所有人对他又敬又怕。据说他还会隐身术，连魔鬼都要听从他的指挥。可是，他又能从政府那儿得到什么好处呢？他们不会把西姆拉交给他管辖，英国人甚至没有听过他的大名。

斯特里克兰实在是愚蠢至极，竟把此人当作自己的榜样；并且在他那条谬论的指引下，专往一些不体面的地方钻——和下等贱民们混在一起。整整七年，他一直这样督促自己，旁人实在没法理解。他总是和当地人"打成一片"，稍有理智的人都会觉得没

① 恰马尔：（印度从事制革业的）贱民阶层，一种低级印度种姓的成员。

谱儿。他在阿拉哈巴德休假的时候，曾参加过萨巴依教的活动。他会唱萨西斯的《蜥蜴之歌》，还会跳“哈利·哈克”舞，一种令人吃惊的宗教康康舞。倘若一个人对“哈利·哈克”舞了如指掌，知道什么人跳，还知道怎样跳，在什么时候以及什么场合下跳，他大可引以为傲，这说明他已经深入其中了。可斯特里克兰并不感到骄傲。虽然他曾在加戛德里参加过给死牛刷油漆的仪式，这可是任何一个英国人都不曾见过的；他会说昌迦盗匪的黑话；在阿托克附近，他曾独自抓获了一个尤素福察的盗马贼；他还在一座边境附近的清真寺里，以逊尼派穆斯林毛拉[1]的身份主持过法事。

他最了不起的成就还要数在阿姆利则那次。他在巴巴阿塔尔的花园里做了十一天的托钵僧，也就在那时，他发现了著名的纳西谋杀案的线索。对此，人们却毫不客气地指出：“斯特里克兰为什么不能老老实实地待在办公室里，做他的笔记，招募新人，而非要跑去证明他上司的无能呢？”果不其然，纳西谋杀案并没有在局里引起任何反响。他抱怨了一通后，又恢复了爱窥探当地人隐私的毛病。这种怪癖一旦养成，极有可能伴随人一辈子。世上最有趣的事莫过于此，连爱情也无法同它匹敌。每逢休假，别人都会到山区待上十天八天，他则说要去打猎，实则是乔装成某个他感兴趣的人物，然后潜入黑皮肤的人群当中，过几天隐姓埋名的日子。他是个性格安静的年轻人，有着黑皮肤、黑头发以及乌黑的眼睛。当他没在琢磨什么事情的时候，倒也是个不错的伙伴。他谈论起当地的发展问题来总是头头是道。当地人厌恶斯特里克兰，但又惧怕他。因为他知道的秘密实在太多了。

当约尔一家来到驿站时，斯特里克兰郑重地——这是他一贯

① 毛拉：对伊斯兰教教师或领袖的尊称。

的风格——爱上了约尔小姐。用不了多久，她也爱上了他，因为他令她猜不透。斯特里克兰将自己的心意告诉了姑娘的父母；可约尔太太说，她决不会让女儿嫁到整个大英帝国待遇最差的部门里，老约尔则费了一番口舌，说他信不过斯特里克兰的为人，并请求他不要再同女儿联系了。“那好吧。”斯特里克兰只得答应，他不想给心上人带来任何负担。他和约尔小姐长谈了一次，随后，两人就断绝了所有的往来。

四月份，约尔全家搬到西姆拉去了。

七月，斯特里克兰以“紧急私事”为由，请了三个月的假。他锁上了房子的大门——其实就算不锁，也不会有任何人敢碰“斯特里克兰阁下”的财物——然后就前往塔恩·塔兰去探望他的朋友老染匠了。

从那时起，他就从人们的视线中消失了，直到有一天，我在西姆拉的大街上碰到一个马夫，他递给我一张纸条：

亲爱的老朋友：

请帮忙捎一盒方头雪茄烟，交给送信的人——最好是上等的，俱乐部出售的新鲜雪茄。等我下次露面时再把钱还给你。眼下，我要暂时离开一段时间。

E.斯特里克兰

我买了两盒雪茄交给马夫，顺道表达了我的问候。那个马夫不是别人，正是斯特里克兰，老约尔雇用了他，专门负责照顾约尔小姐的马匹。可怜的家伙，他实在太想念英国雪茄的味道了。而且他也知道，在事情结束之前，无论发生了什么，我都会咬紧牙关的。

后来，负责管理用人的约尔太太，每逢串门就会提到，她雇了个模范马夫——此人不论有多忙，从来不会忘记清晨摘一束鲜花放在餐桌上，他还给每个马蹄都搽上黑色鞋油——没错，当真是黑色鞋油——就和伦敦的马夫一个样！在他的精心照料下，约尔小姐的马匹变得精神抖擞。小姐骑马出行时，斯特里克兰——哦不，应该是杜洛——听到她对自己的赞美，就觉得所有的付出都有了回报。约尔夫妇看到女儿已经摆脱了对年轻的斯特里克兰的迷恋，感到很欣慰，直夸她是个懂事的姑娘。

可斯特里克兰却发誓说，当马夫的那两个月里，他的意志经受了前所未有的考验。这期间也发生过一些小的插曲，比如另一个马夫的老婆看上了他，只因为他态度冷漠，差点儿用砒霜把他毒死。除此之外，他不得不忍受别的男人对约尔小姐进行调情，他们一同骑马出行，他驮着毯子跟在后面，他们说的话一字不落地钻进了他的耳朵。不仅如此，他还在剧院的门廊上遭受过警察的谩骂，这当中就有他亲自从伊瑟·让村招来的奈克族警察——最过分的一次，一个年轻的少尉竟然骂他是头猪，只因为他没有及时让路。

不过，凡事有失亦有得。他把马夫的生活习惯及偷盗行为摸得一清二楚。倘若他此次为了公事而来，旁遮普的一半以上的贱民都要定罪。他成了玩骨节的高手，这种游戏在市政厅和欢乐剧院门口的马夫、侍从当中相当流行。他开始抽那种掺了四分之三牛粪的烟草。他聆听了满头白发的市政厅尉官充满智慧的话语。他还目睹了许许多多可笑的事。他以自己的名誉起誓，一个没有当过车夫的人，是无法了解到真实的西姆拉的。他还说，倘若他将自己的所见所闻全部记录下来，准会有人把他的脑袋打开花。

斯特里克兰还提到了雨天他的苦恼：他头上裹着马毯，看着眼前灯火通明的班摩尔酒店，耳畔不断地飘来美妙的音乐，忍不住脚底发痒，想去跳一曲华尔兹。那情景十分可笑。总有一天，斯特里克兰会将这段经历写成一本书。这本书想必值得一读，不过恐怕会被查禁的。

他忠心耿耿地侍候她，一如雅各服侍拉结那样[1]。就在他的假期临近尾声之时，发生了一桩爆炸性的事件。前文曾提到过，别人调戏约尔小姐时，他总是竭尽全力克制自己，可他最终还是爆发了。一位级别很高的老将军领着约尔小姐出去骑马，不一会儿就开始向她调情，嘴上说着“你不过是个小姑娘而已”。这些话着实令人恼火，可作为一个女人，又很难巧妙地回绝。马夫听得清清楚楚，约尔小姐则吓得浑身发颤。斯特里克兰拼命忍耐着，克制着。随后，他抓住将军的缰绳，用流利的英语请他下马，并威胁说要把他丢下悬崖。约尔小姐立刻放声大哭，斯特里克兰意识到自己暴露了，这下一切都完了。

将军勃然大怒。于是，约尔小姐抽抽搭搭地说出了实情：父母是如何反对，他又是如何乔装打扮成马夫等等。斯特里克兰对自己大为恼火，更恼怒将军害他出手。他一言不发，抓住缰绳，准备揍对方一顿以泄怒火。然而，当将军从头到尾听完了整个故事，并知道了斯特里克兰是谁之后，他忍不住开怀大笑，笑得上气不接下气。他说，光凭斯特里克兰愿意披上马毯这一点，就应当给他颁一枚维多利亚十字勋章。随后他把自己骂了一通，并发誓说，要不是因为上了年纪，他真该挨斯特里克兰一顿拳头。他还当着约尔小姐的面夸奖了她的意中人。方才的尴尬全然消失了；

---

① 源自《圣经·创世纪》：雅各对表妹拉结一见钟情，为了娶到她，他答应为舅舅拉班牧羊七年。

他是个挺和善的老头儿，只是稍微有点儿好色。他一边说着，一边又大笑起来，骂老约尔是个傻瓜。斯特里克兰松开手，向这位警察长官提议说，既然他认可两人的关系，不如就帮他们一把。斯特里克兰知道，老约尔从来不会拒绝有头有脸的人。“天啊，这简直像一场四十分钟的闹剧，”将军答道，“不过，这个忙我一定帮，就当是免除我该挨的那顿揍吧。你最好回家一趟，我的马夫——警官，去换一身体面的行头。约尔先生那边就交给我。约尔小姐，你愿意和我一起坐马车回去等消息吗？”

……

大约七八分钟后，俱乐部里爆发了一阵骚动。一个马夫裹着毯子，握着缰绳，见到熟人就问：“看在老天的份上，借给我一套像样的衣服吧！”一开始人们并没有认出他是谁，场面颇有些混乱。后来，斯特里克兰终于洗了个热水澡，还放了点苏打，又东拼西凑借来了衬衫、衣领、裤子等等。就这样，他穿着俱乐部里一半人的衣服，骑着一匹不知从哪儿弄来的小马，朝约尔家飞奔而去。将军穿着一身紫色的细麻布衣服，已经先他一步到达。将军说了些什么，他无从得知。不过老约尔对他的态度还算礼貌，至于约尔太太，早已被杜洛的忠心所打动，几乎称得上和颜悦色了。将军笑容满面，约尔小姐也走了进来。老约尔还没意识到是怎么一回事，“同意”二字就已经说出了口。约尔小姐同斯特里克兰一道出去发电报，让人把他的行头寄过来。在邮局发生了最后一桩窘事：一个陌生人突然拦住了斯特里克兰，要他归还偷走的小马。

最后，斯特里克兰和约尔小姐终成眷属。但是斯特里克兰必须严格遵守约定，戒掉他的怪毛病，按照警察的规矩办事。这样一来，他将来才有希望调到西姆拉任职。斯特里克兰深爱着他的妻子，一直坚守诺言，然而，这对他而言却是残酷的考验，因为那里的每一条街道、每一个集市，甚至连喧闹声都是那样地令人留恋。它们在呼唤他归来，开始新的流浪和探索。将来我自会告诉你，他是怎样为了帮助一个朋友而违背诺言的。不过那是很久以前的事了。如今，他已失去了“打猎”的能力。当地的俗话、乞丐的行话、下层社会的暗语和暗号他全都记不清了。一个人若要掌握这些，必须不断地练习才行。

不过，他的工作倒是完成得相当出色。

莉丝佩斯

为了所谓的神明，你将爱情抛弃，
却又为何向我求情？
管它三位一体，还是一位三体，
我只信奉我的神明，
只有他们能抚慰我的心灵，
再见吧，冷漠的基督和三位一体。

——《皈依者》

她是山里人家的姑娘，父亲名叫索罗，母亲叫贾德。有一年玉米歉收，而他们唯一的罂粟地——位于萨特累季河谷上方，靠近科特加——每晚又被两头熊占领。于是，在下一个季节到来之时，他们决定皈依基督教，并让刚出生的婴儿接受了洗礼。科特加牧师给婴儿取名“伊丽莎白”，在帕哈里语[①]中读作“莉丝佩斯”，意思是“大山”。

后来，霍乱入侵科特加谷，索罗和贾德未能躲过一劫。莉丝佩斯被当时的科特加牧师收留，成了他妻子的仆人和伙伴。后来，摩拉维亚[②]的传教士统治已经告一段落，科特加人却依然对这

① 帕哈里语：印欧语系的分支，多用于喜马拉雅山区。

② 摩拉维亚：位于捷克东部的一个地区。

位“北山小姐”记忆犹新。

究竟是基督教净化了莉丝佩斯，还是不论身处何种环境，她始终受到本族神灵的庇护，我们无从知晓；然而她一天天出落得美丽可爱。山里有个漂亮的姑娘，哪怕赶五十英里路去也要一睹她的容颜。莉丝佩斯长着一张酷似希腊人的脸庞——通常只在画中才能见到。她的皮肤如同象牙般白皙，一双眼睛十分迷人，个头在本族人当中算是高挑的。若非待在传教区，整天穿着难看的印花衣裳，你见到她的时候，没准会把她当成出门狩猎的狄安娜[①]呢。

莉丝佩斯是个虔诚的基督徒，她成年以后，并没有像一些山区姑娘那样放弃自己的信仰。同族的人都不喜欢她，说她像个“梅姆萨赫伯”[②]似的整天洗澡。牧师的妻子也拿她毫无办法。无论如何，总不能让一个高贵的女神——一百七十公分的个子——去清洗碗碟吧。她和牧师的孩子们一起玩耍，上主日学校，读遍家中所有的书。她出落得越发美丽动人，犹如童话里的公主。牧师的妻子说，这姑娘应当上西姆拉去，谋个诸如护士一类的体面职业。可莉丝佩斯并没有这个打算，她很享受现在的生活。

每逢有游客——那个时候并不多——来到科特加时，莉丝佩斯总会把自己锁在屋子里，生怕他们把她带到西姆拉，或者某个陌生的世界里去。

那是在她年满十七岁后的几个月，有一天她外出散步。她散步的方式与那些英国小姐们不大一样——她们总是走上一英里半的路，然后坐车回来。她则在科特加和纳坤达之间来来回回地

① 狄安娜：罗马神话中的月亮和狩猎女神。

② Memsahib：太太，旧时印度对欧洲已婚妇女的尊称。

走，足足能走二三十英里。这一天她直到太阳下山才露面，怀里抱着一团沉甸甸的东西。穿过一段陡峭的下坡路，回到了科特加。牧师的妻子正在起居室里打盹儿，莉丝佩斯气喘吁吁走了进来，看上去已经筋疲力尽了。她把怀里的东西往沙发上一丢，简短地说：

“这是我的丈夫。我在巴基路上发现了他，他受伤了。我们得照顾他，等他伤好了，就让你丈夫做主给我们完婚。”

这是莉丝佩斯头一次提起自己的婚姻大事，牧师的妻子吓得尖叫起来。不过，当务之急是照顾沙发上的人。他是个年轻的英国男子，头骨被锋利的东西刺穿了。莉丝佩斯说，她是在悬崖下面找到他的。他的呼吸不太均匀，整个人失去了知觉。

牧师懂得一点医术，他把病人放在床上进行医治。莉丝佩斯守在房门外，或许需要她的帮忙。她对牧师说，她打算嫁给这个男人，结果遭到了夫妇俩的严厉训斥，说她这么做实在有失体面。莉丝佩斯平静地听完，又把先前的话重复了一遍。一见钟情是东方人的原始本能，除非对基督教怀有强烈的信念，否则很难打消这个念头。莉丝佩斯却认为，既然她找到了自己心爱的人，那就没有理由保持沉默。她并不想被驱逐出去。她只想照顾这个英国人，等他痊愈后和他结婚。这就是她的小小计划。

度过了两周的低烧和炎症后，英国人的状况有所好转。他向牧师夫妇和莉丝佩斯表示感谢，多亏了他们的悉心照料。他说自己是个到东方来的游客——那时候还没有“环球游客”这个词，P. & O.也只是一支刚成立的小船队——他原本待在台拉登，是专门来西姆拉山里寻找植物和蝴蝶的。这儿没有人认得他。他猜测自己大概是踩到了某根被蕨类植物覆盖住的枯树干，才会跌下悬崖，行李也被苦力[①]偷走了。他打算等身体恢复一些就回到西姆拉去，不再继续登山了。

他并不急于离开这里，身体恢复得很慢。牧师夫妻俩怎么劝莉丝佩斯都没有用，妻子只好去找英国人，把莉丝佩斯的想法告诉了他。他听了哈哈大笑，说这是一件挺有趣、挺浪漫的事，像是喜马拉雅山区一首美妙的田园诗。不过，他在国内已经订了婚，因而并没有把这当一回事。他的言行举止总是十分谨慎。当他恢复得差不多，可以四处走动时，他越发觉得和莉丝佩斯谈心、散步是件很享受的事情。他对她温柔有加，还亲昵地称呼她的小名。在他眼里，这些压根不算什么，可对莉丝佩斯来说却意味着整个世界。这两个星期她过得很快乐，因为她找到了心爱的人。

她天生就有一股野性，对自己的感情丝毫不加隐藏，英国人则感到好笑。他离开的时候，莉丝佩斯送他翻过山，一直送到纳坤达，心里感到无比难过。牧师的妻子是个虔诚的基督教徒，看不惯任何出格的举动——莉丝佩斯的行为已经超出了她的容忍限度——她让英国人安慰一下莉丝佩斯，说他还会回来娶她。"你知道，她不过是个孩子。我担心她骨子里还是个异教徒呢。"牧师妻子这样说。因此，当他们走过那十二里山路时，英国人一直搂着莉丝佩斯的腰，并许诺一定回来娶她。莉丝佩斯再三要他保证。她站在纳坤达山脊上哭泣，目送他的背影消失在马第安尼路上。

送走他后，她擦干了眼泪，回到科特加，对牧师的妻子说："他会回来娶我的。他现在只是回到族人那儿，把这个消息告诉他们而已。"牧师妻子也安慰莉丝佩斯说："他会回来的。"两个月过去

① 苦力：音译为coolie，指廉价雇佣的东方劳动力。

了，她开始有些焦躁不安。别人告诉她，他已经飘洋过海回到英国了。她学过一点儿地理，知道英国在哪儿。然而作为一个山里的姑娘，她的脑中完全没有关于“海”的印象。她记得小时候曾在牧师家里玩过一组拼图，刚巧是一幅世界地图。于是，她翻箱倒柜地找了出来，花了好几个晚上的工夫把它们拼好。她一边流泪，一边猜测她的爱人此时身在何方。她没有距离的概念，没见过轮船的样子，就连仅有的那一点知识也不大正确。即便是正确的，又有什么意义呢，因为那个英国人压根没打算娶个山里丫头回来。他在阿萨姆邦捕捉蝴蝶时，就已经把她抛在了脑后。后来他还写了一本关于东方见闻的书，里面只字未提莉丝佩斯。

三个月过去了，莉丝佩斯每天都要去一趟纳坤达，期待她的心上人会沿着那条路走过来。这给她带来了些许安慰。牧师的妻子见她情绪不错，还以为她已经摒弃了那种“最荒唐、最没有教养的愚蠢行为”。没过多久，就连散步也失去了作用，她的脾气变得越来越坏。牧师的妻子认为，是时候让她知道事情的真相了——英国人说爱她，不过是为了让她安心——他根本没有这个意思，而莉丝佩斯想要嫁给一个英国人，是“不合规矩、不体面的”，他是上等人，而且已经和别的姑娘有了婚约。莉丝佩斯无论如何也不肯相信，因为他曾亲口说他爱她，而且牧师的妻子自己也说过，他会回来的。

“既然你们俩都这样说，又怎么会是假的呢？”莉丝佩斯质问。

“我们当初那样说，只是想让你安心罢了，孩子。”牧师的妻子答道。

“这么说，你们骗了我，”莉丝佩斯说，“你和他都是在骗我？”

牧师的妻子垂着头，一言不发。莉丝佩斯也沉默了片刻，随后她便站起身，朝山谷下方走去。不一会儿她回来了，又换成了那一身山姑娘的打扮——衣裳脏兮兮的，没带鼻环和耳环，头发编成一根长辫子，用黑线扎着，像个地道的山里女人。

“我要回到我的族人那里，”她说，“莉丝佩斯已经被你们杀死了，现在只剩下老贾德的女儿——一个帕哈里姑娘，塔卡·德维家的女仆。你们这些英国人，你们全都是骗子。”

牧师的妻子还未从震惊中缓过来，莉丝佩斯已经离开了，她要重新皈依母亲的信仰。从那之后，她再也没有回来过。

她努力使自己亲近那些脏兮兮的当地人，仿佛是为了弥补这些年来的缺憾。没过多久，她便嫁给了一个樵夫，他和别的帕哈里人一样爱打老婆，很快她的美貌就凋零了。

“异教徒的古怪行为，你永远也没法理解，”牧师的妻子说，“我认为，莉丝佩斯骨子里始终是个异教徒。”当然，这并不是件光彩的事，毕竟莉丝佩斯刚满五个星期就接受了教会的洗礼。

莉丝佩斯去世时，已经是个老妇人了。她的英语一直很流利。在她喝醉的时候，人们还能从她口中套出关于她初恋的故事。

你恐怕很难相信，眼前这个两眼昏花、满脸皱纹、犹如一束烧焦了的破布的人，竟是当年那个“科特加教区的莉丝佩斯”。

没有教会赦免权的情侣

秋去春来，我已收获硕果累累，
秋未走远，田野又回朴实平白，
我的悲哀，感动了时间，吐露心田。
年年岁岁，花开花落，
岁岁年年，瞬息万变。
他们看见日升，我却看见日落，
怪我太聪明，不该知道这么多。

——《心含苦水》

I

“那万一是个女孩呢？”

“我的老爷，不会有万一的。看在我每晚都祷告，又给巴德族长送去那么多祭品的份上，老天爷一定会赐我们一个儿子的——一个男孩，将来就是个男子汉。想想看，这是一件多么高兴的事啊。我的母亲会帮我照顾他，直到我能独自抚养他为止。还要请巴坦清真寺的毛拉算一算——上帝保佑，他可要挑个吉利的时辰出生！——从此以后，你就再也不会对我，对你的奴隶感到厌倦了。”

“你何时变成了奴隶，我的女王？”

“打从一开始就是，直到上天赐给我这个宝贝。既然我是你用银子买回来的，我又怎敢指望你爱我呢？”

“不不，那是聘礼，是给你母亲的。”

“她把银子全埋了起来，整天像只抱窝的母鸡似的坐在上面。什么聘礼不聘礼的，你就像买一个勒克瑙的舞女一样把我买了回来，而不是买一个孩子。”

“那么，你后悔这桩买卖了？”

“以前是委屈过，不过现在我很快乐。你不会不爱我的——对吗，我的陛下？”

“不，不会的，永远也不会。”

“要是有‘梅姆·罗格’[1]——和你一样的白种女人爱上你呢？我经常看见这些女人傍晚的时候驾车出行；她们的皮肤可白了。”

“我看过上百个热气球，可自打见了月亮之后，我的眼里再也容不下任何热气球了。”

阿米拉边拍巴掌边笑道：“你可真会说话，”她摆出一副高高在上的姿态，“好了，我准许你现在离开——只要你想走。”

男人并没有起身。他坐在一张红漆躺椅上，房间里铺着蓝白相间的地毯和几块小垫子，还有一整套当地产的坐垫。一个十六岁的女子坐在他的脚旁，她就是他的整个世界。无论从哪点来看，她实在不配拥有这份宠爱。因为他是英国人，而她只是一个穆斯林的女儿。两年前，母亲因为手头缺钱把她给卖了。只要对方肯出价，就算是撒旦，母亲也会把哭嚷的阿米拉送到他手里。

当初签下契约的时候，约翰·霍尔顿并没有太当一回事。然

---

① 印度人对白人妇女的称呼。

而渐渐地，这个含苞待放的少女却占据了他的心。他为母女俩——母亲是个十瘪的老人婆——租下了一栋小房子，刚好俯视这座红墙筑起的城市。院子里的金盏花盛开之时，阿米拉已经舒舒服服地安顿了下来，母亲也不再因厨房太小，集市太远，以及各种家务琐事抱怨个没完。小房子俨然成了他的第二个家。他那间单身平房，不论白天黑夜都有人出入，日子过得不大称心。在小房子里，他一抬脚就迈进了女人的房间。闩上那扇木头大门，里面就是他的王国。如今这片王国就要迎来一名新成员了，霍尔顿感到一丝不快，似乎他的到来打破了属于他的完美幸福和安宁。阿米拉却欣喜若狂，那股兴奋劲儿丝毫不亚于她的母亲。两个女人都认为，男人的爱情，尤其是一个白种男人，不过是逢场作戏罢了。不过一旦有了孩子，就有可能抓住他的心。"这样一来，"阿米拉总是说，"他的眼里就再也没有白皮肤的'梅姆·罗格'了。我讨厌那些女人，我讨厌她们。"

"他早晚会回到自己人当中，"母亲说，"不过，上帝保佑，那一天还早着呢。"

霍尔顿静静地坐在沙发上思量着未来，他的心情并不轻松。这种双重生活带来了诸多恶果。他很不幸地被当局选中，要去顶替一个请假照顾生病妻子的人。别人把这个消息告诉他时，顺带还安慰了一句，说他应当庆幸自己是个单身汉，没有什么牵挂。现在，他不得不把这个消息告诉阿米拉。

"这可不是个好消息，"她缓缓地说，"不过也不至于太糟。有妈妈在这儿陪着，不会有什么事的——除非我高兴得一命呜呼了。你安心去工作吧，别胡思乱想。等到你回来的那一天，我想……不，我敢肯定。我会亲手把他放进你的怀里，你也会永远爱我的。是今晚的火车吗？快去吧，别为我担心。对了，工作结束之后，你会尽快赶回来吧？可不要在路上停留，和白皮肤的'梅姆·罗格'搭讪什么的。早点回到我身边来，亲爱的。”

他走到院子外面，去牵拴在门柱上的马。霍尔顿把一封写好的电报交给看门的老头儿，并嘱咐说，万一发生了什么意外，就发电报给他。他能做的就只有这些了。夜里，他怀着沉重的心情踏上了远行的火车，简直像是要参加自己的葬礼。白天他时刻担心会收到那封电报，到了晚上，他只要一合上眼，脑中就会浮现出阿米拉死去的情形。这样一来他便无法专心投入工作，脾气也不大友善。两个星期过去了，家里没有任何音讯。霍尔顿心急如焚，坐立不安。好不容易盼到回来，却又不得不去参加俱乐部举行的晚宴，耽误了他两个小时的宝贵时间。席间他整个人神情恍惚，隐隐地听到有人告诉他，他是怎样搞砸了别人交代的任务，又是多么地招同事们的喜爱。晚宴结束后，他忐忑不安地上了马，在黑暗中飞奔而去。他用力地敲了敲大门，起初没有人回应，他正要命令马儿把门踢开时，皮尔汗提着一盏灯出来了，及时拽住了缰绳。

“出了什么事？”霍尔顿问。

“这种事情不该由我来宣布，穷人的守护者啊，不过——”他伸出一只颤巍巍的手，意思很明显，汇报好消息是要得到报酬的。

霍尔顿急匆匆地穿过院子，楼上的房间亮着灯。马在大门口嘶叫着。他听到了一声微弱的哭啼，血液顿时涌进了喉咙。那是新生儿的声音，可这并不代表阿米拉还好好地活着。

“谁在屋里？”他站在砖砌成的窄楼梯下面，朝上面喊道。

阿米拉发出一声喜悦的呼唤，她的母亲回答了他，声音骄傲得有些颤抖：“这儿有两个女人——还有——一个男人——你的儿子。”

霍尔顿三两步冲进房间。地上放着一把出鞘的匕首，专门用来辟邪，竟被他一脚踩断了。

“感谢上帝！”阿米拉的声音在昏暗中响起，“你替他扛下了所有的灾祸。”

“啊，你怎么样了，我亲爱的？老太太，她的情况如何？”

“她实在太激动了，甚至忘了生孩子所遭的罪。好在没什么大碍，你说话声音得轻点儿。”母亲答道。

“只要有你在，我就会没事的，”阿米拉说，“我的陛下，你离开了那么久，给我带了什么礼物吗？啊哈，这回我可为你准备了礼物。你瞧，亲爱的，瞧瞧，见过这样的小宝贝吗？哦，我太虚弱了，连把手臂拿开的力气都没有。”

“那就好好休息，别说话。我在这儿呢，巴恰里（小妻子）。”

“说的对。现在我们俩之间有了一条纽带，一根绊马索，谁也不能把它割断。你看——灯光下看得清吗？他是多么完美啊，一丁点儿瑕疵都没有。从来没见过这么漂亮的男孩子。他将来会成为一个有学问的人——不，也可能是女王的骑兵。啊，亲爱的，我现在既虚弱又憔悴，你还那样爱我吗？告诉我实话。”

“当然，我还像往常一样爱你，全心全意地爱你。快躺下吧，宝贝儿，你需要休息。”

“不要走开，坐在我旁边——妈妈，给这座房子的主人拿一个坐垫来。”阿米拉臂弯里的婴儿轻微地动了动。“嗬！”她用充满母性的声音说，“这小宝宝一生下来就是个冠军，他正使劲儿踢我的腰哩。你见过这样的宝贝吗？他是属于我们的——属于你和我两个人。来，把手搁在他的头上，小心点儿，他那么小，你们男人干这些事总是毛手毛脚的。”

霍尔顿小心翼翼地，用指尖触了触那长着茸毛的小脑袋。

“他还是个虔诚的教徒呢，”阿米拉说，“每晚我躺下后，都会在他耳边小声地念诵祈祷文和信条。他竟然和我一样出生在星期五，多么神奇啊。小心点儿，亲爱的。他现在差不多可以用手抓东西了。”

霍尔顿感到一只软弱无力的小手攥住了他的手指。一股暖流涌遍全身，涌进了他的心头。原本他的心里只有阿米拉一个。现在他逐渐地意识到，在这世上还有另一个人，尽管他还是有点无法接受，这个有血有肉的小生命竟是自己的儿子。他坐下来，陷入了沉思。阿米拉轻轻地打起盹儿。

“趁现在走吧，先生，”她的母亲悄声说道，“别让她醒来时看见你在这儿。她需要安静。”

“我这就走，”霍尔顿听从她的话。“拿着这些卢比，需要什么就去买，把我的小宝贝喂得白白胖胖的。”

银币的叮当声弄醒了阿米拉。“我是他母亲，不是雇来的用人，”她有气无力地说，“难道我会因为钱少就不好好待他？妈妈，别拿他的钱。我为我的陛下生了个儿子。”

阿米拉实在太虚弱了，一句话还没说完，便又昏昏沉沉地睡了过去。霍尔顿轻手轻脚地来到院子里，不由得舒了口气。看门人老皮尔汗咯咯地笑了起来，“这个家总算是完整了。”随后，他不由分说地将一把带柄的旧军刀塞给霍尔顿，那是皮尔汗担任皇家警卫时佩戴过的。井边拴着一头山羊，正咩咩地叫唤着。

“那边有两头呢，”皮尔汗说，“都是上好的山羊，我可是花了大价钱买回来的。既然没有庆生宴会，这些羊的肉就归我吧。刺的时候要格外当心，先生！这把刀有点儿不大稳，等它们吃完草抬起头来，你就一刀刺下去。”

“这是干什么？”霍尔顿不解地问。

“这还用问，当然是庆生祭典啊。不然孩子得不到庇护，就会性命难保。作为穷人的保护者，你应该知道怎么说祭词吧？”

霍尔顿倒是学过一点，可他从没想到，有一天自己会以这样的身份说出来。他握着冰冷的军刀，却想到了楼上婴儿柔弱的小手——那是他的亲生儿子——他的心头不由得泛起一阵恐慌。

“快扎呀！”皮尔汗催促道。“不管怎样，一个生命的诞生总要以另一条命为代价的。快看，山羊抬起头了，趁现在，瞅准了刺下去，再用力一抽！”

霍尔顿已经意识不到自己在做什么了。他嘴里喃喃地念着：“万能的主啊！我以我儿的名义，愿以生命换取生命，鲜血换取鲜血，头颅换取头颅，骨骼换取骨骼，毛发换取毛发，皮肤换取皮肤。”等候已久的马儿似乎嗅到了主人靴子上鲜血的味道，不停地打着响鼻，在栅栏里上蹿下跳。

“干得漂亮！”皮尔汗边擦军刀边说。“您不去当剑客真是可惜。现在您可以安心地走了，高贵的主人。我是您忠实的仆人，也是您儿子的仆人。愿他活到一千岁……那么，这些山羊肉全部归我了？”皮尔汗退了下去，这笔赏赐不亚于他一个月的薪水。霍尔顿跨上马背，穿过丛林上方的雾霭，消失在夜色之中。他时而满心欢喜，时而又莫名地充满柔情。他伏在躁动不安的马儿身上，几乎喘不过气来。“我这辈子从没这么激动过，”他想，“我得到俱乐部去，让自己平静一下。”

一局撞球游戏才刚刚开始，屋里挤满了男人。霍尔顿走了进去。他迫不及待地想要吸引同伴的注意，于是高声唱道：

> 我在巴尔的摩散步，
> 邂逅了一位女士。

“真的吗?”俱乐部秘书的声音从角落里传来。“难道她没告诉你,你的靴子全湿了?我的天啊,伙计,那是血!”

“胡说!”霍尔顿从衣帽架上取下他的球杆,“我可以参加吗?那只是露水而已。我骑着马穿过一大片农田,老天,把我的靴子弄得一塌糊涂。”

如果是个女孩,她会戴上结婚戒指,
如果是个男孩,他会为国王而战,
他佩着短剑,头戴军帽,身穿蓝色的军衣,
走在军队的码头上——

“蓝和黄,下一个是绿色,”记分员机械地汇报着。

“他走在军队的码头上——绿色是我的吧?他走在军队的码头上——唉!这一球没打好——爸爸总是笨手笨脚的!”

“我看不出,有什么事值得你这样高兴,”说话的是个心直口快的年轻职员,语气颇有些尖酸,“你接替桑德斯的这段时间,上头对你的表现可不大满意啊。”

“你是说,他们准备训我一顿吗?”霍尔顿露出一个心不在焉的微笑,“这个我能受得了。”

谈话的内容再次转向了工作——一个永远也说不尽的话题,霍尔顿渐渐地平静下来。当他再次回到那间又黑又空的平房时,仆人正在那儿等候着他,似乎已经知道了一切。霍尔顿辗转反侧,快到天亮才合眼,他做了个很美的梦。

Ⅱ

“他多大了?”

“唉呀！只有你们男人才会问这种问题！他已经整整六周啦;亲爱的,今晚我要和你去房顶上数星星。这是为了图个吉利。他出生的那天刚好是星期五,又是在太阳的吉兆下。别人告诉我,这孩子的寿命比咱俩都长,将来会大有出息的。我们还有什么不满足的呢,亲爱的?”

“的确满足了。我们去屋顶上吧,你可以数星星——不过今天云很多,只能看见几颗星星。”

“冬天的雨水总是来得很晚,有时候甚至不分季节。来吧,趁着星星还没有完全消失。我已经戴上了我最贵重的珠宝。”

“可是你忘记了最最宝贵的一样东西。”

“嗬！还有我们的儿子,他也要一起去。他还从没见过外面的天空呢。”

阿米拉顺着狭窄的楼梯爬上屋顶。婴儿眼睛一眨不眨,安安静静地躺在她的手臂里。他穿着精致的镶了银边的细布衣服,头上戴着一顶小帽。阿米拉也戴上了她最贵重的首饰:一副钻石鼻扣勾勒出她鼻孔的线条,一枚金坠子垂在前额,上面镶着水滴状的绿宝石和带有纹理的红宝石,纯金项圈紧紧地贴着她的颈部,银质脚链在她红润的脚踝处叮当作响。她的打扮颇符合教徒的身份,一身翠绿色的薄纱衣裳,从肩膀到胳膊,再到手腕,用绣花丝线系着一排银镯子。一串精致的玻璃镯子从她的腕间垂落,格外衬托出手腕的纤细。还有几只沉甸甸的金镯子,那不是他们的民族饰物,而是霍尔顿送她的礼物,还用一枚精巧的欧式扣子扣了起来，她自然十分钟爱。

他们来到屋顶，在低矮的白色护栏上坐了下来，俯瞰着整座城市的灯火。

“生活在下面的人是幸福的，”阿米拉说，“不过要我说，他们一定没有我们幸福，就连那些白人‘梅姆·罗格’也不能和我们比。你说对吗？”

“她们并不幸福。”

“你怎么知道？”

“她们总是把孩子交给保姆。”

“这我倒没见过，”阿米拉叹了一声，“也永远不想见到。唉！”她把头靠在霍尔顿肩上，“我数了四十颗星，有点累了。你瞧，亲爱的，我们的宝贝也在数星星呢。”

婴儿睁大了眼睛，望着漆黑的天空。阿米拉将他放进霍尔顿怀里，他安安静静地躺在那儿。

“我们给孩子取个什么名字呢？”她说。“瞧你，还没看够吗？他的眼睛和你一模一样，不过嘴巴……”

“嘴巴像你，亲爱的。有谁比我更清楚呢？”

“他的嘴唇多么软弱啊！这么娇小的两片唇，却把我的心牢牢地拴住了。让我抱抱他吧，他离开我够久了。”

“不，就这样挺好，他这会儿还没开始哭呢。”

“等到他哭的时候，就把他还给我——好吗？你真是个大丈夫！他一哭，我就觉得他更需要我。可是，亲爱的，我们给他取什么小名呢？”

婴儿幼小的身体紧紧地贴着霍尔顿的胸膛，他是那么柔软，那么娇弱。霍尔顿连大气都不敢出，生怕一不小心压着他。笼子里关着一只绿鹦鹉——当地人都把鹦鹉当作家中的守护神——

它在架子上来回走动着，无精打采地扇着翅膀。

“有了，”霍尔顿说，“米安·米图说话了。就叫他鹦鹉吧。等他长大一点，就会不停地说话，还会到处乱跑。在你们——在穆斯林的语言里，米安·米图就是鹦鹉的意思，对吗？”

“干嘛扯这么远？”阿米拉有点不耐烦。“就给他起个英国人的名字吧——英国味儿也别太重。毕竟他是我的儿子。”

“那就叫他‘托塔’吧，一听就像是英国人。”

“哦，托塔，还是鹦鹉的意思。请原谅我刚才的态度，我的老爷，可他这么小，实在承受不起米安·米图这样的名字。就叫他托塔吧——我们的托塔。听见了吗，小东西？小宝贝儿，你就是托塔。”她抚摸着婴儿的脸颊说。婴儿醒了，开始放声大哭，只好把他送回母亲怀里。她唱了一首动听的乌鸦摇篮曲，歌词是这样的：

乌鸦啊！请你快快飞走！宝贝还在睡梦中，
丛林里到处是野果，一便士就能买一磅。
一便士就能买一磅，呦嗬，一便士就能买一磅。

她一遍遍地重复着野果的价钱，直到托塔蜷缩成一团，再次进入了梦乡。院子里，两头光滑的白色小水牛正反刍着他们的晚餐。老皮尔汗蹲在霍尔顿的马前，军刀放在膝上，他正慵懒地抽着一只大水烟袋，发出吧嗒吧嗒的声响，像是池塘里的牛蛙在叫。阿米拉的母亲坐在楼下的走廊里纺线，木头大门已经关好，上了门闩。屋顶上空飘来一阵欢快的旋律，盖过了城市的喧嚣，那是一支婚礼队伍的奏乐。月亮低低地悬在半空，隐约可见一行蝙蝠飞过的身影。

“我祈求，”一阵长长的沉默后，阿米拉开了口，“我只祈求两件事：一是倘若你性命不保，我愿替你去死。另一件是，我愿替孩子去死。我已经把我的愿望告诉了先知和比比·米里亚姆（圣母玛利亚）。你说，他们会听见吗？”

“只要是从你嘴里说出来的，有谁会听不见呢？”

“我是认真的，别拿这些好听的话来敷衍我。他们会听到我的祈祷吗？”

“我只能说，上帝是仁慈的。”

“这很难说。我问你，倘若我死了，或者孩子死了，你会怎么做？只要你还活着，你就一定会回到那些无耻的白人‘梅姆·罗格’当中，同类总是会互相吸引的。”

“这倒也不一定。”

“对于女人来说不一定，可男人就另当别论了。迟早有一天，你会回到你们的世界里。我不必忍受这样的痛苦，因为我已先你而死。可倘若你先死了，你就会被带到一个陌生的地方，一个我所不知道的天堂里去。”

“为什么是天堂呢？”

“当然，谁会伤害你？可我们母子俩——我和孩子——一定是在别的地方，我们不能去你那儿，你也不能来到我们这里。孩子出生之前，我并没有想到这个问题；现在我常常会想，越想越觉得不是滋味。”

“该来的总会来。我们无法预知明天会发生什么，可是我们还有今天，并且还相爱着。至少我们现在是幸福的。”

“所以才要维护这份幸福。你们的圣母玛利亚应当听到我的祈祷；因为她也是女人。不过她一定会羡慕我！男人们居然这样崇拜一个女人，有点不大合适。”

听到阿米拉的话里带着醋意，霍尔顿忍不住放声大笑。

“怎么不合适？我崇拜你，你为何不拒绝呢？”

“你会崇拜我？我的陛下，不管你怎样甜言蜜语，我始终是你的仆人，你的奴隶，你脚下的尘土。喏，这是我心甘情愿的。”

霍尔顿还没反应过来，她已经弯下身子，碰了碰他的脚；她站起身，轻轻一笑，将托塔紧紧地搂在胸前。随后，她恨恨地说：

“听说那些白人‘梅姆·罗格’的寿命是我们的三倍？还听说她们只有变成了老太婆才会结婚，这是真的吗？”

“她们和别人一样——等到成年就可以结婚了。”

“我知道，可是她们二十五岁才结婚，真的吗？”

“真的。”

“天哪！二十五岁！女人一过十八岁就没人要了，她就是个成年女人，而且每时每刻都在变老。二十五岁！二十五岁时我已经是个老太婆了，可是她们——那些‘梅姆·罗格’永远那么年轻。真是讨厌极了！”

“这和我们有什么关系？”

“我说不出。我只知道这世上或许有个比我大十岁的女人，十年后，等我成了满头白发的老太婆，成了帮托塔照顾儿子的保姆时，她就会来到你身边，夺走你的爱。这不公平，这太可怕了。她们也应当死去。”

“你怎么像个孩子似的，看来我得把你抱下楼才行。”

“托塔！当心还有托塔呢，我的老爷！你也好不到哪儿去，傻得像个孩子！”阿米拉忙接过托塔，贴在自己的脖子前，一边笑着，一边被霍尔顿抱下楼梯，托塔也睁开了眼睛，像个纯洁的小天使那样笑了。

他是个挺安静的孩子，霍尔顿还没有察觉到，他就已经长大了，长成了一个金色的神。在这座立于城市之上的房子里，他成了绝对的统治者。这几个月是霍尔顿和阿米拉最幸福的时刻——一种与世隔绝的幸福。那扇木门紧紧地闭着，有皮尔汗为他们把守。白天，霍尔顿一边工作，一边在心里同情那些不如他幸运的人。他开始对小孩产生了兴趣，这让许多母亲感到既惊奇又好笑。晚上他回到阿米拉身边，阿米拉总会告诉他，托塔又有哪些神奇的举动；比如他会拍手，还会有意识地活动手指——简直是个奇迹——后来，他甚至能独自从小床爬到地板上，摇摇晃晃地站起来，站了足足有三口气那么久。

“很长的三口气呢，我高兴得心脏都要停止跳动了。”阿米拉说。

不久，托塔又让动物们加入了他的议会——几头水牛，小巧的灰松鼠，住在井边洞里的一只猫鼬，还有那只鹦鹉，米安·米图，他总是用力地揪它的尾巴，揪得它不住地尖叫，直到阿米拉和霍尔顿赶来。

“你这坏蛋！哪来这么大的力气！怎么可以这样对待屋顶上的伙伴呢！托塔，托塔！呸！呸！不过我有个绝招，能把他变成苏莱曼和阿夫顿(所罗门和柏拉图)那样绝顶聪明的人。看我的。”阿米拉一边说，一边从绣花口袋里掏出一把杏仁。“来，我们数出七颗，以上帝的名义！”

她把怒气冲天、羽毛凌乱的米安·米图放到笼子上面。自己则坐在鸟儿和孩子之间，剥了一颗杏仁——那杏仁显然不及她的牙齿白。“这是个绝妙的法子，亲爱的，不要笑，等着看好戏吧。我给鹦鹉半颗杏仁，另外半颗给托塔。”米安·米图小心翼翼从阿米拉唇边接过杏仁，阿米拉又用嘴唇把另一半喂给婴儿，他睁着好奇的大眼睛，慢慢地吞了下去。“这样一连做七天，他就会成为一个英明勇敢的议长。嘿，托塔，等你长大了，我的头发也白了，你想做什么呢?”托塔蜷缩着肉乎乎的小腿，露出一道道褶子，看起来可爱极了。他现在会爬了，他可不愿将大好春光浪费在闲聊上。他还要继续揪米安·米图的尾巴呢。

等到他再大一些，就到了佩戴银带子的年龄——银带子上刻有一个魔方图案，挂在他的脖子上，除此之外他就没穿别的了——他摇摇晃晃地走进皮尔汗的花园里，愿意用自己的所有宝物作为交换，只为骑一会儿霍尔顿的马。这一招是他看见外婆在走廊上和小贩讨价还价学会的。皮尔汗流下了眼泪，把孩子幼嫩的小脚放在自己长满白发的脑袋上，表示愿意效忠于他。随后，他把这位勇敢的冒险家送回了他母亲的怀抱，并发誓说，在托塔的胡子长出来之前，他就会成为一名了不起的领袖的。

一个炎热的晚上，托塔坐在父母中间，在屋顶上观看城里的孩子们放风筝，不停地用风筝打仗。于是他也要一只风筝，还要求皮尔汗帮他放，因为他害怕这个比自己体积还大的玩意儿。霍尔顿管他叫“花花公子”，这个刚刚有人格意识的小家伙，立刻站了起来，一字一句地说：“我不是花花公子，我是男子汉。”

这一声抗议让霍尔顿差点儿噎着，他开始认真地考虑托塔的未来。其实他压根不用考虑。这条小生命带来的幸福太完美，也太短暂了。他就这样被夺走了，毫无征兆地，就像印度许许多多的事情一样。家里的小少爷——皮尔汗这样称呼他——整个儿蔫了下来，抱怨说浑身都痛，他甚至还不知道疼痛是什么。阿米拉急得快要疯了，整夜守着他。第二天天亮时，他已经被高烧折磨得奄奄一息——这是一种季节性的热疾。谁都没有想到他会死去，阿米拉和霍尔顿死活不肯相信，躺在床上的竟是一具冰冷的小尸体。阿米拉拼命地用头撞墙，试图跳进院子里的那口井，霍尔顿费了好大的劲儿才把她拉住。

唯一令霍尔顿安慰的是，白天他回到办公室后，还有许多重要的信件在等待他处理，迫使他全神贯注。然而，他丝毫没有体会到上天对他的仁慈。

Ⅲ

被一颗子弹击中的感觉起初并不明显，大约十秒、十五秒之后，受伤的身体才会向灵魂发出抗议。霍尔顿慢慢地察觉到了这种痛苦，正如当初他缓慢地察觉到自己的幸福，又意识到自己需要在众人面前隐藏一样。刚开始他只是觉得失去了点儿什么。阿米拉一听见米安·米图在屋顶上叫“托塔！托塔！托塔！”，就浑身颤抖，把头埋进膝盖里。这时他只觉得她需要安慰。然而渐渐地，痛苦弥漫开来，充斥着他生活的全部。每天傍晚，他都能听见别人家的孩子在露台上嬉戏打闹，而他孩子却已经不在了，这实在是一件残忍的事。有时候会有小孩子走过来摸摸他，或者疼爱孩子的父亲向他炫耀自己孩子近来的表现，更是令他痛苦万分。他没法声张，也得不到别人的帮助、安慰或同情。当他结束了一天的疲惫工作后，又要面对阿米拉无休止的自怨自艾。和那些失去孩子的人一样，她总是不停地说，只要再稍微，稍微小心那么一点儿，孩子的命一定可以保住的。

“也许，”阿米拉这样说，“是我不够小心。到底是不是我的错？那天太阳那么毒，他一个人在屋顶上玩了那么久，而我——唉，我却在编辫子——一定是晒太阳害他得了热病。我要是提醒他一句，没准他就不会死了。哦，亲爱的，告诉我，我是无辜的！你知道的，我爱他就像爱你一样。你告诉我，这不能怪我，否则我会死的——我会死的！”

“谁也不怪——在上帝面前，谁也不能怪。这是命中注定的，我们又怎能救得了他？事情既然发生了，就别再多想了，随他去吧，亲爱的。”

“他就是我的生命。每天晚上我都会觉得他不在我怀里了，要我怎能不想呢？唉，唉！托塔，你快回来吧，我们一家人就能在一起了，就像以前一样！”

“安静点，安静点行吗！为了你自己，也为了我。如果你爱我，就让我静一静吧。”

“我一听你说这话，就知道你根本不在乎；你又怎么会在乎呢？白人的心都是石头做的，灵魂都是铁打的。哦，我真该嫁给一个和我同族的男人——就算他会打我——总好过吃外人的面包！”

“难道我是外人——我儿子的母亲？”

“那是什么呢——先生？……哦，原谅我吧——原谅我！孩子的死已经把我折磨疯了。你是我的爱人，是我眼里的光芒，我生命的全部，可我——可我却要把你从我身边推开，哪怕只有那么一小会儿。倘若连你也走了，我还能依靠谁呢？不要生我的气。刚才那些话不是从你的奴隶嘴里说出来的，而是她的痛苦说的。”

“我懂，我都懂。我们原本是三个人，现在只剩下两个，我们更应该同心同力。”

他们像往常那样坐在屋顶上，早春的夜晚十分温暖，几道闪电划过天空，远处传来断断续续的雷鸣。阿米拉依偎在霍尔顿的怀里。

“干旱的大地像母牛一样，盼望着雨水的降临。我——我有点害怕。那晚数星星的时候我并没有这种感觉。即便我们之间的纽带被割断了，你也会一直爱我的，对吗？回答我！”

“我会更加爱你的，因为我们两人之间又多了一条新的纽带，那是我们共同经历的悲伤。你知道的。”

“是的，我知道，”阿米拉的声音低得几乎听不清，“这话从你嘴里说出来，让我感到安慰。亲爱的，你是个坚强的人。从今往后，我不会再这样孩子气了，我要做你的好妻子。把我的锡塔尔琴拿来，我要放声歌唱。”

她接过镶银的锡塔尔琴，开始唱一首赞颂英雄拉萨鲁族长的歌曲。弹着弹着，她的手软了下来，曲调变得断断续续，音调越来越低，最后唱成了那首歌唱坏乌鸦的摇篮曲：

> 丛林里到处是野果，一便士就能买一磅。
> 一便士就能买一磅，呦嗬，一……

她的眼泪流了下来，那是对命运无力的反抗。后来她睡着了，梦里还在轻轻地抽泣，右臂向外张开，仿佛搂着一个不存在的人儿。这一晚过后，霍尔顿的日子轻松了一些。丧子之痛促使他全身心地投入工作之中，这样一来，每天有九、十个小时，他的脑子里只有工作，别的什么也不想。阿米拉独自坐在屋里沉思，霍尔顿的心情变轻松了，她也感到高兴，女人们都是如此。幸福再度降临，不过这一次，他们变得小心翼翼了。

“我们太爱托塔，连上帝都看不下去了，所以才让他死。”阿米拉说，“我在窗外挂了一只黑色的大罐子，以便避开邪恶的目光。我们不能炫耀自己的快乐，只能在夜幕下偷偷地享受，不然就会被上帝发现。我说的没错吧，小子？”

她换了称呼，意思却依旧是“亲爱的”，为了表示诚意，她还特意把那个词读得很重。说完她就吻了他，那一吻足以羡煞神仙。后来他们走到哪儿都说“没什么，没什么”。希望所有的神仙都听得到。

神仙们显然有要事在身。一连四年，他们给三千万百姓带来了丰收。人人都能填饱肚子，庄稼有了好的收成，婴儿出生率年年上升；当地的报告显示，在这片负荷过重的土地上，每平方公里大约有九百到两千个农民。某位头戴礼帽、身穿礼服的议员来印度巡视时，滔滔不绝地谈起大英帝国的统治。他还说，现在唯一需要做的，就是在印度建立一套合法的选举制度，让每一位公民都能享有选举权。负责接待的当地人饱受折磨，却不得不微笑着表示欢迎。当他用巧妙的言辞赞美一棵达卡树时——它总是不到季节就绽放，血红的花朵似乎预示着什么——当地人更加会心地笑了。

副长官科特·库姆哈孙来到俱乐部，短暂地停留了一天。他不经意间提起了一件事，却让碰巧听到事情结局的霍尔顿浑身都冷了。

“他这次果真受了惊吓，准保不会给任何人添麻烦了。老天，有关这件事，我想他回去之后一定会在议院里提出来。和他乘坐同一艘船的乘客——吃饭时还坐在他旁边——突然间染上了霍乱，不到十八个小时就死了。你们可别笑。这位议员气得要命；也吓得不轻。我猜他会立刻离开印度这个蛮夷之地的。”

“他要是真倒下了，才让人痛快呢。像他那样的人，就该老老实实地待在自己的地盘。不过，你刚才说的霍乱是怎么回事？现在还没到传染病的季节啊。”一位负责看守盐池的人说。

“我也不清楚，”副长官若有所思，“眼下正在闹蝗灾，整个北部地区不时地爆发几例霍乱——说的好听点，是‘不时地’。今年春天，五个地区的庄稼全部歉收，雨季迟迟不来。现在已经是三月份了。我并不想吓唬你们，可依我看，这个夏天，大自然要用红笔和我们算算账了。”

“那时我正好休假！”一个声音从屋子另一头传来。

“今年不会有多少假期的，倒是有很多人会被提拔。我这次来是打算向政府提议，把我心爱的运河列入赈灾计划。这里吹着一股邪风。好在运河终于要完工了。”

“这么说，又是那一套程序，”霍尔顿说，“先是饥荒，然后瘟疫，霍乱？”

“哦不，只是大面积的歉收和季节性的疫病异常严重而已。你要是能活到明年，就会发现报告里都是这样写的。你这家伙可真幸运，不用考虑送妻子出去避难。今年那些偏远山区一定挤满了女人。”

“这只是小道消息而已，您未免有点儿夸张了，”一个年轻的秘书说，“我注意到……”

“我相信你注意到了，”副长官打断了他，“不过，眼下需要留意的事还多着呢，小伙子。我想提醒你……”他把秘书拉到一旁，讨论起他心爱的运河问题。霍尔顿回到自己的住处，他开始意识到，在这世上他并非独自一人，他也在为另一个人担忧——这种担忧最能使一个男人的灵魂变得充实起来。

正如副长官所预言的那样，两个月后，大自然开始用她的红笔算账了。春季收割刚结束，就传来了饥饿的呼喊。政府给人们送去小麦，并承诺绝不让任何一个人挨饿。很快，霍乱在四面八方蔓延开来。它入侵了一座汇集五十万香客的圣殿，许多人倒在神像的脚下，其余的人逃散开来，把疫病带到各个地方。它突袭了一座筑有围墙的城市，一天之内夺走了两百条生命。人们想方设法挤上火车，有的抓住踏板，有的蹲在车顶，他们走到哪儿，霍乱就跟到哪儿。每到一站，就会有奄奄一息的人和尸体一同被拖下火车。他们死在路边，草丛里到处是尸体。英国人的马惊叫着避开。雨水迟迟不来，大地变得像钢板一样硬实，仿佛要阻止人们钻进去，躲避死神的威胁。英国人把他们妻子送到山里后，又投入到了战斗之中。霍尔顿生怕自己会失去这世上最宝贵的东西，于是竭力劝说阿米拉和母亲到喜马拉雅山去避一避。

“为什么非要我离开这儿？”一天晚上，她坐在屋顶上问他。

“这儿发生了瘟疫，死了很多人，那些白皮肤的‘梅姆·罗格’全都走了。”

“全部都走了？”

“全部——除了一个癞头老太婆，死活也不肯走，她的丈夫正发愁呢。”

“别这样；凡是留下来的都是我的姐妹，不许你侮辱她。我也会变成一个癞头老太婆的。那些轻浮的‘梅姆·罗格’都走了，我真开心。”

“我究竟是在对一个女人说话，还是在对一个孩子说话？听我的话，到山里去吧，我会像护送公主那样把你送去。你想啊，乖孩子，你坐着一辆红漆牛车，车上装有窗帘和纱帐，车杆上镶着黄铜孔雀，挂着红色的帷帐。我还会派两名护卫保护你们，还有——”

“别说了！你才像个孩子呢。这玩意儿对我又有什么用？倘若他还在，倒是可以拍拍小牛的背，摆弄几下帘子。要是为了他——或许我会变得像个英国人——或许我会去那儿。可是现在不会了。就让那些白人‘梅姆·罗格’去吧。”

“她们都是听从丈夫的安排，亲爱的。”

“说得倒好听。你何时成了我的丈夫，竟然开始命令我？我不过是为你生了个儿子，而你，也只是我灵魂深处唯一的渴求。不管你遇到什么危险——就算是指甲盖大的危险——我也会立刻察觉到，哪怕那时我已经在天堂了。这个夏天，死神可能会找上你——没错，你可能会死掉！——你临死的时候，他们会派一名白人妇女照顾你，在你生命的最后时刻，她就会把你从我身边夺走！”

“爱情可不是一瞬间就产生的，更不是临死之前产生的！”

“你这个铁石心肠的人，哪里懂得什么是爱情？至少她会得你的感谢。我对着上帝、先知和你们的圣母玛利亚发誓，我绝不能容忍这种事发生。我的老爷，我的爱人，别再说这些打发我走的傻话了。你在哪儿，我就在哪儿，这就足够了。”她张开胳膊环住他的脖子，一只手堵住了他的嘴。

很少能有人能像他们这样，纵使利剑当头，却依旧享受着短暂的甜蜜。他们坐在一起，说着笑着，用最亲昵的小名称呼对方，那股亲热劲儿足以令天神动怒。他们下方的城市正处于水深火热之中。硫磺火堆在街上熊熊燃烧着。印度教的寺庙里响起了海螺的低鸣。这些日子里，天神似乎将人类遗弃了。一座巨大的清真寺里正举行着祈祷仪式。尖塔上不断地传来召唤的声音。他们听见人们为死去的人哀泣，还听见一个母亲呼唤孩子的归来。灰暗的黎明下，他们看见人们把死者运出城门，每具尸体周围都簇拥着送葬的人群。两个人浑身颤栗，紧紧拥吻在一起。

这是一个巨大的赤字。大地已不堪重疾，它迫切地需要一个喘息的空间，好让生命的泉流重新涌动。那些早熟的父母所生的孩子，几乎没有任何抵抗力。他们已经吓呆了，一动不动地坐在那儿，等待头顶上方的宝剑收回剑鞘。倘若这一切都是上天的旨意，到了十一月份，差不多就该结束了。英国也出现了一些赤字，不过很快就填补上了。指挥赈灾救荒，搭建收容霍乱病人的帐篷，分发药品，以及一些基础的卫生工作，全都在有条不紊地进行着，因为这是上级的安排。

霍尔顿接到上级的命令，要他随时准备接替下一个倒下的人。他每天有十二个小时见不到阿米拉，而她很可能在三个小时内就死去。他总是在想，假使他一连三个月见不到她，而她已经死在某个看不到的角落了，他该有多么地痛苦。其实他很清楚，她恐怕难逃这一劫——以至于有一天，当他从电报中抬起头来，看见皮尔汗气喘吁吁地站在门口时，反而笑了起来。“怎么?”他说……

“黑暗中响起了一声呼喊，灵魂飞进了喉咙里，谁又拥有这般法力，能够挽回她的生命？请速速归来，我高贵的主人！她染上了可怕的黑霍乱。”

霍尔顿翻身上马，朝家中一路飞奔。天空中乌云密布，久违的甘霖就要降临了，空气沉闷得令人窒息。阿米拉的母亲在门口迎接他，她抽咽着说：“她快要死了。她正朝死神走过去。她这会儿简直和死人一样。我该怎么办，先生！”

阿米拉躺在托塔出生的那间屋子里。霍尔顿走进去的时候，她丝毫没有反应。这是因为，人的灵魂总是孤独的，当它准备离开的时候，它会躲进一片充满迷雾的中间地带，而活着的人是无法到达那里的。没有任何解释，黑霍乱已悄无声息地完成了使命。阿米拉正渐渐地与人世脱离开来，似乎死亡之神向她伸出了手。急促的呼吸声说明她并不害怕，也没有感到痛苦。然而不论霍尔顿怎样亲吻，她的眼睛和嘴唇始终没有回应。此时无论说什么、做什么都已经没有意义了。霍尔顿只有在煎熬中等待着。雨点大滴大滴砸落在屋顶上，他听见干涸已久的城市响起了一片欢呼。

灵魂稍稍找回了一点意识，她动了动双唇。霍尔顿连忙把耳朵凑上去。“不要留下我的任何东西，”他听见阿米拉说，“连根头发也别留下。她迟早会把它烧掉的。我会感觉到它在燃烧。低点！再低一点！记住，我曾经是你的女人，我为你生了个儿子。哪怕你明天就要和白人妇女结婚，那种把长子抱在怀里的喜悦，你永远也体会不到了。等到你儿子出世的那天——就是那个可以光明正大继承你姓氏的孩子，请你不要忘记我。我愿意替他承受所有的不幸。我可以作证，我可以作证”——她的唇在他耳边动了动——“这世上没有什么上帝——只有你，我亲爱的！”

说完她就咽了气。霍尔顿僵在那儿，脑中一片空白……直到他听见阿米拉的母亲掀开帘子走进来。

“她死了吗，先生？”

“她死了。”

“我会为她哀悼的。然后我要清点一下，看看这房子里还有哪些家当。它们全都是我的了。先生不会把它们带走的，对吧？都是些不值钱的小东西，值不了几个钱，先生，我都是个老太婆了，得有一张舒服点的床。”

“看在上帝的份上，请你安静一会。出去，到我看不见的地方哭泣去吧。”

“可是先生，她必须在四个小时之内下葬。”

“我知道你们的规矩。她下葬的时候我会离开的。别的都随你处置，除了那张床——她睡过的那张床——”

“啊哈，那张漂亮的红漆床，我早就想要——”

“那张床就搁在那儿，谁也不许动。这座房子里其他的东西全归你了。去雇辆车来，在太阳出来之前，把所有的东西都拉走。除了我要的东西，房子里什么也不许剩下。”

“看在我这把年纪的份上。我至少要待到守丧结束。再说外面已经开始下雨了，你要我上哪儿去？”

“这和我有什么关系？我命令你离开。这座房子里的家当值一千卢比，今晚我还会派守卫给你送来一百卢比。”

“这也太少了。雇车还得花一笔钱呢。”

“你要是再不走，就一分钱也别想拿到。现在就走，越快越好，让我和去世的人待在一起吧。”

母亲拖着步子下了楼。她只顾着清点房子里的物品，以至于连哀悼都忘了。霍尔顿守在阿米拉床边，雨点在屋顶上咆哮着，打断了他的思绪。四个裹着白色被单、浑身湿透的人幽灵般地钻进了房间。他们是来给死者净身的。霍尔顿离开房间，去院子里牵他的马。他来这儿的时候，尘土没过脚踝，空气中弥漫着死一般的沉闷。眼下，院子却成了一个蛙声四起的小水塘。大门下边汇聚了一股黄色的泥流，狂风呼啸，雨点像枪弹般扫射着泥墙。皮尔汗在大门边的小屋里直打哆嗦，马蹄不安分地在水里踩踏着。

“我已经接到了先生的命令，”皮尔汗说，“这样很好。这座房子里太凄凉了。我也要离开了，否则我这张猴子脸会勾起对往事的回忆的。至于那张床，我明早会帮您运过去。可是先生，您要记住，它就像一把利刃，只会增加新的伤口。我打算去进点香。您不必给我钱。这些年来，我在您手下已经养得够肥了。您的悲伤也是我的悲伤。就让我最后一次帮您扶住马镫吧。”

他用双手抚摸着霍尔顿的脚，马儿一跃上了大路。两旁的竹林噼啪作响，仿佛在鞭打着天空，所有的青蛙都在咯咯地笑着。雨水迷住了霍尔顿的视线。他用手挡住双眼，嘴里咕哝着：

“啊，你这畜生！该死的畜生！”

这个不幸的消息已经传到了平房那边。仆人阿罕穆德给他端上食物的时候，他从他的眼神中就能看得出。生平头一回，仆人把一只手搭在他的肩上，对他说：“吃点吧，先生，吃点肉就不那么悲伤了。我也有过悲伤的时候。无论如何，黑暗总会过去的，先生，黑暗总会过去的。来点儿咖喱蛋吧。”

霍尔顿却一直茶饭不思。那晚的雨水足足有八英寸深，将大地冲刷得干干净净。雨水冲塌了墙壁，冲断了道路，也冲散了许多穆斯林的坟墓。第二天雨依旧没有停，霍尔顿静静地待在屋子里，沉浸在哀伤之中。第三天清早，他接到了一封电报，上面写着：“里基茨·梅东尼病危，霍尔顿接替，速到。”他想到在离开之前，他应当去看看那座曾经属于他的房子。天暂时晴了，大地冒着蒸汽。

大门口的泥柱被雨水冲断了，那扇曾经守护过他的大门，如今散漫地悬挂在一根铰链上。院子里的草足足有三英寸高，皮尔汗居住的那间小屋已空无一人。茅草屋顶被雨水浸湿了，露出了房梁。整个走廊成了一只灰松鼠的地盘。虽然只隔了短短三天，这座房子看起来像是三十年没有人居住了。阿米拉的母亲把所有的东西都搬走了，只留下几只发霉的坐垫。房子里静得出奇，能听得到几只小蝎子爬过地板的声响。阿米拉和托塔住过的房间全都发了霉；通往屋顶的狭窄楼梯溅上了雨天的泥水，变得斑驳陆离。霍尔顿上上下下打量了一通后，便走出了房子。他在路上碰见了房东杜尔加·达斯。他身材肥胖，为人和善，穿着白色的细布衣服，驾着一辆装有C形弹簧的马车。他是专门赶来查看房子的，看看屋顶有没有被大雨冲垮。

“我听说，”他说，“你不打算再租这座房子了，先生？”

“你准备怎么处置它呢？”

“或许会租给别人吧。”

“那么我离开的这段日子里，我还是继续租它吧。”

杜尔加·达斯沉默了片刻。“你不能租它了，先生，”他说，“在我年轻的时候，也曾经——不过现在我已经是一名市政府的议员了。唉！唉！不，鸟儿已经飞走，留着鸟巢又有什么用呢？我准备把它拆掉——至少木材还能卖点钱。应当把它拆掉，政府早就想在这儿修一条路，从河边的火葬场一直延伸到城墙那头。往后就再也不会有人知道，这里曾经有过一座房子了。”

三个大兵

战争爆发了，我们追击勇猛的阿富汗人。

我们把猖獗的异教徒打得落花流水，兄弟们！

我们进军喀布尔，我们占领巴拉伊萨。

我们教会他们尊重大不列颠的军人。

——战地歌谣

马尔瓦尼、奥塞里斯和里尔罗伊是某兵团二连的士兵，同我有几分交情。倘若这三个人联合起来搞什么把戏，整个兵团恐怕都不是他们的对手，反正我是这样认为的。

我们四个人在乌巴拉车站的餐厅等候北上的火车时，他们给我讲了下面这个故事。我负责买啤酒给他们喝。听故事没破费多少，总共才喝了一加仑半。

大伙儿都听说过本尼拉·特里格勋爵，他是一位公爵，也可能是伯爵，又或许是个不知名的什么爵。他是贵族，也是一位环游世界的旅行家。用奥塞里斯的话说，不论是哪种头衔，他都不配叫人尊重。他在印度待了三个月，为写作搜集素材，书名叫做“我们的东方赘瘤”。他走到哪儿，就在那儿住下来，简直像一个穿着晚礼服的哥萨克人。

他有个特殊的癖好——大概因为他是个激进派——喜欢命令士兵们列队站好，接受他的检阅。随后他会和指挥官一起用餐，在餐桌上把他臭骂一顿，说部队里风气太差。这是本尼拉一贯的作风。

他一而再地折腾这帮士兵。有一个周二，他来到了赫拉他米军营，打算第二天去集市买点东西，并"希望"部队在周四那天列队迎接他的到来。碍于本尼拉的勋爵身份，指挥官没法说"不"。然而下级军官们却被激怒了，他们在餐厅里举行集会以示抗议，用各种难听的绰号称呼上校。

"不过，"马尔瓦尼说，"真正的示威其实是在第二营房里举行的，咱们仨牵的头。"

马尔瓦尼爬到餐厅的吧台上，往啤酒旁边一坐，说："当时大伙儿激动得不得了，整个二连一致同意，在阅兵场上把那个叫特里格的家伙干掉。里尔罗伊提起他的头盔说——你说什么来着？"

"我说，"里尔罗伊接过话，"我们需要点钱，小伙子们，支持一下吧，好让我们想办法推迟阅兵，要是推迟不成，再把钱还给你们。我当时是这么说的。二连的人信得过我。他们捐了一大笔——足足有四卢比八安那么多——我拿着钱出去了，琢磨这事该怎么办。马尔瓦尼和奥塞里斯跟在我后头。"

"咱们三个总是一起干坏事，"马尔瓦尼补充说。

奥塞里斯忽然插了一句："你平时看报吗？"

"有时候看，"我回答。

"我们看了报纸后，决定弄一次假的拐骗案，把人给勾引走。"

"是绑架，你这个满口伦敦腔的家伙。"马尔瓦尼纠正他。

"绑架也好，勾引也罢——有什么区别。不管怎样，咱们得想办法把本尼拉先生弄走，至少要挨过这个星期四。到时候他急得要命，自然就顾不上阅兵的事了。我还对他们说，'咱不能白忙活一场，得赚几个卢比才成。’”

“我们一边沿着炮兵阵地溜达，”马尔瓦尼接着说，“一边召开了一场议会。我是大总统，里尔罗伊是财政大臣，至于奥塞里斯……”

“我就是那个俾斯麦！要是没有我，你们上哪弄那么多钱。”

“这个多管闲事的本尼拉，”马尔瓦尼说，“他倒成了这出戏的主角。老实说，我们压根没想好下一步该怎么做。他走到集市上去买东西。那时天已经黑了，我们看着那小个子从一家店跑到另一家，和当地人讨价还价。不一会儿，他就迈着步子走了出来，怀里捧着一堆东西。挺着肚子，一脸傲慢地说：‘伙计，瞧见上校的四轮马车吗？’‘四轮马车？’里尔罗伊说，‘这儿可没什么四轮马车，只有两个轮子的。’‘那是什么？’本尼拉问。里尔罗伊指了指街头的一辆两轮马车。‘乖乖，罕见的东方玩意儿！我得去坐坐。’我模模糊糊感觉到，老天爷打算把他交给我们处置了。我追上一辆车，对赶车的人说：‘黑鬼，有位先生想搭车去湖边——帕得萨湖——离这儿大约两英里——他要去那儿打鸟。你得好好地把他送过去。别啰里啰唆的，他听不懂你说的话。他要是说什么，你也甭搭理，只管赶路就成，听明白没？出了军营，先慢慢地走，过了半英里再跑快点，你跑得越快，先生就越高兴。喏，这一卢比是赏你的。’

“马夫大概猜到有情况，他一边咧嘴笑，一边说：‘没问题，我会拼命朝前赶的。’我在心里祷告，上校的四轮马车千万别出现，至少要等我们把亲爱的本尼拉先生送上路之后。那小个子把东西往车上一丢，自己也钻了进去，活像只肥硕的豚鼠。我们帮他回家，他却连酒钱都不肯赏。然后我对他俩说：‘已经把他弄到帕得萨湖去了。’

“就在这时，小布尔多不知从哪儿冒了出来，他是炮兵连里一个马夫的儿子。要是搁在伦敦，他准是个顶呱呱的报童。这小子聪明伶俐，会使各种鬼把戏。他眼看着我们把本尼拉先生送上马车，就问：‘先生们，你们都在干什么？’里尔罗伊一把揪住他的耳朵，说——”

“我对他说，”里尔罗伊接过话茬，“‘小伙子，我们得想办法让那个男人离开两天——星期四之前他不能待在这儿——这下轮到你了，去牵匹马，带上一根棍子，立刻赶到帕得萨湖去，追上那辆马车，用你们的行话对马夫说，你是来接替他的。那位小个子先生不大懂本地话。然后你把马车赶到河里去，让先生一个人待在里头，你就可以回家了。这一卢比是赏给你的。’”

接着，马尔瓦尼和奥塞里斯你一句我一句地讲起了事情的经过（你得看仔细了，才能分辨出哪句话是谁说的）：“布尔多是个聪明的小鬼，他眨了眨眼睛，说了声‘好’，就离开了——不过，既然关系到钱的问题，我当然希望这事能有一个结果。于是我对他俩说，我们得尽快赶到帕得萨湖区，把小个子男人从嫌犯布尔多的手里解救出来，就像是维多利亚剧里的救世英雄那样——正说着，身后传来了一阵马蹄声，三个年轻人骑着小马，与我们擦身而过——好家伙，布尔多居然找来了一帮土匪，看样子是动真格了。我们骑着马向前跑，只听他们一边跑，一边放声大笑，不出一会儿，我们就听到湖边传来哀怨的呼救。”（或许是酒精的作用，奥塞里斯变得越发地富有诗意。两人唱起了二重唱，这回又是奥塞里斯先开的口。）

“这时，我们听见布尔多那个小土匪对着马车大喊大叫，一个年轻土匪拿起棍子敲打马车的顶棚，本尼拉坐在车里面嚎叫：‘救命啊！有人要杀人啦！’布尔多打发走了车夫，驾起马车，拼命地朝湖边冲去。马车夫跑到我们面前，质问：‘那位先生会疯掉的，你们到底让我干了些什么？’‘这样吧，’我们对他说，‘你去把那匹小马抓来。这位先生被人绑架了，我们得去救他！’车夫说，‘绑架！哪来的绑架？明明是布尔多那个小兔崽子。’——‘什么布尔多，’我们说，‘那是山里来的一伙土匪，一共有八个人呢，他们把先生劫走了。你要是记住这些，我就再给你一个卢比！’紧接着，我们听见马车扑通扑通地掉进了水里，水花溅得老高。本尼拉不住地祷告，祈求上帝宽恕他的罪过——布尔多和他的伙伴们在水里玩得可欢了，就像那些在蛇湖里玩耍的男孩子似的。”

说到这儿，三个大兵不约而同地停了下来，开始喝啤酒。

“后来呢？后来怎样了？”我追问。

“还能怎样？”马尔瓦尼抹了抹嘴，说，“我们三个都是勇士，哪能眼睁睁地看着议员阁下遭人绑架，掉进湖里头淹死呢？我们组成一列纵队，朝着敌人发起进攻。不出十分钟，场面就陷入了一片混乱，连自个儿说话的声音都听不清了。军号‘嘀嘀’地响了起来，夹杂着本尼拉的呼救声和布尔多一伙的打杀声。棍子在马车周围不停地挥舞，奥塞里斯用拳头敲打着马车的顶棚，里尔罗伊高声叫，‘小心他们的刀子！’我冲进黑暗之中，一会儿往左，一会儿往右，试图将异教徒击退。摩西的圣母啊！这场战斗简直比阿赫米德·凯伊还要没劲！不到一刻钟，布尔多就和他的伙伴逃之夭夭了。你简直想象不出，一个勋爵，真正的勋爵，居然把自个儿裹在一英尺半深的水藻里！他浑身抖个不停，活像一只灌了水的山羊皮囊。我费了一番功夫才使我们的本尼拉先生相信，他并没有被开膛剖腹；又费了好大力气把他从马车里拖出来。战斗结束后，那个马夫也跑过来发誓说，他也出了一份力。本尼拉先生吓得不轻，我们把他送回军营，路上故意走得很慢，想让寒气一点点渗进他的体内。这招果然管用！神灵庇护我团，寒气已经渗入本尼拉阁下的骨髓啦！”

奥塞里斯一脸骄傲，不慌不忙地说：“本尼拉阁下说，‘高贵的勇士，你们都是我的恩人，是英国军队的骄傲。’他描述了那帮可怕的匪徒绑架他的经过，说他们有四十来人，他寡不敌众，只好束手就擒；可他丝毫没有惊慌，还给了马夫五个卢比，感谢他的无私帮助。他还说，等他把这事告诉上校，一定要好好奖励我们一顿。因为我们是整个兵团的荣耀。”

“我们仨，”马尔瓦尼露出了灿烂的笑容，“已经不止一次地引起鲍勃阁下的注意了。阁下是个大好人，可惜个子矮了点儿。说下去，奥塞里斯。”

“他着实吓得不轻，我们把他送到上校那儿，然后抄近路回到了二连的营房，对大伙说，我们把本尼拉上校从一次流血事件中解救了出来，至于周四到底举不举行阅兵，现在还不敢肯定。大约十分钟，有人送来了三个信封，正好一人一个。我的老天，那老家伙居然给了我们一人一张五英镑的钞票——足足抵得上六十四卢比啊！星期四一整天他都躺在医院里，与异教徒恶战一场后，他需要恢复。二连的士兵集体喝得大醉，结果挨个被关了禁闭。于是，周四的阅兵就这样取消了。后来上校听说了我们的英勇事迹，他说：‘我就知道这里头有名堂，不过我不会拆穿你们的。’”

“依我看，”马尔瓦尼从吧台上跳下来，将杯中的酒一饮而尽，“就算他们知道是怎么回事，也不会揭穿我们。在周四举行什么阅兵，首先就不合情理，其次不合规矩，第三，它违背了我特伦斯·马尔瓦尼的意志。”

“说得好！”里尔罗伊立刻说，“可是小子，你手里拿着笔记本做什么?”

“不要紧,”马尔瓦尼答道,“再过一个月,我们已经在运兵船上了。那位先生会赐予我们不朽的名誉。不过要我说,还是等我们摆脱了小个子鲍勃之后,再把这件事公开吧。”

于是,我照着马尔瓦尼说的做了。

犯疯病的大兵奥塞里斯

唉！嗓子干得直冒烟，我该上哪儿去？
唉！子弹嗖嗖地飞过，我该上哪儿去？
唉！只剩最后一口气，我又该上哪儿去？
嗨，
来到伙伴的身边吧。
只要他有酒，就会分我一口，
我快咽气的时候，他会搂着我的头，
我死了以后，他会给我的家人写信——
愿上帝赐我们每人一个忠实的好伙伴！

——军营歌谣

我的朋友马尔瓦尼和奥塞里斯准备外出打猎，里尔罗伊在缅甸染上了热病，这会儿还躺在医院里。他们给我写了封信，邀请我一同前往。当我带着啤酒——勉强够两个大兵喝的——出现在他们面前时，两人由衷地表示痛心。

“我们可不是因为这个才叫上你的，”马尔瓦尼不高兴地说，“只是喜欢和你做伴而已。”

奥塞里斯赶忙打圆场：“算啦，他带了点儿酒，总归不是件坏事。我们又不是什么公爵，我们是一伙该死汤米[1]。你这个爱找茬的爱尔兰佬。来，为了咱们的健康，干一杯！"

整个上午我们都在打猎，一共打死了两条野狗，四只抱窝的绿毛鹦鹉，河边的一只鹞子，一条蛇，一只泥龟，还有八只乌鸦。猎物相当丰盛。之后我们在河边坐了下来，开始吃午餐——马尔瓦尼管那叫"兑了水的酒加麸皮面包"。三个人只带了一把刀，只好轮流用它切食物。在等刀的空当里，我们就胡乱地朝鳄鱼开枪。我们一口气喝光了啤酒，把瓶子扔进河里，一边扔一边开火。干完了这些，我们就松开裤带，伸展四肢躺在温暖的沙滩上，舒舒服服地抽着烟，不想再去打猎了。

奥塞里斯脸朝下趴在沙子上，握紧拳头抱住脑袋，突然他重重地叹了口气，翻过身，对着蓝天低声咒骂起来。

"你在发什么神经？"马尔瓦尼说，"还嫌喝得不过瘾？"

"我想起了托特纳法院路，那儿有个我喜欢的姑娘。你说，当兵到底有什么好？"

"奥塞里斯，"马尔瓦尼忙打断他，"准是你肚子里的酒精在作怪。每次我的肝脏不大舒服的时候，也会有这种感觉。"

奥塞里斯似乎没有听到，慢吞吞地说了下去：

"我只是个大兵——一个该死的、只配拿八安那[2]薪水，手脚不干净的大兵，只有一个编号，连个正经的称呼都没有。我到底有什么用？要是我当初老老实实待在家里，这会儿已经娶了那个姑娘，没准还在哈默史密斯大街上开了家店铺——招牌上写着：'奥塞里斯：专做动物标本'。还要学哈尔斯伯里牛奶店的样儿，

---

① 英军士兵的别称。

② 印度旧时的货币单位，1 安那等于 1/16 卢比。

在橱窗里摆一张狐狸皮，一盒蓝色和黄色的玻璃珠子。我的小妻子站在那儿，门铃一响，她就唤道：‘来客人了！’‘来客人了！’可现在呢，我不过是个大兵——一个该死的、遭人嫌弃的、成天喝酒的大兵。放下枪——稍息，立正；放下武器。向左向右——转。齐步——走。立定。放下武器。子弹——上膛。这就是我最后的下场。”他喊的是送葬队的口令。

“闭嘴！”马尔瓦尼吼道，“假如你也像我这样，整天受人摆布，朝天上放空枪，你就没心思拿这种口令开玩笑了。这简直比在军营里头吹《葬礼进行曲》还要糟。你现在吃得饱饱的，躺在这儿晒太阳，还有什么不满足的！我真替你感到羞愧。你比一个不信教的人强不到哪儿去——什么送葬队啊，玻璃珠子啊。还有完没完，伙计？”

我能有什么办法？难道我要告诉奥塞里斯，说他压根不懂生活的乐趣？我可不是牧师，也不是中尉。奥塞里斯他爱怎么说，就怎么说吧。

“就让他讲个够吧，马尔瓦尼，”我说，“他八成是酒劲上来了。”

“不！不关酒的事，”马尔瓦尼说，“我早料到他会来这一手。隔一阵子他就要来一下，真糟糕——糟透了——我是很喜欢这小伙子的。”

马尔瓦尼看起来很焦心；我知道他一直把奥塞里斯当成孩子一样关照。

“让我说，让我说下去，”奥塞里斯如同梦呓一般，“想想看，马尔瓦尼，你养了只鹦鹉，大热天被关在鸟笼子里头，可怜的红爪子都快烤熟了，你还不许它叫唤两声吗？”

“红爪子！难不成你那双树皮鞋里是一对红爪子？净瞎说八

道。”马尔瓦尼忍不住爆发了，对着他劈头盖脸一阵痛骂，“什么女教师，红爪子！你这个小兔崽子，究竟喝了多少巴斯啤酒？”

“不是巴斯啤酒，”奥塞里斯反驳，“比酒苦得多，是思乡之苦啊！”

“你听听，不出四个月，他就要坐上‘塞拉皮斯’号回家了！”

“我才不管，对于我来说都是一个样。再说了，或许没等拿到退伍证，我就已经死掉了呢。”说完，他又哼起了军令。

这样的奥塞里斯我还是头一回见到。可马尔瓦尼显然见过，而且把这事看得挺严重。奥塞里斯把头埋进胳膊里，嘴里不停地嘀咕着。马尔瓦尼小声对我说：

“现在的军士全都是些毛头小子，每次他被他们管急了，又没别的事可做，他就要开始犯病。我也不晓得该怎么办。”

“嗨，有什么关系？让他发发牢骚好了。”

这会儿，奥塞里斯又模仿起“拉姆洛德军团之歌”的调子，欢快地歌唱着战斗，谋杀，还有死亡。他的眼睛望着河对岸，面孔变得陌生起来。马尔瓦尼抓住我的手肘，要我注意观察。

“怎么没关系？关系太大了！他又犯疯病了，我可领教过。整整一晚他都会是这个德行，大半夜从床上爬起来，翻箱倒柜找他那套行头，然后跑到我跟前说，‘我要去孟买，明早点名的时候替我应一声。’再然后我们就扭成了一团——他非要走，我死死拽着她——结果两个人都被记过，理由是扰乱营房秩序。就为这事我抽过他，打烂过他的脑袋，也同他谈过，可是他一犯起病来，就什么也不顾了。他正常的时候，是个再好不过的小伙子。我能猜到他今晚会在营房里干些什么。老天保佑，我揍他的时候，他可千万别和我干起来。这是我唯一祈求的事。

“听着，你这个长着‘红爪子’，‘玻璃珠’的家伙。那天晚上你是跟在我后面游过了伊洛瓦底江呢，还是像在阿米德·基尔那次一样，钻到床底下去了？”

这分明是在说瞎话，也是存心羞辱他。马尔瓦尼就是想和他动手。可是奥塞里斯的神情有些恍惚，一点儿也没表现出气恼，而是用刚才喊口号那种抑扬顿挫的调子，一字一句地答道：

“你应该清楚，那晚攻占伦顿伯镇，我可是脱光了衣服，勇敢地从伊洛瓦底江里游过去的。你也清楚，在阿米德·基尔的时候，我是待在什么地方的，还有四个帕坦人可以作证。当时也是不得已，我压根没想过死。可现在我想回家——我想回家——回家！不不，我可不是恋母，我是叔父养大的，可我真心想念伦敦，想听听它的声音，看看它的样子，闻闻它的味道。我想站在沃克斯桥上，看看那儿的桔子皮、沥青马路和煤气灯。我想坐火车去博克斯山，嘴里叼着一只新烟斗，膝上坐着心爱的姑娘。我还想去路旁的灯光下，那儿谁都认得我，就连逮捕过我的警察也是老朋友了。那时候我还是个顽皮的小家伙，整天在寺庙和拱桥那一带玩耍。什么站岗啊，擦枪啊，卡其军装啊，全都见鬼去吧，一切都是自己说了算。一到星期天，我就可以带着心爱姑娘去看救生演习，看看那帮人怎么把死尸从蛇窝里勾出来。可是为了那个寡妇，我居然抛弃了这一切，飘洋过海来到这里。这儿没有女人，没有好酒，没什么可看的，可做的，可说的，可想的。老天保佑你吧，斯坦利·奥塞里斯，你就是个大傻瓜，团里所有人加在一起，再加上马尔瓦尼，都比不上你傻！那个寡妇正坐在自己家里，头上戴着金王冠，而你呢，斯坦利·奥塞里斯，你不过是她的财产罢了，你这个该死的大傻瓜！”

他的嗓门越来越高，最后用一句六个字的盎格鲁粗话结束了这番咒骂。马尔瓦尼默不作声，只是瞧瞧我，好像只有我能让疯癫的奥塞里斯安静下来。

我忽然想起来，有一次在拉瓦尔品第碰见一个发酒疯的人，被人捉弄了一番，立马就酒醒了。有些当过兵的人大概明白我说的是什么。我想，这招或许对奥塞里斯管用，虽说他一丁点儿也没醉。于是我开了口：

"你光在这儿发牢骚，骂那位寡妇，有什么用呢？"

"谁骂她了，"奥塞里斯立马反驳，"老天作证，我可没说过她一个字儿坏话。我才不说呢——哪怕这会儿我正准备开溜。"

我立刻逮住话题。"这么说你打算开溜了？那你在这儿胡说八道又算怎么回事？要是有机会，你是不是想立刻溜走？"

"这还用说！"奥塞里斯像被人扎了一下似的跳了起来。

马尔瓦尼也跟着跳起来。"你想干什么？"他问。

"我要把奥塞里斯送到孟买或者卡拉奇去，随便上哪儿都行。你可以向上面汇报，说他吃午饭之前就同你分开了，枪也落在了河岸上。"

"叫我去汇报——我去？"马尔瓦尼慢吞吞地说，"好得很。既然奥塞里斯真想开溜，现在就溜，而你呢，我们的好朋友，你要帮他的忙。那么我，我特伦斯·马尔瓦尼发誓，我一定照你说的去做。不过——"他走到奥塞里斯面前，晃了晃猎枪，"斯坦利·奥塞里斯，往后再让我碰见你，就用拳头说话吧！"

"我才不在乎！"奥塞里斯说，"这种狗日子我早就受够了。给我个机会吧。说正经的。让我走吧！"

"把衣服脱下来，"我说，"和我换一下，然后我再告诉你该怎么做。"

我原本以为，奥塞里斯听了这句荒唐的话就会打消念头；可还没等我解开衬衣领口，他就已经甩掉了皮靴，脱下了军服。马尔瓦尼抓住我的胳膊：

“他这会儿正犯病呢，而且病得不轻！我敢发誓，我们准会被当成逃犯的帮凶。先生，你肯定要说，最多不就关个二十八天禁闭嘛，或者五十六天，可是这太丢人了——我和他简直丢脸丢到家了！”我从没见马尔瓦尼这么激动过。

奥塞里斯倒是平静得很。我俩很快换好了衣服，我像个士兵似的站在那儿，他迫不及待地问：“这下好啦！快说吧，下一步怎么办？我可是认真的。我要从这个地狱里逃出去，到底该怎么做？”

我告诉他，他必须在河边待上两三个钟头，等着我骑马回营地取一百卢比回来。然后他可以揣着那笔钱，走到离这儿最近的火车站，大约有五英里路，买一张到卡拉奇的头等票。团里的人知道他出门打猎的时候一个子儿都没带，就不会立刻给各港口打电话，只会在河边的村子里搜捕。更何况，谁会去头等车厢里找一个逃兵呢。到了卡拉奇之后，他就可以买一身白人的衣服，再买张船票，最好是坐货轮。

他打断了我的话，说只要我帮他到卡拉奇，剩下的事他自己都能解决。于是，我命令他待在原地，等天黑下来我再骑马回营地去，这样就不会有人注意到这身衣服。上帝是英明的，别看这些英国大兵平日里挺无赖，他们的心眼儿脆弱得像个孩子，关键时刻总是对长官言听计从。他们不大信得过政府的人，可一旦选择了相信，便会死心塌地，像狗一样忠诚。我很荣幸地获得了大兵奥塞里斯的友谊。我们的交情断断续续持续三年多了，彼此一向坦诚相见。因而他认为我说的句句属实，不会有半句瞎话。

我和马尔瓦尼把他留在河岸边，沿着草丛朝拴马匹的地方走去。他的衬衣硌得我难受极了。

我们等了大约两个钟头，打算等天黑下来再骑马离开。我们一边小声地议论着奥塞里斯，一边竖起耳朵听他的动静，可是除了风吹过草丛的声音，别的什么也没听见。

“我打烂过他的脑袋，”马尔瓦尼一脸凝重地说，“而且不止一次，还用鞭子抽过他，可怎么都没法把那些稀奇古怪的念头从他脑子里弄出去。怎么都不行！其实他一点儿也不糊涂，反而挺讲道理。这到底是为什么？因为他出身不好？没受过教育？你不是自以为什么都知道吗，你倒是回答我啊？”

我也不知道答案。我在想奥塞里斯能在河边坚持多久。到底要不要帮他开溜呢？可我已经答应他了。

天黑了下来，我的心情很沉重，正准备装上马鞍的时候，突然听见河边传来一阵疯狂的叫喊。

二连22639号士兵斯坦利·奥塞里斯身上的魔鬼已经消失了。正如我所希望的那样，孤独、黄昏、漫长的等候将它驱赶走了。我们急忙赶过去，发现他正在草丛里疯了似的到处乱撞，身上的外套也脱了下来——那是我的外套。他像个疯子似的朝我们大喊。

等我们赶到那儿时，他已经大汗淋漓，像匹受惊的马一样浑身颤抖。我们花了好大的力气才使他平静下来。他抱怨这一身平民打扮，并试图把我的衣服统统扯下来。我命令他脱掉衣服，我们迅速完成了第二次换装。

粗糙的灰色衬衣和咯吱作响的大皮靴似乎让他找回了自己。他用手捂住双眼，说：

“这到底是怎么了？我没发疯，也没中暑啊，可我都说了些什么，我又干了些什么……我到底干了些什么啊！”

“你干了什么？”马尔瓦尼说，“你把自己的脸丢尽了——这倒不要紧。可你把整个二连的脸都给丢了，更糟糕的是，你丢光了我的脸——我！——是我教会你怎样成为一个男子汉——想当初你还是个脏兮兮的，佝着背，整天哼哼唧唧的新兵呢。就和现在的你一个德行，斯坦利·奥塞里斯！”

奥塞里斯陷入了沉默。过了一会儿，他解下腰带，上面沉甸甸地挂着同他们并肩战斗过的六个兵团的勋章，他把腰带递到马尔瓦尼手里。

“像我这种小个子，压根就不是你的对手，马尔瓦尼，”他说，“过去你老是揍我。不过，只要你愿意，就算把我劈成两截也没关系。”

马尔瓦尼转身对着我。

“让我和他谈谈吧，先生。”他说。

我离开了。回去的路上我想了很多，想到了奥塞里斯，也想起了我亲爱的朋友，那些托马斯·阿特金斯[①]。

可是，我想来想去，也没能得出什么结论。

① 英国兵的别称。

在格林豪山上

她无心聆听爱情的低语，
一只手被他牢牢地握紧，
冰冷而沉重，她不愿侧身倾听；
脸儿扭到一旁，兀自朝前赶路，
然而当苍白的死神，面目狰狞，
伸出瘦骨嶙峋的手，向她召唤，
递过那柏树枝的花环，她却随他而去，
只剩爱情孤身一人，满心忧虑，
为何她不肯留下，不肯听听他的劝语？
而死神轻轻一唤，她却立刻随之而去？

——《情敌》

“啊，艾哈迈德·迪因！沙菲兹·乌拉赫！巴哈杜尔·汗，你们在哪里？从帐篷里走出来，像我一样，同英国人战斗。不要错杀了你们的同胞！到我这儿来！”

一个地方兵团的逃兵在军营外爬行着，不时地开上几枪，朝他的曾经的战友喊话。大雨和黑夜使他迷失了方向，竟跑到了英国人的帐篷外。他的叫喊声和枪声吵醒了英国兵。他们铺了一整天的路，已经累坏了。

奥塞里斯正睡在里尔罗伊的脚边。“是谁啊？”他迷迷糊糊地问了句。一旁的里尔罗伊还在打鼾，突然，一颗施耐德子弹穿过帐篷飞了进来。士兵们咒骂起来。“这一定是奥朗加贝迪军团的逃兵干的，”奥塞里斯说，“谁爬起来去告诉他一声，他跑错地方了。”

“睡吧，小个子，”马尔瓦尼说，他睡在门旁边，浑身热得冒汗，“我可没法儿爬起来跟他解释。外面的雨下得噼里啪啦，跟挖战壕的铁锹似的。”

“你不是没法去，而是压根不想去，你这个细高个儿、懒骨头、叫花子。你就听他叫唤吧！”

“光吵架有什么用？给他一枪不就完了！那头猪害得我们都睡不成觉！”另一个声音说。

中尉怒气冲冲地吼了一声，黑暗中，一个浑身湿透的哨兵开始发牢骚：

“没用的，长官。我压根看不见他，他在山脚下呢。”

奥塞里斯掀开身上的毯子。“长官，我去把他干掉？”他说。

“不用，”中尉说，“躺下吧，我不想整个营房一天二十四小时都在开枪。让他滚去找自己人吧。”

奥塞里斯思索了片刻，然后从帐篷里探出脑袋，像公交车售票员对待拥挤的乘客那样，高声喊道：“再往前一点，对！再往前一点！”

士兵们哄堂大笑，笑声传进了逃兵的耳朵里，他意识到自己跑错了地方，掉头朝半英里外自己的军团跑去。然而迎接他的是一阵枪声；奥朗加贝迪军团对他大为恼火，因为他给军旗抹了黑。

“这下好了，”奥塞里斯听见远处响起了施耐德枪声，便把头缩进帐篷里。“老天有眼，那家伙的确该死，他把我的美梦全给搅和了。”

“那就明早出去给他一枪，”中尉漫不经心地说，“现在谁都别说话了。继续睡吧，兄弟们。”

奥塞里斯吁了口气，心满意足地躺了下来。不到两分钟，帐篷里就恢复了宁静，只听见雨点打在帐篷上的声音和里尔罗伊雷鸣般的鼾声。

营地驻扎在喜马拉雅山脉一座光秃秃的山脊上，整整一个星期，他们都在等待一支游击部队和他们取得联络。那个逃兵和他的伙伴每晚都来骚扰，着实令人心烦。

清早，士兵们在太阳底下擦干了身子，又把脏兮兮的装备清洗干净。老兵团这天休息，由地方兵团接替他们去修路。

“我要去把那个家伙干掉，”奥塞里斯边擦来复枪边说，“他每天傍晚五点钟会沿着小河跑过来。我们今天下午就埋伏在北边的小山上，准能干掉他。”

“你这个爱吸血的小蚊子，”马尔瓦尼喷了一口蓝色的烟雾，说，“我倒是可以陪你一起。杰克上哪儿去了？”

“他跟‘什锦泡菜’出去了，他以为自己是个顶呱呱的神枪手哩。”奥塞里斯一脸不屑。

“什锦泡菜”是一支由神枪手组成的小分队，专门清理在山坡上放肆的敌人。这既能锻炼年轻军官的带兵本领，又不会对敌人造成致命的伤害。马尔瓦尼和奥塞里斯散着步走出营地，路上碰见奥朗加贝迪军团的士兵，他们正准备去铺路。

“你们今天可要辛苦了，”奥塞里斯说，“我们要把那个逃兵干掉。昨晚难道没一个人打中他？”

“没，那头猪一边嘲笑我们一边逃了。我朝他开了一枪，”其中一个士兵答道，“他是我表弟，本来应该由我来洗刷这份耻辱的。不过，祝你们好运。”

他们小心翼翼地来到北面的山坡。奥塞里斯走在前面，他解释说，“这种远距离射击，还是交给我吧。”他对自己的来复枪爱不释手，据营房里传言说，他每晚临睡前都要亲它一下。他对冲锋陷阵从来都不屑一顾，实在不得已，他也会溜到马尔瓦尼和里尔罗伊中间，把打打杀杀的事交给他们。这两人从没让他失望过。他穿过北山的树林，沿着若隐若现的小道快步前进，像一条猎狗似的探寻着前方的情况。终于，他找到了一处满意的地方，在一片铺满松针的山坡上坐了下来，下方的河流和光秃秃的山坡一览无余。茂密的枝叶遮住了耀眼的阳光，散发出阵阵清香，这里足足藏得下一整支军团。

“已经走到树林的尽头了，”奥塞里斯说，“为了隐蔽起见，他一定会沿着小河走上来。我们就守在这儿，刚好没什么尘土。”

他把鼻子埋进一丛没有香气的白色紫罗兰里。这些花儿并未被告知它们的花季早已过去，依旧在松林深处热烈地绽放着。

“是个好地方，”他惬意地坐在那儿，“一枪打过去正好！马尔瓦尼，你估摸大概有多远？”

“七百码，或许更近，空气很稀薄。”

“砰！”“砰！”“砰！”北边的后山坡响起了一连串步枪声。

“这群该死的‘什锦泡菜’，什么也打不中！把人都给吓跑了！”

“趁现在，你先开一枪试试，”马尔瓦尼一向足智多谋，“那边有块红色的石头，他一定会经过那里的。快！”

奥塞里斯瞄准六百码外的地方开了枪。子弹击中了石头底部的龙胆草，扬起一片尘土。

“很好！”奥塞里斯扳下瞄准镜。“你就照我刚才那样瞄准，或者再低一点，你总是容易射高了。记住，第一枪是我的。嗨，下午的天气真不错!”

枪声越来越近,树林里传来嘈杂的脚步声。两人一动不动地卧着,他们知道任何风吹草动都会引来英国兵的开枪。这时里尔罗伊来了,他的军服前胸被子弹划了一道口子,看上去颇有些难为情。他倒在松针上,不停地喘气。

“‘什锦泡菜’里头有个该死的家伙,”他指着那道口子,“明知道我在这儿,还朝左边开了一枪。我要是知道他是谁,非剥了他的皮不可。瞧瞧我的衣服!”

“这是神枪手一贯的作风。他们训练的时候,要求在七百码外打一只苍蝇。哪怕一英里外有什么动静,他都会立刻开枪。你还是离开那伙瞎放枪的人吧,杰克。老老实实待在这儿。”

“他们在朝着树梢瞎开火呢,”奥塞里斯咯咯地笑了,“待会儿我就开两枪让你们见识一下。”

他们在松针里打着滚儿,太阳晒得暖洋洋的。“什锦泡菜”停止开火,回营地去了,树林里只剩下几只受了惊的猿猴。小河流抬高了嗓门,似乎在和岩石说些什么。三英里外不时地传来爆炸声,那是奥朗加贝迪军团铺路时遇到了障碍。他们边听边笑,静静地躺在那儿,享受着阳光的温暖。过了一会儿,里尔罗伊抽着烟说道:

“真是奇怪——那家伙——居然会开溜。”

“等我把他干掉,就更奇怪了,”奥塞里斯说。他们压低了嗓门,树林里一片寂静,杀人的欲望在他们心底酝酿着。

“他开溜一定是有理由的,这个我不怀疑;不过我敢说,别人想干掉他,也是有理由的。”马尔瓦尼说。

“八成是因为一个姑娘。男人们为了姑娘,什么事都干得出。”

“我们当兵多半是为了她们，她们怎么会让我们开溜呢。”

“可不，不是她们让我们当兵，就是她们的父亲，”里尔罗伊低声说，帽檐遮住了他的眼睛。

奥塞里斯的眉头皱得紧紧的。他凝视着山谷，“要是因为一个姑娘，我就给他吃两枪，第二枪惩罚他是个傻瓜。你怎么突然变得婆婆妈妈的，是不是想起了上次的事？”

“不，伙计；我只是想起了以前的事。”

“到底发生了什么事，你这个多灾多难的毛头小子，像头农场里的小母牛似的叫唤，好替斯坦利准备杀掉的人开脱。你还要再等一个小时呢，小子。说吧，杰克，当着月亮的面全都说出来。要是不发生一场地震，或者子弹擦破你的皮，别指望从你嘴里掏出点什么。说吧，唐·璜！罗萨里斯·里尔罗伊的浪漫史！斯坦利，注意盯着山谷下面。”

“事情发生在一座山坡上，”里尔罗伊注视着喜马拉雅山一座光秃秃的山坡，他想起了老家约克郡的荒坡。与其说他是在讲给同伴听，倒不如说他在自言自语。“唉，”他叹了一声，“兰伯尔德山坡坐落在斯基普顿镇边上，格林豪山又在帕特里·布里格旁边。你们大概从没听说过格林豪山吧，远处的那座山坡，周围要是有条白色的道路环绕着，就和格林豪山一模一样。那儿到处是荒坡，没有一丁点儿树荫，只有一座座灰石头搭成的房子，红嘴鸥不停地叫唤，茶隼像风筝一样飞来飞去。那地方冷极了，你一眼就能认出格林豪山上的人，他们的脸蛋和鼻尖冻得像红苹果一样，蓝眼睛眯成一条缝。那里的人多半是矿工，在山里挖矿，像田鼠似的一路挖下去。他们的工作可艰苦了。你走到一个木头绞盘边上，约莫有井口那么大，身上拴着绳子，然后就从井口跳下去，一只手扶着井壁，一只手拿着蜡烛，另一只手握着绳子。”

“加在一起有三只手了，”马尔瓦尼说，“看来那地方的气候不错。”

里尔罗伊没有搭理他。

“落地之后，你就趴在地上，顺着一条弯弯曲曲的小道朝前爬，爬到一个洞里，大概有利兹的市政厅那么大，里面放着一台抽水机，专门把深处的水抽出来。那地方古怪得很，山里到处是天然的洞穴，他们管那叫壶穴，河流淌进洞里，又从几英里外的地方流出来。”

“你在那儿干什么呢？”奥塞里斯问。

“那会儿我还是个年轻小伙子，主要负责运送煤和铅矿石；当时，我在一座大型的矿里赶马车。我并不是当地人，只是和家里闹了点矛盾才跑出来的。一开始我和一帮小混混待在一起，有天晚上我喝多了，要不然就是酒有问题。不过老实说，那时候我还没见过坏酒呢。”他抬起胳膊，扯下一大把白色紫罗兰。“没错，从没见过不能喝的酒，也没见过不能抽的烟，更没见过不能吻的姑娘。然后我们就比赛，看谁先跑回家。我的运气不坏，把所有人都甩在了后头，正当我翻过一道石头堆成的墙时，一不小心摔进了沟里，石头跟着砸了下来，把我的一条胳膊给砸断了。不过我并没有意识到这些，因为是后脑勺先着地，当场就失去了知觉。我醒来的时候已经是第二天早上了，我发现自己躺在杰西·罗恩特里的家中，丽莎·罗恩特里在一旁做针线活。我浑身疼痛，嗓子干得像个石灰炉。她递过来一杯水，用一只瓷杯盛着，上面印着金色的字母——‘利兹市赠’——这只瓷杯后来我曾无数次见到。‘你躺在这儿别动，沃伯顿医生很快就来，你的胳膊断了，我爸爸已经打发一个小伙子去请他了。他昨天出门干活的时候发现了你，于是就把你背了回来。'她对我说。'哦！'我叹了一声，闭上眼睛，感到很难为情。'爸爸要出门工作三个小时，他会另外找个人赶车。'时钟滴答个不停，像一只蜜蜂在屋里嗡嗡地叫着，我的脑袋里像是有许多个水车轮在转。她又递给我一杯水，替我把枕头摆放平整。'唉，你这么年轻，怎么醉成这样。以后别喝这么多了，好吗？'我说：'好，我只求脑袋里的那些水车轮能停下来。'"

"你可真够走运的，生病的时候居然还有一个女人照顾你！"马尔瓦尼说，"就算摔破二十个脑袋也值得啊。"

奥塞里斯转向山谷，眉头皱得紧紧的。他这辈子从没享受过女人的照料。

"后来，沃伯顿医生来了，杰西·罗恩特里也跟在他后面回来了。他是个很有学问的医生，可他和穷人说话丝毫不摆谱儿。'这是怎么了？'他大声说，'摔破了你的傻瓜脑袋？'他摸了摸我的全身。'没砸断骨头，只是砸傻了一点，本来就够傻的。'他继续说着，一边想方设法地骂我，一边在杰西的协助下替我把摔断的胳膊接好。'杰西，这个傻瓜还得在你这儿住一阵子，'他包扎好我的伤口，又给我吃了些药，'你和丽莎得照顾他。虽然他压根不值得你们这样费心。他现在不能工作，还得指望病人俱乐部接济他两个月。你说他是不是个傻瓜？'"

"可是我想说，任何一个年轻人，不管地位高低，哪个不是傻瓜？"马尔瓦尼说，"当然，只有蠢事干多了，才会变得聪明，我就是个例子。"

"聪明！"奥塞里斯昂起下巴打量着两个同伴，咧开嘴笑了。"你们该死的都是所罗门，是吗？"

里尔罗伊继续平静地说了下去，他的目光坚定，像一头反刍的公牛。

“就这样，我认识了丽莎·罗恩特里。有那么几首歌——唉，她总是唱个不停——我只要一听，就会觉得格林豪山就在我眼前，和对面的山坡一样清楚。她非要教我唱男低音，还要我和他们一起上教堂去，杰西和她两个人在那儿领唱，老头儿还会拉琴。他是个怪人，对音乐简直到了痴迷的程度，他要我答应他，等我手臂痊愈了就去学大提琴。那把琴现在归他所有，装在匣子里，摆在一座可以连续走八天的大钟的旁。原先在教堂拉琴的是威利·萨特斯威特，可是后来他的耳朵聋了，杰西十分恼火，因为每次他都要用琴弓敲打威利的脑袋，他才会在该停顿的地方停下来。

“可是这一切都被一个黑点给毁了，是一个穿黑衣的人惹的祸。那个卫理公会原教旨派牧师来到格林豪山时，总是住在杰西·罗恩特里的家中。他一开始就盯上了我，认为我的灵魂需要拯救。让我嫉妒的是，他同时也盯上了丽莎的灵魂，有好几次我差点想杀了他。日子一天天过去。有一天我终于忍不住了，找丽莎借了点钱跑去买酒喝。四天后，我垂头丧气地回来了，只是想看一眼丽莎。可杰西和那个牧师——阿莫斯·巴勒克拉夫也在家里，丽莎一句话都没说，苍白的脸上泛着红晕。杰西用尽可能礼貌的口气对我说：‘小伙子，事情已经这样了。你得为自己选择一条路。我决不容许一个酒鬼迈进我的家门，更何况他居然找我的女儿借钱去买酒。住嘴，丽莎，’他见丽莎准备开口，立即阻止她。丽莎是想说，她其实很愿意把钱借给我，而且压根不担心我会欠钱不还。这时牧师见杰西想要发火，也开始插嘴，两人合起来把我大骂了一通。可是最让我痛心的是，丽莎在旁边坐着，始终没说一句话。于是，我下定决心要洗心革面。”

“什么！”马尔瓦尼叫了起来。随后他克制了一下，柔声说：“就让它过去吧！圣母玛利亚是所有宗教的圣母；只要没有男人的干涉，姑娘们都是很虔诚的。如果换做是我，我也一样会洗心革面。”

“可是，”里尔罗伊脸红了，“我可是真心实意的。”

奥塞里斯想笑又不敢笑出声，他还要负责监视敌人。

“奥塞里斯，你尽管笑好了。你可没见过那个牧师巴勒克拉夫——他是个小矮个，脸色苍白，说起话来能把小鸟从树上赶跑，能让人把他当成世上最好的朋友。你没见过他——也没见过丽莎·罗恩特里——从来没见过……不单单是牧师和她的父亲，更主要是因为丽莎，总之，他们都是一个意思，我为自己感到羞愧，所以想要改过自新。我现在回想起来，简直无法相信，那个参加祈祷会、去教堂、去念经班的人竟然是我。不过，我从来没替自己祈求过什么。很多人在那儿大喊大叫，那个老萨米·斯特罗瑟，患有严重的风湿病，半截身子都埋在土里了，依旧大声唱着：‘欢乐！欢乐！’嘴上还说什么，坐着煤筐上天堂也好过坐着六匹马拉的车下地狱。他把一只手搭在我肩上，说，‘你能感觉到吗，傻大个儿？能感觉到吗？’有时候我的确感觉到了，有时候好像又没有，这是怎么回事呢？”

“人的本性就是如此，”马尔瓦尼说，“此外，我怀疑你是否适合成为一名卫理公会原教旨派的教徒，他们是新教。我一向是信奉旧派基督教的，旧教才是所有教派的母亲——或者父亲。我喜欢旧教，它的规矩最为严格。我死在火奴鲁鲁也好，死在新赞比亚，死在卡晏角也好，不管我死在哪儿，只要我信奉旧教，就可以找一位神父为我送行，丝毫不亚于教皇亲自从大教堂的屋顶上走下来。旧教的规矩很严格，不能高也不能低，不能深也不能浅，一分不多一分不少，我欣赏的就是这一点。不过，旧教并不适合一个三心二意的人，它要求全身心的投入，除非你还有属于自己的工作。我记得我父亲死后三个月才下葬;他为了在炼狱里少待十分钟,竟背着我们偷偷变卖了小酒馆。他简直做到了尽善尽美。所以我对你说,只有意志坚定的人才能信仰旧教,这也是许多女人信仰旧教的原因。说起来倒是挺令人费解。”

“管这么多干什么?”奥塞里斯说,“你早晚会明白的。”他把枪管里的子弹倒在手心里。“这是我的牧师,”他摆弄着那颗充满杀气的黑色子弹,让它像木偶一样鞠了个躬。“天黑之间,它会好好教训那家伙一顿。后来怎么样了,杰克?”

“还有一件事让他们无法接受,差点把我关在大门外头,因为我养了一条小狗,名字‘爆炸’。当时,小店老板家里有一桶火药爆炸了,炸死了一窝狗崽,只有它活了下来。他们不喜欢它的名字,更不喜欢它到处和别的狗打架。它可真是一条罕见的好狗,脸上长着黑斑和红斑,一只耳朵被炸没了,后来它被人搁在篮子里,顺着铁皮屋顶足足拖了一英里远,于是腿也瘸了。

“他们坚持要我把它扔掉,说它太粗俗;还说我难道要为了一条狗,自己被关在天堂外头?‘不,’我回答,‘如果天堂的门当真那么窄,容不下我们两个,我们就待在门外,无论如何也不分开。’这时候,牧师也替爆炸说话了,打从一开始他就有点喜欢它——大概就因为这个,我渐渐对那个牧师产生了好感——有人说要给小狗改名叫‘祝福’,他坚决不同意。于是,我和爆炸成了教堂里的常客。像我这样的年轻小伙子,要想一下子和凡世、欲望、邪念断绝关系,实在不大容易。不过我的确坚持了一阵子,一到星期天,总有一帮小伙子站在小镇边上,靠着桥头朝河里吐痰,他们会跟在我后面喊,‘里尔罗伊,什么时候轮到你讲道啊,我们都要来听。’另一个小伙子就会说,‘闭上你的嘴,没看见他今早没戴白领带吗。’每次我只能把手插进外衣口袋里,拳头捏得紧紧的,对自己说，‘假如今天是星期一，假如我不是卫理公会的教徒，我一定狠狠揍他们一顿。’没有什么比这更叫人难受了——明明打得过他们，却又不能动手。”

马尔瓦尼小声嘀咕了几句，表示相当同情。

“许多时间我都是在杰西·罗恩特里家里度过的，什么唱歌啊，练习啦，参加念经班啦，还有杰西非要我把小提琴夹在腿中间。可是，尽管我去得很勤，牧师去得比我还勤。老头儿和姑娘见到他都很开心。他住在帕特里·布里格，离那儿很远，可他还是经常来。我也喜欢他，甚至比别人还要喜欢，可另一方面，我又厌恶他，我们两人像猫和耗子似的相互提防着，可表面上都装得和和气气的。他这个人十分坦诚，我也不得不对他坦诚。他是个非常好的伙伴，虽然我常常恨不得拧掉他那聪明的小脑瓜。每次我们从杰西家出来，我都要送他一段。”

“你的意思是，你送他回家？”奥塞里斯问。

“是呀，送朋友出门是我们约克郡人的规矩。不过这个朋友，我可不希望他再回来，他也不希望我回来。我们一起走到帕特里，然后他又回头送我，于是，我们就像钟摆一样，在山谷和山头之间晃来晃去，一直晃到凌晨两点钟。丽莎房里的灯早已经灭了。我们装作在看月亮，其实都在看她的窗户。”

“唉！”马尔瓦尼忍不住插嘴，“你怎么能斗得过那个专门横刀夺爱、唱赞美诗的家伙呢。他们最会装腔作势，十个女人有九个都喜欢他们，等她们意识到错，已经来不及了——女人们都是这样。”

“这你可就错了，”里尔罗伊说，那张黝黑的、长满雀斑的脸微微泛红，“我才是丽莎的初恋，你肯定要说这就够了。可牧师是个执着的家伙，杰西完全站在他那边，再加上教会里的女人全都在丽莎耳边煽风点火，说她太善良了，居然和我这样的小混混来往，还说我这种人实在不体面，身后整天跟着一条疯狗。她对我好，想要拯救我的灵魂，这是件好事，可她自己也应该小心点才是。都说有钱人喜欢摆架子，要我说，教会里的那些穷人才是最爱面子的。这股风气就像格林豪山上的风一样冰冷——不，比那还要冷，因为它从来没有停过。我现在回想起来，最想不通的一点是，他们不喜欢当兵的人。《圣经》里有许多关于打仗的故事，军队里也有不少圣公理会的教徒；可是听教会里人的意思，好像当兵离上绞架只差一步似的。每次他们聚会，说的全是打仗。假如萨米·斯特罗瑟做祷告的时候忘了词儿，他准会高唱《天主和吉迪恩的利剑》。他们总说，要高举正义的旗帜，为了信仰而战。后来有个小伙子准备去当兵，他们为他举行了一次祈祷会，差点儿没把他的耳朵震聋，最后他捡起帽子跑了。他们会在主日学校里讲一些坏孩子的故事，说他们周日掏鸟窝，平时逃学，经常挨揍，后来又养成了打架，斗狗，抓兔子，酗酒的恶习。讲到最后，他们还要给坏孩子刻一道墓志铭，说'这孩子后来去当兵了'。说完他们还要叹一口气，两眼朝上翻，像只喝水的母鸡似的。"

"这是为什么？"马尔瓦尼一巴掌拍在自己的大腿上。"上帝啊，这是为什么呢？你说的这些我都见过，他们骗人，骗财，撒谎，造谣，还干过比这糟糕五十倍的事情。可是他们却觉得，没有什么比为那个寡妇当兵更糟糕的了。整个儿来看，简直像是小孩子在讲故事。"

"要是不给他们一个安静的地方好好干一场，他们准会干个没完没了。瞧瞧他们是怎么打仗的！像屋顶上的猫似的，一个劲儿朝对方叫唤。要是能让那些娇生惯养的家伙修一天的路，淋一天的雨，哪怕叫我出一个月的薪水我也愿意。这样他们才会尝到我们吃过的苦头。有一回我进了朗伯斯的一家下等酒吧，那儿尽是脏兮兮的马车夫，结果给轰了出来。”奥塞里斯咬牙切齿地说。

“大概是因为你喝醉了，”马尔瓦尼安慰他。

“比那还糟。醉的是那帮马车夫。我当时穿着女王的军服。”

“那个时候，我对当兵并没有什么兴趣，”里尔罗伊继续说，两眼依旧注视着对面光秃秃的山坡，“可是他们说的话却让我起了念头。教会里的这些人太正直了，简直正过了头。不过为了丽莎，我得忍着，当时她正在教我唱宗教剧的男低音，那场剧是杰西举办的。她的声音像只画眉鸟一样动听，我们每晚都要练唱，一练就是三个月。”

“我知道宗教剧，”奥塞里斯冒冒失失地插嘴说，“那是一种牧师唱的曲儿——词都是《圣经》里的，还有一些哈利路亚之类的合唱。”

“住在格林豪山的人差不多都会乐器，他们要是唱起歌来，几英里外都能听得见。他们边弹边唱，自得其乐，压根不在乎旁边有没有人听。牧师有时吹笛子，要不就是唱二声部。我终究没能学会拉大提琴，于是他们叫我坐在威利·萨特斯威特旁边，轮到他拉琴我就推他一把。这里头最兴奋的要数老杰西了，他是指挥，又是第一提琴手，还是领唱。他用琴弓打着拍子，有时候往桌上重重一敲，喊道：‘你们都停下来，该我唱了。’然后他就转身对着观众，激动得满头大汗，用男高音唱了起来。他是合唱团里的主力，唱起歌来摇头晃脑，两条胳膊像风车一样挥舞着，一直唱到脸色发黑。他真是个罕见的歌手。

“要知道，除了丽莎·罗恩特里之外，别人都瞧不上我。集会或者练唱的时候，我多半都是坐在边上听他们讲。一开始我有点纳闷，后来越听越不对劲儿。不过我是个局外人，可以仔细琢磨他们在说什么。

“丽莎的身子本来就弱，一唱完宗教剧她就病倒了。沃伯顿医生在屋里给她看病，我牵着他的马在外头走来走去，想进去看她一眼，可他们怎么也不让。

“‘她很快就会好起来的，小伙子——很快就会好，’他总这样对我说，‘你得有点耐心。’他们还说，要是我能保持安静，他们就准我进去。阿莫斯·巴勒克拉夫经常去给她读书，她靠在床头听着。等到她的病好些了，他们让我把她抱到长椅上坐着，天气暖和起来之后，她又可以像往常一样下地走动了。那些天，我、牧师还有爆炸常常待在一起，我们三个成了好伙伴，可我不止一次产生了把他打倒在地上的冲动。我记得他说过，他很想去地球内部看一看，看看上帝究竟是怎样造出了这些绵延的山脉。这家伙天生就有一张巧嘴，说起话来滔滔不绝，和马尔瓦尼一个样。要是马尔瓦尼愿意，他也能成为一个顶呱呱的牧师哩。他穿上我借给他的矿工衣服，整个人几乎被埋了起来，衣领和帽檐遮住了他苍白的脸，看起来像个鬼魂。他蹲在运货马车里。我赶着马车爬上山坡，来到矿井的洞口，一台抽水机正在那儿抽水，马车从这儿进去，把挖出来的铁矿石运到地面上。我拉住缰绳，让马儿慢慢地跑。在光天化日之下我们是好朋友，可是一来到黑暗的洞穴里，只看得见洞口的一丝光亮，就像街道尽头的一盏路灯，我的脑子里立刻就充满了邪念。我看着这个挡在我和丽莎中间的人，所有宗教的教义全都抛到脑后了。人们都说，等她病好了，他们就会结婚。可每次我问起她，她从来不肯给我一个明确的回答。他用纤细的喉咙唱起了赞美诗，我却忍不住对马儿破口大骂，这时我才意识到我有多恨他。他那么瘦小，我只需轻轻一推，他就会掉进嘉斯顿的铜矿井里——那儿有条小溪从石缝中流过，流进深不见底的洞穴里。就是格林豪山最长的绳子也探不到它的底。”

里尔罗伊又扯下一把无辜的紫罗兰。“唉！真应该让他去地球内部看一看。我可以沿着小溪送他一两英里，然后把他扔在那儿，让他握着熄灭的蜡烛高唱哈利路亚，没有一个人听他唱，也没人对他说‘阿门’。我只需领着他走下台阶，把他带到杰西·罗恩特里干活的地方去，说不定什么时候他脚底一滑，然后我的脚就会踩在他的手上，直到他松手，再一脚把他踢下去。要是我走在前面，就可以抓住他，把他从我头顶上扔下去，撞在一根木头上，撞得粉身碎骨，就像那个比尔·阿普尔顿一样，从井口跌下去，浑身上下没一根完整的骨头。这样一来，再也不会有一条该死的腿从帕特里走来了。再也不会有一只胳膊搂在丽莎·罗恩特里的腰上了。再也不会有——再也不会有了。”

他那厚厚的嘴唇向外翻着，露出发黄的牙齿，脸涨得通红，整个人难看极了。马尔瓦尼同情地点点头，奥塞里斯受到了感染，把来复枪扛在肩上，眼睛在山里搜寻着猎物，嘴里骂骂咧咧地数落着麻雀、喷头、暴风雨。水流的声音打破了宁静，过了一会儿，里尔罗伊继续讲了下去。

“可是，要杀死像他那样的人，并不是一件容易事。我把几匹马交给接班的小伙子，把工作的地方指给牧师看。我对着他的耳朵大声嚷嚷，声音盖过了抽水机，可是我发现他什么也不怕；灯光照得他的黑眼睛闪闪发亮，我意识到他再一次战胜了我。我比爆炸好不到哪儿去，它被铁链拴着，每当有陌生的狗从它身边跑过时，他就会汪汪地狂叫几声。

“‘你这个胆小鬼、大傻瓜，’我对自己说；一面又在心里和他斗了起来，我们来到嘉斯顿铜矿的井口时，我就一把揪住了他的衣领，把他举过头顶，扔进黑暗里。‘喂，小子，’我说，‘不是你，就是我——我们两个当中，只有一个人能和丽莎·罗恩特里在一起。你难道不害怕？’我把他抓在手里，就像抓着一只麻袋。‘不，我只为你担心，可怜年轻人，你还被蒙在鼓里呢。’他说。我松开手，把他放在岩石边，小溪变得更加静悄悄的，我脑袋里蜜蜂的嗡嗡声也消失了。‘这话什么意思？’我问。

“‘我一直觉得应该把这事告诉你，’他说，‘可是总也开不了口。我们谁都得不到丽莎·罗恩特里，没有人能得到她。沃伯顿医生说——他了解她，也了解她死去的母亲——她的病是恐怕治不好了，她最多还能再活六个月。他早就知道会这样。站稳，约翰！站稳了！’那个小个子向后拉了我一把，让我靠着他坐下，然后语气平静地，把这事从头到尾对我说了一遍。我手里握着一捆蜡烛，一边听一边数，数了一遍又一遍。他多半在用牧师的口吻和我说话，可我能察觉得出，他是个真正的男子汉。后来我不光自己伤心，也为他感到难过。

“我们在下面爬着，直到六根蜡烛全部烧光。我对自己说，‘丽莎·罗恩特里只剩不到六个月可活了。’我们爬出地面，两个人的脸色像死人一样难看，爆炸跟在我们后面，连尾巴也不摇了。再次见到丽莎的时候，她盯着我看了一会儿，然后说：‘你都知道了，是谁告诉你的？’她吻了吻我，试图挤出一个笑容，我差点儿放声大哭。

“要知道，那时我只是个年轻的小伙子，还没怎么见识过这个世界，更不用提死亡了，虽然死亡在前头等着我们。她告诉我，沃伯顿医生觉得格林豪山太冷，他们准备搬到布拉德福德去，去杰西的哥哥大卫那儿，他在一家磨坊里工作。她让我拿出勇气来，像个真正的男子汉和基督徒，还说她会为我祈祷。就这样，他们走了。同年年底，牧师也调到了另一个教区，只剩下我一个人在格林豪山。

“我努力尝试信仰基督教，可打那以后什么都变了样。唱歌的时候，没有丽莎领唱了，也看不见她的眼睛在人们头顶上方闪闪发亮。在读经班上，大伙儿说我一定有很多故事可以分享，可我一句话也讲不出。

“我和爆炸整日闷闷不乐，大概是因为我们的表现不够好，他们很快就不再搭理我们，并且纳闷以前为什么会和我们来往。这段日子是怎么熬过去的，我已经记不清了。到了冬天，我辞掉活儿，去了布拉德福德。老杰西住在一条长长的街道上，两旁尽是一座座小房子。他刚撵走一批穿着木屐在人行道上走动的小孩子，生怕他们会把她吵醒。

“‘是你？’他说，‘你不能见她。我才不会因为你这样的家伙把她叫醒。她没多少日子了，就让她安安静静地去吧。你是不会有什么出息的，你这辈子永远也学不会大提琴了。走吧，小伙子，走吧！’他当着我的面，轻轻地把门关上了。

“我从没想过要听杰西的话，可是这次我觉得他是对的。我来到镇上，刚好碰见一个中士在招兵。教会里的故事在我的脑子里嗡嗡作响。我原本就打算离开这儿，当兵正是我这种人的必经之路。于是我当场报了名，领了寡妇发的赏钱，帽子上佩了几根绶带。

“第二天我又来到了大卫·罗恩特里家门口，杰西出来开门。他一见到我就说：‘你怎么又来了，还戴上了那该死的绶带——我早就看出，这才是你的本来面目。’

“我再三恳求他，让我见她一面，哪怕只是道个别。这时有个女人在楼梯上喊道，‘她说让约翰·里尔罗伊先生上来。’老头儿

立刻让开了，他抓住我的胳膊，态度温和了许多。‘一定要保持安静，’他说，‘她实在太虚弱了。你是个好小伙子。’

“她的眼神格外明亮，一头浓密的头发散落在枕头上，可是脸颊却消瘦了许多——瘦得让一个健康的人感到害怕。‘不，爸爸，你不该说这是魔鬼的绶带，它们多漂亮啊。’她伸手拿过我的帽子，把绶带捋整齐，就像女人捋齐丝带那样。‘唉，我真想看看你穿红军装的样子，约翰，我心里只有你一个小伙子——只有你一个，别人什么也不是。’

“她抬起胳膊，环住我的脖子，轻轻搂了一下就松开了，她似乎要晕过去了。‘你必须得走了，小伙子，’杰西说。我拿起帽子，向楼下走去。

“负责招兵的中士正在街角的酒吧等我。‘见到心上人了?’他问。‘是的，见过了，’我说。‘那好，我们干一杯，今后就把她忘了吧。’他说。他是个办事麻利的年轻人。‘好的，中士，’我回答说，‘我会忘记她的。’直到现在，我还在努力把她忘掉。”

他说完这句话，就扔掉了手中的白色紫罗兰。奥塞里斯突然蹲下，把来复枪扛在肩上，两眼扫视着午后明亮的山谷。他的下巴紧贴着枪托，右边的脸颊抽动了一下，眼睛瞄准猎物。士兵斯坦利·奥塞里斯正在执行任务。只见一个小白点顺着河流爬了上来。

“看见那家伙没有……干掉他。”

七百码之外，大约离山坡二百码远的地方，奥朗加贝迪军团的逃兵突然倒地，从一块红色的岩石上滚了下去，脸埋进一丛蓝色的龙胆草里，再也不动了。一只大乌鸦扑着翅膀飞出丛林，想看看究竟发生了什么。

“干得漂亮，小子。”马尔瓦尼说。

里尔罗伊若有所思地望着弥散的烟雾。

“或许他也有个心上人。”他说。

奥塞里斯没有回答。他盯着山谷那边，脸上浮现出一丝笑容，仿佛一个艺术家正在欣赏自己刚刚完成的大作。

野兽的烙印

你的神明，亦或我的神明，
谁更威力无穷，你我岂能知晓？

——地方谚语

据说，苏伊士以东的地方，不再归上帝直接管辖，而是交给了亚洲的神明和魔鬼，英国国教的上帝只是偶尔过问，关照一下为数不多的英国人。

这样一来就不难解释，为什么印度会有那么多无妄之灾。我们不妨引申一下，用它来说明下面这个故事。

我的朋友斯特里克兰是一位警察，他比任何人都要了解当地的情况，可以为这件事作证。杜莫瓦医生也和我、斯特里克兰一样，目睹了整件事情的经过。他从中得出了完全错误的结论。不过他已经不在了，而且死得很蹊跷，关于这一点，我在另一个故事里已有所描述。

弗莱特刚来到印度的时候，拥有一小笔钱和一些土地，土地位于喜马拉雅山附近一个叫达拉萨姆的地方。这些都是他叔父留下来的，他来到印度就是为了继承这笔财产。他是个身材高大，性情温和的人。对于当地的情况，他了解甚少，还常常抱怨听不懂他们的语言。

他骑着马从山区赶到驻地过新年，住在斯特里克兰家中。新年前夜，俱乐部里举行了盛大的晚宴，所有人喝得酩酊大醉，这也情有可原。大伙儿都是从帝国最偏远的角落赶来，难得相聚在一起，自然要放纵一下。边防部队派来一支剿匪军，这些人一年到头见不到二十个白人，还常常冒着危险骑三十里路，去附近的要塞吃顿饭，酒桌上随时会飞来一颗凯伯里人的子弹。眼下，他们格外享受这份安全感，正用一只从花园里找到的、缩成一团的刺猬打台球，其中一个人嘴里衔着记分牌跑来跑去。六个来自南部的庄园主和全亚洲第一谎话大王比赛吹牛皮，他正努力把别人的风头压下去。所有人都到场了，仿佛是列队点名，清点过去一年的死伤人数。那晚大伙儿都醉醺醺的，我们唱着《友谊地久天长》，把脚伸进马球冠军奖杯里，脑袋飘上了星空，我们相互发誓说，永远做彼此最亲密的朋友。后来，我们中的有些人离开了印度，去占领缅甸；有些人攻打苏丹时，在萨瓦金城外那场残酷的战役中被打开了花；有些人获得了星形勋章和奖章；有些人结了婚，这可太糟糕了；还有人干了比这更糟的事；剩下的人依旧被束缚着，努力靠微薄的经验赚一点钱。

那晚，弗莱特先是喝了掺了黑啤的雪利酒，接着一个劲儿地喝香槟，一直喝到吃饭后甜点。然后是生的、嘶嘶作响的卡普里酒，那酒劲丝毫不亚于威士忌。喝咖啡的时候他又顺带喝了点汤姆利乔酒，外加四五杯威士忌和苏打水，以便打起台球来更有劲儿。大约两点半，他又来了点儿啤酒，最后用一杯陈年白兰地收场。结果，当他凌晨三点钟走出大门，听见马儿在零下十四度的空气中一个劲儿地咳嗽时，不禁大为恼火，试图一下子跳到马鞍上。马儿挣脱了，朝马厩奔去。于是，斯特里克兰和我只好组成一支仪仗队，护送弗莱特回家。

我们穿过集市，不远处有一座庙宇，里面供奉着猴神哈努曼——一位重要的、受人敬重的神明。每一位神明，正如每位祭司那样，都有他的美德。我是非常尊敬哈努曼的，也对他的子民——山区里的灰色猿猴——表示友好。说不准什么时候就需要朋友的帮助呢。

庙里亮着灯，我们路过时听见里面有人在诵经。在地方庙宇里，祭司们总是天未亮就起床，供奉他们的神明。我们还没来得及制止，弗莱特就已经冲上台阶，拍了拍两个祭司的背，接着来到红石雕刻的神像前，一本正经地把雪茄烟蒂按在了哈努曼的额上。斯特里克兰想把他拽出来，可他一屁股坐了下来，郑重地说：

"看见没？野兽的烙印！我的杰作。漂亮极了，对吗？"

不到半分钟时间，神庙里陷入了一片哗然。斯特里克兰知道亵渎神明的后果，说这下麻烦大了。他感到很不高兴，他是个有公职的人，在当地生活了这么多年，喜欢和当地人混在一起，而且所有的祭司都认得他。可弗莱特坐在地上，怎么也不肯动弹，他说"老哈努曼是个好家伙"，枕着挺舒服。

突然，毫无征兆地，一个银色的人影从神像背后的暗处走了出来。在这冰冻三尺的天气里，他竟一丝不挂，浑身上下像结了霜的银子似的闪闪发亮，原来这就是圣经中所谓"雪白的麻风病人"。由于多年受麻风病的腐蚀，他的脸孔已经变得模糊不清了。我们弯下腰把弗莱特拉起来。庙里挤满了人，仿佛是一下子从地下冒出来的。"银人"从我们的胳膊下面钻过去，嘴里发出水獭似的"哞哞"声。我们还没来得及把他拉开，他就一把抱起了弗莱特，把头贴在他的胸前。人群把庙里所有的门都给堵住了，他退到一个角落里坐了下来，嘴里仍然发出"哞哞"声。

祭司原本愤怒至极，看见"银人"触摸了弗莱特，他们反倒平静了许多。

片刻的沉寂后，一位祭司走到斯特里克兰面前，操着纯正的英语对他说：“请带你的朋友离开这儿。他在哈努曼面前算是完了，可哈努曼和他还没完呢。”人群让开了一条路，我们扛着弗莱特来到大路上。

斯特里克兰气得火冒三丈。他说我们三个差点被人宰了，还说弗莱特真该谢天谢地，他竟然毫发无伤地逃了出来。

弗莱特却连个“谢”字也没有，只说他想睡觉。他实在是醉得不轻。

我们继续朝前走。斯特里克兰愠怒不已。突然，弗莱特剧烈地抽搐起来，浑身大汗。他抱怨说集市的味道太刺鼻，真不懂屠宰场为什么开在离居民区这么近的地方。“你们没闻见一股血腥味吗？”他说。

我们终于把他弄上了床，这时天已经快亮了，斯特里克兰邀我去喝杯威士忌加苏打水。我们一边喝，一边谈论着庙里发生的事，他感到十分不解。斯特里克兰不喜欢被当地人蒙在鼓里，因为他的任务就是利用他们的武器来掌控他们。他现在还没能做到这一点，不过，等到十五年或者二十年之后，或许会取得一些小小的突破吧。

“他们应当把我们撕成碎片，”他说，“而不是冲我们哞哞直叫。我不明白他们是怎么想的。这事真叫人心烦。”

我说，庙宇的管理委员会很有可能提起诉讼，控告我们亵渎了他们的宗教。在印度刑法中，刚好有一条规定可以给弗莱特定罪。斯特里克兰说，他只能祈祷他们这么做。我离开之前去弗莱特的房间看了一眼，他侧身朝右躺在那儿，用手挠着他的左胸。大约早上七点钟，我终于爬上了床，感到浑身冰冷，沮丧不已。

下午一点钟，我骑马来到斯特里克兰的住处，准备探望一下弗莱特，他的脑袋一定痛得厉害。弗莱特正在吃早餐，看起来状况不佳。他的脾气变得很坏，对着厨师破口大骂，质问为何给他一份半生的排骨。头天晚上喝了那么多酒，今天居然还吃得下生肉，实在是罕见。我把这一想法告诉了弗莱特，他大笑起来。

“你这儿的蚊子真是奇怪，”他说，“我被它们叮惨了，而且叮得全是同一个地方。”

“让我瞧一瞧，”斯特里克兰说，“一个上午应该就消下去了。”

趁着厨师烧排骨的工夫，弗莱特掀开衬衣给我们看，在他的左胸上有一块印记，和豹子身上的梅花斑一模一样——六个不规则的斑点围成一个圆。斯特里克兰瞧了一眼，说：“今早还是浅红色，现在已经变成黑的了。”

弗莱特立刻奔到镜子前。

“上帝啊，”他说，“这到底是什么？真叫人恶心。”

我们不知如何回答。这时排骨端上来了，鲜红又多汁，弗莱特一口气吞了三块，活像一头饿狼。他把头歪向右边肩膀，用右侧的牙齿大口大口地咀嚼着。吃完之后，他似乎才意识到自己的举止有点儿不雅，于是抱歉地说：“我这辈子从来没觉得这么饿过，刚才就像只鸵鸟似的狼吞虎咽。”

吃完早餐，斯特里克兰拉住我：“别急着走，留下来。今晚就睡这儿吧。”

我住的地方离这儿不过三英里路，这一要求显然很离谱。可斯特里克兰一再坚持，他还想说些什么，却被弗莱特打断了。他很不好意思地告诉我们，他好像又饿了。斯特里克兰派一个仆人到我的住处把被褥和马匹取了过来。我们三个来到斯特里克兰的马厩检查马匹，打算一会儿骑马出门。爱马之人是永远不会对它们感到厌倦的。倘若两个人用这种方式来打发时间,他们不仅能学到知识,还会听到谎言。

马厩里有五匹马,正当我们准备检查它们时,发生了一幕让我永远无法忘记的景象。马儿仿佛发了疯一般,全都立了起来,不停地嘶叫,几乎要把马桩扯断;它们浑身大汗,口吐白沫,颤抖不止,仿佛受了很大的惊吓。然而奇怪的是,斯特里克兰的马对自己的主人和狗一向十分熟悉。我们生怕这些畜生会砸下来,于是离开了。不一会儿,斯特里克兰又拉着我回到马厩,马儿们依旧显得很惊慌,不过允许我们抚摸它们,还把头埋进了我们的怀里。

"看来它们不是害怕我们,"斯特里克兰说,"我愿意赌三个月的薪水,奥特里治决不会开口说话。"

奥特里治是一匹哑巴马,它只会依偎在主人的身边打响鼻,这是马儿表达意见的一贯方式。正说着,弗莱特走了过来,马一看见它,立刻又陷入了恐慌。我们只好从马厩里逃出来,以防被踢伤。斯特里克兰说:"看来它们不大喜欢你啊,弗莱特。"

"胡说,"弗莱特反驳,"我那匹母马总是像狗一样跟在我后面。"说罢,他朝她走了过去。那匹马单独关在一间马厩里,弗莱特刚拔下门闩,她就跳了起来,将他撞倒在地,然后挣脱缰绳,冲进了花园里。我开始大笑,可斯特里克兰并不觉得可笑。他两手握住胡子,用力地揪着,差点儿把它们拔出来。弗莱特没有去追他的马,反而打起了哈欠,说他有些困了。他屋里躺了下来。新年的第一天就以这种愚蠢的方式度过了。

斯特里克兰和我在马厩里坐了下来。他问我是否注意到弗莱特的举止中有何异常。我回答说,他吃起东西来像头野兽,不过,这可能是因为他独自住在深山里,与世隔绝,没有机会接触到我们这种文明人士的缘故。斯特里克兰面无表情，他大概没在听我说话，因为他下一句就说起了弗莱特胸前的印记。我说可能是蚊虫叮咬后的脓包，也可能是一块胎记，只不过以前没有显露出来。我们都觉得它看上去很丑陋。斯特里克兰说我是个傻瓜。

“现在还不能把我的想法告诉你，”他说，“否则你会说我是个疯子；可接下来这几天，你最好都待在这儿。我想让你观察弗莱特，不过，在我下定决心之前，不要向我透露你的想法。”

“可我今晚要出去吃饭，”我说。“我也一样，”斯特里克兰答道，“弗莱特也是，只要他还没改变主意。”

我们一边吸烟，一边在花园里来回走动，一句话也没有说——我们彼此都是朋友，说话只会糟蹋了这上等烟草——直到我们的烟完全熄灭。然后我们去叫醒弗莱特。他这会儿已经醒了，正在房间里不安地来回走动着。

“嗨，我还想吃排骨，”他说，“可以吗？”

我们大笑着对他说，“快去换衣服。马匹很快就要牵过来了。”

“好吧，”弗莱特说，“等我吃了排骨就去换——我要半生的，可别弄错了。”

他看起来很认真，不像是在开玩笑。可当时是四点钟，而我们一点钟才吃过早餐。他不停地吵着要吃排骨，一直闹了很久。后来他终于换好了衣服，来到走廊上。他的小马——那匹母马还是没有找回来——却怎么也不肯让他靠近。三匹马全都驾驭不了——它们快要吓疯了——最后弗莱特说，他更愿意待在家里弄点儿吃的。斯特里克兰和我将信将疑地出了门。当我们路过哈努曼神庙时，那个“银人”跑了出来，冲我们咩咩直叫。

“他可不是什么祭司，”斯特里克兰说，“我真想把他抓起来。”

那晚，我们在赛马场上有气无力地奔跑着，两匹马仿佛劳累过度，整个儿蔫了下来。

“它们一定是早饭后受了惊。”斯特里科兰说。

剩下的那段路上，他一句话也没有说。有一两次我听见他在低声咒骂，不过那不算数。

我们到家的时候是七点钟，天已经黑了，房子里一片漆黑。“这些仆人可真够粗心的！”

我的马蓦地一惊，车道上似乎躺着什么东西。只见弗莱特从地上站了起来。

“你在干什么？为何趴在花园里？”斯特里科兰问。

这时，两匹马突然开始狂奔，差点儿把我们扔下来。我们把马送回马厩里，回到弗莱特身边。他正四肢着地，趴在橘子树丛中。

“见鬼，你到底是怎么了？”斯特里克兰问。

“没什么，什么事也没有。”弗莱特说。他语速很快，说得含混不清。“我只是在研究花园里的植物。泥土的气息好闻极了。我想出来散步——散得久一点——差不多散一个晚上吧。”

我意识到情况不太妙，便对斯特里克兰说：“我决定不出去吃饭了。”

“上帝保佑你！”斯特里克兰说，“来吧，弗莱特，站起来。你这样会生病的。进来吃饭吧，我们来把灯点亮。今晚我们都在家里吃。”

弗莱特很不情愿地站了起来，说：“别点灯——别点灯。就这样挺好。我们就在外面吃吧，再来点排骨——很多很多的生排骨——带着血和脆骨的那种。”

现在是十二月份，北印度的夜晚冷得刺骨，弗莱特的提议简直是疯了。

“进屋去，”斯特里克兰严厉地说，“马上给我进去。”

弗莱特进了屋。灯点亮后，我们发现他从头到脚裹满了泥土，一定是在花园里打滚了。他避开灯光，回到自己的房间。他的眼睛看起来很可怕，眼底藏着一道绿光，下嘴唇也渐渐耷了下来。

斯特里克兰说：“今晚会有大事发生——很严重的大事。不要换下你的骑马装。”

我们一边让仆人去准备晚餐，一边等待着弗莱特的出现。房间里没有亮灯，只听见他在里面来回走动。不一会儿，房间里传来了一阵长长的狼啸。

人们提到血液凝固、毛骨悚然时总爱轻描淡写。可是，这两种感觉实在太可怕了。我的心脏像是被人捅了一刀，停止了跳动，斯特里克兰脸色变得像桌布一样惨白。

又是一声狼啸，田野的那边远远地响起了一阵回应。

刹那间，恐惧升到了极点。斯特里克兰冲进弗莱特的房间，我紧随其后。我们看见他正往窗外爬，喉咙里发出野兽般的嘶叫。我们朝他叫喊，他已经不会回答了，朝我们吐口水。

我已经记不清后面发生的事了。斯特里克兰八成是用一根靴拔子打晕了他，否则我也不可能骑在他的胸膛上。弗莱特说不出话，只是一个劲儿地咆哮，那不是人的咆哮，而是一匹狼。白天，他的人性一点一点地丧失，到了晚上终于消失殆尽了。眼前的弗莱特变成了一头不折不扣的野兽。

这件事已经超出了人类的经验和理智所能解释的范围。我本想说这是狂犬病，可是说不出口，因为我很清楚那不是真的。

我们用拴蒲扇的皮绳把这头野兽捆了起来，手指和脚趾绑在一起，嘴里塞了一只鞋拔，刚好堵上它的嘴。随后我们把它抬到餐厅里，派一个仆人去请杜莫瓦医生，请他马上到这里来。仆人走后，我们喘了一口气。斯特里克兰说，“没用的。医生治不了这种毛病。”他说的是实话。

野兽的头没有被捆住，于是它不停地左右摇摆着。这会儿要是有人进来，准会以为我们在剥一张狼皮，没有什么比这更令人恶心了。

斯特里克兰坐在那儿，拳头支着下巴，一言不发地盯着地上扭动的野兽。它的衬衣已经被撕裂了，露出左胸上黑色的梅花斑点，肿得像水疱一样。

我们静静地坐在那儿，突然听见了哞哞声，像一只水獭发出来的。我们不约而同跳了起来。我不知道斯特里克兰怎么想，我感到一阵恶心，真正的恶心。我们像宾纳福号里的水手那样相互安慰着，说那不过是只猫罢了。

杜莫瓦医生赶来了，我从未见过一位医生的脸上露出如此震惊的表情。他说这是一种令人痛心的狂犬病，没有任何办法。不管采取什么措施减轻病人的症状，只会延长他的痛苦。眼前的野兽正口吐白沫。我们告诉杜莫瓦，弗莱特曾被狗咬过一两次。他家里养了六条狗，难免会被咬到。杜莫瓦无计可施，他只能作证说，弗莱特的确患有严重的狂犬病。这时，野兽开始咆哮，试图把嘴里的鞋子吐出来。杜莫瓦说，他已经做好开具死因证明的准备了——照眼前的情况来看，他必死无疑。他是个善良的小个子医生，表示愿意留下来陪我们。可斯特里克兰婉拒了他的好意，说不想破坏他新年的好心情。他只求医生不要把弗莱特的真正死因公布出去。

于是，深受刺激的杜莫瓦离开了。马车轮的声音一消失，斯特里克兰立刻压低嗓门，对我说出了他的怀疑。这事听起来太不可思议了，他甚至不敢大声说出来；而我，虽然表现出难以置信的样子，心里却完全赞同他的想法。

“倘若真的是那个‘银人’，因为弗莱特亵渎哈努曼的神像而对他施了咒，这惩罚未免来得太快了。”

正当我小声发表意见时，屋外再次响起了那个叫声。屋里的野兽又一次陷入了挣扎，我们担心他会把皮条挣断。

“看好！”斯特里克兰说，“这种情况如果发生了六次，我就要采取行动了，你负责协助我。”

他走进房间里，几分钟后就出来了，带着一杆旧猎枪，一根鱼线，几根粗绳子，以及他那笨重的木制床架。我禀报说，每次屋外的叫声响起两秒钟后，屋里的野兽就开始痉挛，它看上去比先前更虚弱了。

斯特里克兰喃喃地说：“无论如何，他不能夺走一条生命！他不能夺走一条生命！”

我口是心非地说：“那大概是一只猫，一定是猫。如果是‘银人’干的，他怎么敢上这儿来？”

斯特里克兰把木头摆放在炉边，枪杆伸进火炉里，麻绳摊放在桌上，又把手杖折成两截。那根鱼线有一码长，里面包着金属丝，是专用来钓印度鲃的，他把两端系在一起打了个结。

然后他转向我：“怎么才能捉住他呢？一定要活捉，不能伤着他。”

我说，这就要看天意了。我们可以拿着马球棒，悄悄地躲在门前的灌木丛里。那个发出叫声的人，或者动物，一定绕着这座房子来回地走动，像个守夜人那样。我们只需守在那儿，待他走近时，当头给他一棒。

斯特里克兰采纳了我的提议，我们从浴室的窗户爬了出去，来到门前的走廊上，然后穿过马车道，钻进灌木丛中。

借着月色，我们看见那个麻风病人从屋子的转角处走过来。他浑身上下一丝不挂，每隔一会儿，他就会发出“哞哞”的叫声，还要停下来和自己的影子跳会舞。眼前的景象实不堪入目。这个丑陋的家伙，竟把可怜的弗莱特害得那么惨，一想到这点，我就打消了所有顾虑，决定协助斯特里克兰。从烧红的枪杆到打结的绳索，从腰部到头部，再从头到腰——只要能抓住他，用什么酷刑都可以。

麻风病人在门廊前停了下来，我们握着棍子跳了出来。他的力气大得出奇，我们真担心他会逃走，或是伤到他。一直以为麻风病人都很虚弱，可事实证明并非如此。斯特里克兰把他绊倒在地，我用脚压住他的脖子。他发出歇斯底里的叫声，隔着马靴我甚至能感觉到，他的肉体和平常人不大一样。

他用残缺的手脚袭击我们。我们用一根狗绳套在他的腋下，把他倒拖进大门，拖进那只野兽所在的餐厅里。我们又用皮带把他捆住。他似乎并不打算逃走，只是“哞哞”地叫个不停。

他和野兽四目相对，那场面真是难以形容。野兽的脊背向后翻去，像是中了剧毒，嘴里发出痛苦的呻吟。除此之外还发生了许多状况，不便一一描述。

麻风病人只是“哞哞”地叫唤。斯特里克兰用一条毛巾裹住他的手，从火里取出枪杆。我用半截手杖穿过鱼线的结扣，把麻风病人牢牢地扣在斯特里克兰的床架上。这下我终于明白，为何人们能够眼睁睁地看着一个巫婆被活活烧死。那头野兽正在地上呻吟着，虽然看不清“银人”的面孔，可当烧热的铁——譬如枪杆——冒着热气时，还是能够感到他的脸上流露出一丝恐惧。

斯特里克兰用手遮住眼睛，过了一会儿，我们开始动手。具体的经过就不再详述了。

天快亮时，麻风病人终于开口了。他的“哞哞”叫声显然不能令我们满意。野兽筋疲力尽，已经昏了过去，房子里鸦雀无声。我们松开麻风病人身上的绳子，命令他将恶魔赶走。他爬到野兽身边，一只手放在他的左胸上。就这样。随后他吸了口气，脸朝下趴在地上，开始嘤嘤地哭泣。

我们观察着野兽的脸庞，透过它的眼睛，感到弗莱特的灵魂一点点地回来了，他的额头渗出汗水，眼睛——此时是人类的眼睛——依旧紧闭着。我们守了一个小时，弗莱特依旧在沉睡。我们将他抬进屋里，把床架上的被单递给麻风病人裹住身体，又把床架、接触他时用过的毛巾、手套，以及用来拴他的绳索全都给了他，接着把他打发走了。他用床单裹着身子，没有说话，也没有“哞哞”地叫，就这样消失在黎明之中。

斯特里克兰擦了擦脸孔，坐了下来。远远地传来城里巡逻队的锣声，此时已是七点了。

“整整二十四个小时！”斯特里克兰叹道，“我干的这些事，足以让警察局把我开除，还会被送到疯人院里，永久地监禁起来。你能相信吗，我们现在是清醒的？”

那根烧红的枪杆掉落在地上，把地毯烧焦了，发出刺鼻的味道。看来它是真实的。

中午十一点，我们一同去叫弗莱特。那块梅花印记已经消失不见了。他似乎还没有睡醒，显得十分疲惫，可当他一看见我们，立刻便说：“唉！给你们添麻烦了，伙计们。新年快乐。听我一句劝，千万别把酒混在一起，差点要了我的命。”

“谢谢你的问候，不过来得晚了点，”斯特里克兰说，“现在是二号早晨了，你睡了整整一天。”

门开了。小个子杜莫瓦把头探进了屋里。他是步行过来的，还以为我们在打理弗莱特的尸骨呢。

“我带来了一个护士，”杜莫瓦说，“她可以替你们……干一些必须要做的事。”

“欢迎，”弗莱特笑呵呵地说，“快请你的护士们进来吧。”

杜莫瓦目瞪口呆，一句话也说不出来。斯特里克兰把他拉出去，解释说当时只是误诊。杜莫瓦没有回答，匆匆地离开了这座房子。他把这次的痊愈看作一种失职，并觉得自己的职业名誉受到了玷污。斯特里克兰也出去了。回来后他告诉我说，他去了一趟哈努曼神庙，表示愿意对玷污神像的事进行补偿，然而对方十分郑重地向他保证，说从没有任何白人碰过这尊神像，还说他——这位品格高尚的先生——一定是哪里弄错了。

“你怎么想？”斯特里克兰问我。

我说：“这背后一定另有隐情……”

可斯特里克兰不喜欢这个回答。他说我这话已经说了无数遍了。

除了那晚所发生的一切外，还有一件令我惊愕不已的事。当弗莱特换好衣服来到餐厅时，他使劲儿嗅了嗅，说：“这儿有股难闻的狗的气味，”他说，“你真该把它们弄干净些。试试硫磺吧，斯特里克兰。”

斯特里克兰没有回答，他抓住椅背，突然毫无征兆地，歇斯底里地狂笑起来。一个如此强壮的男人变成了这副模样，实在有些可怕。随后我回想起，我们正是在这间屋子里，为了夺回弗莱特的灵魂同“银人”一场恶战，彻底玷污了英国人的名誉。我不禁大笑起来，一边笑一边抽搐，像斯特里克兰一样感到羞耻。可弗莱特见此情形，却以为我们两人都疯了。有关这一切，我们并没有向他透露。

几年后，斯特里克兰结了婚，并且因为妻子的缘故，他成了教堂的常客。我们平静地回忆起这件事，斯特里克兰建议我将它公之于众。

我并不认为自己能将整件事情解释清楚；首先，没有人会愿意相信一个不愉快的故事，其次，稍有常识的人都知道，异教的神像都是用石头和铜铸成的，任何试图玷污它们的行为都会理所当然地受到惩罚。

莫格里的兄弟们

蝙蝠曼恩释放了黑夜
鸢鸟赖恩引领它归来——
牛群回到牛棚和茅屋
我们得以纵情恣意直到天明。
这是耀武扬威的时间，
看那利爪獠牙和铁钳。
哦，还有那呼喝——祝大家狩猎愉快
遵守丛林法则的众生！

《丛林夜歌》

这是西奥尼山一个温暖的傍晚，狼爸爸睡了一天，醒来正值七点。他挠了挠痒，打了个哈欠，把爪子依次舒展开去，以抖掉指尖的睡意。狼妈妈还躺在地上，灰色的大鼻子埋在歪斜成一团、呜呜叫啸的狼崽子之间。月光从洞口洒了进来。“嗷呜！”狼爸爸高声嚎叫，“又到打猎时间啦。”他正待跃下山去，一块带着毛茸茸的尾巴的小个子身影挡住了洞口，阴阳怪气地说道：“祝您好运，大王。祝您这些出身高贵的孩子，长一口白晃晃的好牙，永不忘记世间还有挨饿的。”

说话的正是那只专食残羹剩饭的胡狼塔巴克。印度狼群都瞧不起他，因为他总是心怀鬼胎，四处乱晃，搬弄口舌，在村里的垃圾堆里胡乱扒拉破布和烂皮吃。可是他们又挺怕他，因为塔巴克比丛林里其他任何生物都更容易犯疯病。他一犯病，就忘了自己曾经有多害怕其他人，在丛林里横冲直撞，谁挡道就咬谁。要是遇上了发疯的小个子塔巴克，就连老虎也忙着跑开躲起来。因为野兽们都觉得，世上最丢脸的事情，莫过于犯疯病了。我们称这种病为狂犬病，动物们则叫它狄沃尼——也就是疯病——遇上了就要赶紧逃开。

“那就进来看看吧。”狼爸爸生硬地说道，“可惜这里没什么可吃的。”

“对于一头狼来说，是没什么可吃的。”塔巴克答道，“不过对于像我这种微不足道的家伙来说，一根干骨头就算得上一顿大餐啦。我们算什么？一群胡狼而已，还有什么资格挑三拣四呢？”他匆匆冲到山洞深处，在那里找到一块还剩点肉的公鹿骨头，赶紧一屁股坐下，美滋滋地啃了起来。

“太感谢啦，为我提供了如此美妙的一餐。”塔巴克舔着嘴巴说道，“您的孩子真是不仅高贵，还如此漂亮！瞧他们那些大眼睛！况且他们还这么年轻！说真的，说真的，我早该知道，大王的孩子嘛，自然打小就已经是一副男子汉的模样啦。”

其实，塔巴克和别人一样非常清楚，当着孩子们的面说这些假惺惺的恭维话着实令人尴尬。因此，当他看到狼爸爸和狼妈妈一脸别扭的表情，心里那股窃喜劲儿就别提了。

塔巴克端坐在那里一动不动，反复享受着他刚刚的恶作剧。接着，他又不怀好意地说道：

“大块头希尔坎已经更换了他的狩猎区域。下个月开始他就会在这片山区狩猎了。这可是他亲口告诉我的。”

希尔坎是一只老虎，住在离这里二十英里的韦恩昆加河边。

“他没有权利这么做！”狼爸爸气急败坏，“根据丛林法则，他没有权利不事先发出警告，就随意更换他的领地。他会吓跑方圆十英里内每一头猎物的。而我——我这些日子还要猎取两个人的分量呢。”

“他妈妈给他起名为‘瘸腿’不是没有道理的。”狼妈妈冷静地说道，“自打他一出生就瘸了一条腿。这就是为什么他只猎杀牛群，结果搞得整个韦恩昆加地区的村民都火冒三丈。现在，他又想来惹我们这边的村民生气。村民们会为了搜寻他而烧了这片丛林的。那时，他已经走得远远的了，却害得我们不得不带着孩子一起逃离这块土地。哼，真是多谢希尔坎了啊！”

“需要我向他转达您的谢意吗？”塔巴克问道。

“滚！”狼爸爸厉声喝道，“滚去陪你的老大打猎吧。你今晚的坏事干得已经够多的了。”

“我这就走，”塔巴克淡淡地答道，“反正你自己应该也已经听得到，希尔坎就在下面的灌木丛里了吧。这样我倒也为自己省下了传达消息的力气。”

狼爸爸侧耳倾听，从下面那条通往小河的山谷里，传来老虎沙哑单调的咆哮，暴躁如他，一定是没抓到猎物，不过他也全不在意整个林子都听到。

“这个白痴！”狼爸爸说道，“晚上的狩猎才开始，居然就吵吵嚷嚷成这样！难道他以为我们这儿的公鹿都跟他那些韦恩昆加村里的小肥牛一样笨吗？”

“嘘！他今晚猎杀的既不是小公牛也不是公鹿，”狼妈妈说道，“是人！”

咆哮变成了一种低沉的呜呜声，回响在周围每一个角落。这响声常常会把露天而睡的樵夫和吉普赛人弄得晕头转向、迷惑不已,有时甚至吓得他们自行送入虎口。

“人!”狼爸爸龇牙说道,“呸! 难道池塘里的甲虫和青蛙还不够多,他非要吃人吗,还在我们的土地上!”

丛林法则从不无故乱做规定,它禁止任何野兽食人是有原因的,除非这头野兽是在向自己的孩子示范如何狩猎。这种情况下,他必须远离自己的族群和土地。这项规定的真正原因在于,杀人就意味着白人终将到来。这是迟早的事,白人会骑着大象,扛着猎枪,周围跟着成百上千的深肤色奴隶敲锣打鼓、高举火把。那时,丛林万物都将惨遭迫害。野兽们自己对这条规定的解释是,人类是最最软弱和不堪一击的生物,去碰他们真是太不道德了。他们还说——事实也的确如此——吃人的野兽的皮毛会变得肮脏不堪,满嘴的獠牙也会脱落。

低鸣声逐渐响亮起来,终于变成一声用尽全力的咆哮——“嗷呜!”老虎扑了出去。

紧接着,希尔坎突然发出一声哀嚎。“他没抓住。”狼妈妈说道,“怎么回事?”

狼爸爸跑出洞几步,听见希尔坎在灌木丛里滚来滚去,奋力挣扎,嘟嘟囔囔地骂个不停。

“那个呆子竟然直接蹦到樵夫生的篝火里去了,还烧了自己的脚。”狼爸爸哼了一声,“塔巴克跟他在一起。”

“有什么东西上来了,”狼妈妈竖起了耳朵,“快,准备好。”

灌木丛沙沙轻响了几下,狼爸爸伏下身,随时准备跃起。这时,如果你仔细在看的话,就会见到此生最不可思议的场景——狼在空中跃起一半,又突然定住。他在看清自己即将扑倒的猎物前就跳了起来,又试图立刻阻止自己。结果就是,他直挺挺地向高空冲出四五英尺,接着又几乎落回起跳原地。

“哇!”他叫道,“是个人类幼崽。快看!”

在他正前方,站着一个没穿衣服的小孩,棕色皮肤,手里拄着一根小树枝,才刚刚学会走路——这毫无抵抗力的孩子,就这样笑着站在那里,露出浅浅的酒窝,在这样一个夜晚,独自来到狼洞前。他抬头看见狼爸爸的脸,大笑起来。

“那是个人类幼崽吗?”狼妈妈问道,“我还从来没见过呢。带他过来让我瞧瞧。”

狼习惯用嘴衔起幼崽,必要时甚至可以叼着蛋而不弄碎它。因此狼爸爸咬住孩子的后背,把他放到自己的孩子中间,却没有留下哪怕一点点的擦伤。

“多小啊!浑身赤条条的,而且——真是大胆啊!”狼妈妈温柔地说道。男孩在狼崽里摸索着,试图挤到暖和的狼皮旁。“啊哈!他跟其他孩子一道吃起来啦!原来这就是人类的幼崽。从古至今,我们狼族里什么时候有过人类幼崽呢?”

“我听说过一些这类事情,不过可从没听说过这种事竟会发生在我们的狼群里,或者发生在我们这个时代。”狼爸爸说,“这个没毛的小孩,我一脚就可以杀了他。可是你瞧,他抬头看着我们,一点儿也不害怕。”

洞口的月光被挡住了,那是希尔坎方方的大脑袋和两臂已经挤了进来。塔巴克跟在他身后,尖声怪气地说道:“大王,大王,他朝这里进去了。”

“感谢希尔坎大驾光临,不胜荣幸。”狼爸爸说着,眼里却燃着怒火。“请问希尔坎有什么需要吗?”

“我的猎物。一个人类幼崽,朝这边来了。”希尔坎答道,“他父母都跑了,把他给我吧。”

正如狼爸爸之前说的那样,希尔坎跳到了一个樵夫的篝火里，烧着了四肢，痛得他暴跳如雷。但是狼爸爸知道这个洞口很窄，老虎进不来。就在希尔坎现在待的地方，他的两臂和前爪已经挤得动弹不得，好像一个人被束缚在木桶里打架。

“狼是自由的族群，”狼爸爸说道，“他们只听从群狼首领的指示，而不是带条纹的牛群杀手。这个人类幼崽是我们的，要不要杀他是我们的选择。”

“你们的选择？你们没得选择！凭我杀死的公牛发誓，难道我还得把鼻子伸进你们的狗窝里，为了本就属于我的猎物？这里由我——希尔坎——做决定！”

老虎的咆哮震耳欲聋，充斥了整个山洞。狼妈妈抖掉身上的幼崽冲上前来，黑暗中的眼睛仿佛散发出两束绿幽幽的月光，直射入希尔坎火一般的眼睛。

“这里由我——魔鬼拉克夏——做决定。这个人类幼崽是我的，瘸子，他是我的！谁也不许杀他。他会跟着狼群一起奔跑，一起生活，一起狩猎。到头来，看看吧，你这个追杀无助幼崽的家伙，你这个吃青蛙、杀鱼的家伙，这孩子终究会来捉你的！现在，立马给我滚开！否则，凭我杀掉的公鹿发誓（我可不吃挨饿的牲畜），滚回你的娘胎里去，你这只丛林败类，你会死得比来时更惨！滚！”

狼爸爸惊讶地看着狼妈妈，眼里充满骄傲。他几乎已经忘记了那些日子，他为了赢得狼妈妈的芳心，曾跟总共五只狼决斗。而狼妈妈那时在狼群里就被称为“魔鬼”，这可绝不仅仅是一种奉承。希尔坎或许还能和狼爸爸打斗一番，但他可没法对付狼妈妈。他很清楚自己的处境，也了解狼妈妈的位置优势，知道一旦真打起来，她定会为此奋斗至死。希尔坎只得怒吼着退出洞口，到了洞外才咆哮道：

“狗只会在自家门前乱叫！咱们走着瞧！看看狼群里有谁支持你们养这个人类的幼崽。他是我的！我终会吃掉他的，你们这些毛尾巴盗贼！”

狼妈妈大口喘息着躺倒在幼崽中间。狼爸爸一脸严峻地说道：

“你知道，希尔坎说得没错。我们必须带这个人类幼崽给狼群看看。孩子他妈，你还是打算留着他吗？”

“留！”她气喘吁吁地说着，“天色这么晚，他独自一人，衣不蔽体，饥肠辘辘地来到这里，却毫不害怕。看呐，他已经把我的孩子推倒一边去了。那个瘸腿的屠夫会杀了他，然后逃到韦恩昆加去的。这样，这里的村民就会追杀到我们的巢穴来复仇，把我们这里翻他个底朝天。留不留他？当然要留。躺着别动，你这小青蛙。哦，莫格里，我给你起名为青蛙莫格里。现在希尔坎追杀你，终有一天，你会有机会反过来追捕他的。”

“可是狼群会怎么说呢？”狼爸爸问道。

丛林法则明确表明，一旦结婚，该狼有权利退出原属狼群。但是当他的幼崽顺利成长，能够独自行走时，必须立即带他们回到狼群议会上来让大家过目。狼群议会基本每月满月之时举行一次。检查幼崽意在让其他狼族认识新的族人。审查结束，幼崽们就又可以随心所欲地自由行动了。在幼崽们首次猎杀成功前，任何成年狼都不得对其痛下杀手。否则，凶手将立获死刑。只要你稍微动动脑筋，就会明白必须这么做的道理。

等到他的孩子们能够奔跑了，狼爸爸便带着他们，还有莫格里，以及狼妈妈，趁着夜色一同前往狼群议会。地点在议会岩石，一处怪石嶙峋的山顶举行，狼群得以隐藏在乱石间。阿克拉，伟大的孤独之狼，凭借他的力量和头脑称首群狼。此刻，阿克拉正舒展四肢，趴在巨石上。下方坐着四十来只体态、颜色各异的狼：有经验丰富的獾色老狼，据说可以独自面对杀死一只公鹿，也有一众血气方刚、自以为也能如此的三岁年轻黑狼。孤独之狼带领他们已经有一年了。他年轻时曾两次落入陷阱，还有一次被殴打后遗弃在一边，等待着慢慢死去。因此他很了解人类的行为和习性。议会岩石前没什么狼交流。狼爸爸和狼妈妈们坐成一个圈子，他们的幼崽跌跌撞撞地歪在其间。老狼不时悄悄地走向幼崽，仔细端详一阵，再转身轻轻地离去。有时狼妈妈会推推自己的孩子，好让他们对着月光，一览无余。阿克拉便从巨石上大声喊道："你们都了解丛林法则。你们都了解丛林法则。看清楚了，群狼们！"焦急的狼妈妈们便会跟着叫道："看——清楚了，群狼们！"

最后，终于到了这关键的时刻，狼妈妈颈后鬃毛都根根直立起来，狼爸爸把"青蛙莫格里"——正如他们在家称呼的那样——推到圈子中心。莫格里坐在那里笑着、闹着，玩弄着月光下闪闪发光的鹅卵石。

阿克拉根本没把头从爪间抬起来过。他继续单一地喊着："看清楚了！"这时，一声低沉的怒吼从岩石后面传来，那是希尔坎在咆哮："那个幼崽是我的。把他给我。自由子民要一个人类的幼崽做什么？"阿克拉却连耳朵都没抖动一下，只是继续说着："看清楚了，群狼们！自由子民只听自由子民的命令，其他什么都别管。看清楚了！"

群狼沉声应和着。接着，一头年仅四岁的青年狼把希尔坎的问题甩向阿克拉："自由子民要一个人类的幼崽做什么？"这种情况下，丛林法则规定，如果狼群对于某个幼崽被接纳的问题产生了争执，除了该幼崽的父母，须由至少两名其他狼群成员表示赞同，才能想接纳他。

“谁愿意为这只幼崽说话？”阿克拉问道，“自由子民啊，谁肯站出来？”狼群中没有回应。狼妈妈知道，她很可能即将迎来自己的最后一战，她已经做好准备，迫不得已时，必将殊死一搏。

这时，巴鲁，狼群中唯一一位不属于狼类的动物举起了他蒲扇般的手掌。巴鲁是一只常常打瞌睡的棕熊，专门负责教育狼群幼崽丛林法则。老巴鲁只吃坚果、植物根茎和蜂蜜，因此他能在丛林里来去自如。此刻，巴鲁低沉的声音隆隆响起。

“一个人类幼崽？人类幼崽？”他问道，“那我为这个人类幼崽说话。人类幼崽又不会对我们有什伤害。我虽然不会说那些花言巧语，但我说的都是实话。让他跟着狼群奔跑吧，让他和其他群狼一起活动吧。我会亲自教他的。”

“我们还需要一位证人。”阿克拉说道，“巴鲁已经表明态度了，他是我们的孩子们的导师。还有谁和巴鲁一起站出来？”

一条黑影跳进圈子，原来是黑豹巴希拉。他全身乌黑发亮，在月光下犹如一袭光滑如水的绸缎。人人都认识巴希拉，谁都不愿意招惹他。他像塔巴克一样狡猾，野水牛一样胆大，受了伤的大象一样横冲直撞。可他的声音却像树上滴下的蜂蜜那样甜蜜柔和，他的皮毛比绒毛还要柔软舒适。

“哦，阿克拉，还有诸位自由子民，”他不紧不慢地说道，“我没有权利参与你们的会议，但是根据丛林法则，如果遇到处理新生幼崽的问题犹疑不决，不知该不该杀了他时，这个幼崽的性命是可以一定的价钱买下来的。不过法则并没有规定，这笔价钱谁有权买，谁无权买，对吗？”

“对！对！”那些总是感觉吃不饱的年轻群狼们应和着，“巴希拉说得对，幼崽的生命可以拿一定的价钱换取。这是丛林法则规定的。”

“我知道我在这里没有什么发言权，但是我希望你们能同意我再说两句。”

“说吧。”二十个声音一齐响起。

“杀死一个赤身裸体的小孩子是可耻的。况且，当他长大后，他或许会成为你们的好帮手。巴鲁已经为这个孩子说话了。我就接着巴鲁的话，再加上一头公牛的性命。一头刚刚杀死的新鲜大肥牛，离这里半英里路都不到。只要你们愿意，根据丛林法则，接受这个人类幼崽。这难吗？”

狼群中响起一阵喧嚣，大家纷纷附和：“这有什么关系？他会被冬雨淋死的，他会被烈日烤焦的。一只赤身裸体的小青蛙能给我们带来什么危害呢？让他跟着狼群奔跑吧。巴希拉，公牛在哪里？我们愿意接受他。”狼群中响起了阿克拉拉长声音的嚎叫：“看清楚了——看清楚了，群狼们！”

莫格里仍然深深地沉浸在玩弄石子中，全然没有注意到群狼们依次上前仔细看了看他。然后，狼群都下山吃那头公牛去了，只剩下阿克拉、巴希拉、巴鲁，还有莫格里自己的狼爸爸和狼妈妈。希尔坎的咆哮仍在夜空回响。他气急败坏，莫格里竟然没有交到他手中。

“哼，叫吧叫吧。”巴希拉的声音从胡须下面传来，“总有一天，现在这个赤身裸体的小家伙会让你哀嚎的，不然我就是对人类看走了眼。”

“干得不错，”阿克拉说，“人类和他们的幼崽都是非常聪明的。这孩子或许在需要时能成为我们的一大帮手。”

“的确，困境中的好帮手，毕竟没人能一直领导狼群。”巴希拉答道。

阿克拉没再接过话。他想到了一代代群狼首领的命运：气力消散，身体越发虚弱，终于被群狼杀死，于是新的首领上台——等待又一轮杀与被杀的命运。

“把他带走吧，”阿克拉对狼爸爸说道，“像训练我们自由子民一样好好训练他。”

这就是莫格里以一头公牛的代价，和巴鲁为他说话换来的进入西奥尼狼群的始末。

现在，你一定不介意跳过十年到十一年的样子，自己想象一下莫格里在狼群带领下的美好生活。要想把这些日子都写下来，那一定得写几大本书。总之，莫格里和其他幼崽一同长大。只不过，其他幼崽都长成成年的狼时，莫格里还是个孩子。狼爸爸教他丛林里的一切，教他每一个生命的意义，包括草地的每一阵沙沙声，夜晚每一股温润的风，头顶的猫头鹰发出的每个音符，蝙蝠倒立在树上时嵌下的每个爪印，鱼儿在水塘里跃起时带动的每一滴水花，莫格里都能记得清清楚楚，就像公司职员记得办公的每一件事务一样。不学习的日子，莫格里会在阳光下玩耍、睡觉、觅食，然后又沉沉睡去；觉得自己脏了，或者热了，就到丛林里的池塘游个泳；想吃蜂蜜了（巴鲁告诉他，蜂蜜和坚果都跟生肉一样美味）他就爬上树去掏，这是巴希拉教他的。巴希拉常常躺在一根树枝上向下喊：“小兄弟，快上来。”起初，莫格里像树懒一样死死扒在树上不肯放开，不过没多久他就放开了胆子，像灰猿一样能够在树枝间穿梭跳跃了。狼群议会时，他也有份。他发现，只要他用劲盯着一只狼的眼睛看，那只狼一定会垂下目光。于是，有一阵子，他便常常以此为乐。有时候，他会帮这些朋友们拔除脚下的荆棘刺，这些荆棘和芒刺扎在脚上，着实令群狼痛苦。他还会趁着夜色下山，溜进耕地，满怀好奇地窥视小屋里的村民。但是他对人类并不信任。巴希拉曾给他看过一个带有活门的方方正正的盒子，狡猾地藏在丛林里，他差一点儿就走了进去。巴希拉告诉他，那其实是一个陷阱。莫格里最喜欢的莫过于跟着巴希拉深入丛林幽暗而温暖的腹地，在阴雨濛濛的白天睡觉，等到夜晚来临，便爬起来看巴希拉狩猎。巴希拉饿了的时候，见什么杀什么，莫格里也是如此——除了一种猎物例外。莫格里刚刚懂事的时候，巴希拉就告诉他，永远不要去伤害公牛，因为他现在在狼群的生活，是用公牛的生命换来的。"整个丛林都是你的，"巴希拉说，"只要你有能力，能杀死一切。但是看在那条换来你生命的公牛份上，你绝对不能杀死或吃掉任何一头牛，无论小的还是老的。这是丛林法则。"莫格里也就忠实地服从着。

和其他男孩一样，莫格里一天天变得强壮。但是，他不知道自己在学很多东西，世界于他来说，除了吃，别的什么都不考虑。

狼妈妈告诉过他一两次，希尔坎不可信，总有一天，莫格里要杀了希尔坎。但是小狼可以分分秒秒记得妈妈的告诫，莫格里却很快就忘得一干二净，毕竟他是人类的孩子。只不过，如果他会说人类的语言，他大概会称自己是一头狼。

莫格里常常在丛林的小道上遇到希尔坎。随着阿克拉一天天变老衰弱，这只跛脚老虎竟然和狼群里年轻一代成了好朋友。年轻群狼们会跟在希尔坎身后，舔食他的残羹剩饭。要是阿克拉敢于严格行使他的权力，这种事情是绝对不会允许的。希尔坎还不时奉承年轻狼群，假装苦思不解地问，为何如此优秀的狩猎者们竟甘心受一只濒临死亡的老狼，和一个人类小孩的管束。"我听说，"希尔坎这样说道，"狼群议会时，你们都不敢直视莫格里的眼睛。"年轻狼群们听了，就会竖起毛发怒嚎起来。

巴希拉知晓周围发生的一切，自然也不会漏掉这件事。有几次，他曾十分明确地告诉莫格里，希尔坎终有一天要来杀他的。莫格里总是大笑着答道："我有狼群，有你，还有巴鲁，虽然他很懒，但他应该会为了我反击几个回合呢。我有什么好怕的呢？"

在一个非常暖和的日子，巴希拉突然又有了个新想法——这个想法来源于他听到的一件事。或许是豪猪依基告诉他的。当他和莫格里深入丛林，小男孩把头靠在巴希拉美丽的黑色皮毛上时，巴希拉发话了，"小兄弟，我多长时间就提醒你一次，希尔坎是你的敌人？"

"像棕榈树上的坚果一样多，"莫格里答道，他自然是不会数数的。"他怎么了？巴希拉，我困了，希尔坎不就是有条长尾巴，爱吹牛，跟孔雀莫奥一样吗？"

"现在可不是睡觉的时候。巴鲁知道，我知道，狼群知道，甚至蠢到不行的鹿都知道。塔巴克也告诉过你。"

"哈哈！"莫格里说道，"塔巴克不久前来找过我，说了好多粗鲁的话，什么我是个赤身裸体的人类幼崽，不应该去乱挖花生。不过我抓住了塔巴克的尾巴，把他往棕榈树上甩了两次，教训教训他最好表现得好点儿。"

"真是愚蠢，塔巴克虽然爱恶作剧，但是他能告诉你不少跟你息息相关的事情。小兄弟，睁大眼睛看看吧。希尔坎是不敢在丛林里杀了你的。但是你要记住，阿克拉已经很老了，过不了多久，他就再没力气猎杀野鹿了。到那时，他将无法继续领导群狼。你第一次被带到狼群议会上的那次，许多目睹了你的到来的狼也都老了。而年轻一代的狼都追随了希尔坎教他们的那一套。他们认为人类幼崽是不应该待在狼群中的。况且没多少日子，你就要长大成人了。"

"长大成人了又怎样？长大了就不能和他的兄弟们一起奔跑

了吗?”莫格里问道,“我在丛林出生,遵守着丛林法则。我们狼群里没有哪只狼,我没有帮他拔出过脚上的荆棘刺。他们当然都是我的好兄弟!”

巴希拉长长地舒展了下身体,半眯着眼接道,“小兄弟,摸摸我的下巴下面。”

莫格里伸出强壮的棕色手掌,在巴希拉光滑的下巴底下,密密麻麻的毛发里隐藏着健硕雄浑的肌肉,在那儿,他摸到了一小块光秃秃的地方。

“丛林里没有人知道,我,巴希拉,身上带着这个印记——项圈的印记。小兄弟,我实际上是在人类那里出生的。我的母亲就是在他们那里死去的——死在乌德普尔的王宫里。正因如此,我愿意在那次议会上,在你还是个赤身裸体的小崽时,为你付出那笔价钱。是的,我也在人类中出生。我从没见过丛林。他们把我关在铁栅栏后面喂我养我。直到有一天,我觉得我是黑豹巴希拉——不是什么人类的玩物。于是我用脚爪猛地击开了那把愚蠢的锁逃掉了。也正因为有这样的经历,我了解人类的言行,所以在丛林里我比希尔坎更可怕,不是吗?”

“是的。”莫格里答道,“整个丛林都害怕巴希拉——只有莫格里不怕。”

“哈哈,你可真是个人类的幼崽。”黑豹温柔地笑道,“不过即使如我,我也回到了我的丛林。所以你终究也是要回到人类那里——回到你真正的兄弟身边——如果你还能活着走出狼群议会的话。”

“可是为什么呢?为什么有人要我死?”莫格里不解。

“看着我,”巴希拉说。莫格里直直地看向巴希拉的双眼。半分钟后,这只大黑豹就扭头避开了莫格里的目光。

“这就是为什么，”巴希拉在树叶上蹭着脚爪，“连我也没法直视你的眼睛，而我，小兄弟，我还是出生在人类之中，并且深深地爱着你的呢。其他狼却恨你，因为他们无法与你对视，因为你太聪明，因为你能帮他们拔出脚掌的刺——因为你是个人。”

“我以前不知道这些，”莫格里闷闷地说道，一双浓眉下，眉头紧锁。

“丛林法则是怎么规定的？先动手，再动口。他们就是因为你大大咧咧，才知道你是个人。但是，你要保持机灵。我深知当阿克拉下次猎杀失手时——要知道，现在每一次狩猎，都要消耗他更多的力气——狼群就会集体反对他，也反对你。他们会在议会岩石举行丛林大会，那时……那时……有了！”巴希拉突然跳了起来，“快下山，去村子里人类的屋子，带些大红花回来。这样，到时候你或许会有个比我、比巴鲁、比狼群里那些还爱你的大家更有力的朋友了。快去取大红花。”

巴希拉所说的大红花，就是火。只不过丛林里没有生物敢直呼火的名字。大家都对它异常恐惧，于是发明了无数种方法来形容它。

“大红花？”莫格里说，“就是那些黄昏时，他们屋外开出的花吗？我这就去取。”

“这才像人类的好孩子。”巴希拉自豪地说道，“记住，那东西长在小盆里。快去拿一盆回来，好好保护它，以备不时之需。”

“好！”莫格里答道，“我这就去。不过，我的巴希拉，你确定吗，”——他伸出胳膊环住巴希拉光滑的后颈，定睛看着那双大眼睛——“你确定这些都是希尔坎干的？”

“凭那副还我自由、被我砸坏了的锁发誓，我确定，小兄弟。”

“那么，凭换来我生命的公牛发誓，我会叫希尔坎为此付出全部代价的，或许还要多一点。”说着莫格里就蹦蹦跳跳地跑开了。

“那是个人类。那真是个人类，”巴希拉自言自语着又躺了下来，“哼，希尔坎，没有哪次狩猎比你十年前猎杀这只青蛙更糟糕的了！”

莫格里一路飞奔，穿过丛林，他的心脏怦怦作响。黄昏笼罩大地时，他已经回到山洞。他喘了口气收，向下面的村子看去。狼崽们都出去了，狼妈妈在山洞最里面，一听喘气声就猜出她的小青蛙正被烦恼困扰着。

“孩子，怎么了？”她问道。

“一些关于希尔坎的烦心话，”莫格里朝洞里喊道，“我今晚要到耕地那边去打猎。”说着他就冲下山坡，穿过灌木，来到谷底的小溪旁。然后他停下脚步，因为他清楚地听到了狼群狩猎的嚎叫，一头公鹿被追赶的吼声，还有他陷入困境后急促的呼吸。接着，传来年轻群狼们狡黠、尖锐的呼喊：“阿克拉！阿克拉！让孤独之狼展示自己的力量。给狼群首领腾出地方！扑上去吧，阿克拉！”

孤独之狼一定是扑了出去，却没抓住猎物。莫格里听见他牙齿咔嚓一声咬了个空，接着是被公鹿用前蹄踢倒在地的痛苦狼吠。

他没再听下去，像离弦的箭一般冲了出去；狼吠被他甩在身后，随着他奔向村民们的耕地，声音渐渐远去。

“巴希拉说的没错，”他在一间小屋旁停了下来，躲在窗户下的饲料中，气喘吁吁道，“明天就是最关键的一天，对阿克拉和我都是。”

他把脸贴近窗户，看见壁炉里燃烧的火焰。就着夜色，他看见农夫的妻子走过来，往里面添加一块块黑黑的东西。到了早晨，白雾降临，寒气逼人，他又看见农夫的孩子拎起一个里面抹了泥的柳条编织的罐子，往里面装了几块烧得通红的木炭，再把它塞在自己身上披着的毯子下方，走出来照看牛棚里的母牛去了。

“这就行了？”莫格里自言自语道，“如果一个人类小孩都能做到，那也没什么好怕的。”于是他转过拐角，大步迎上男孩，直接从他手里拿走了罐子，消失在蒙蒙白雾中，留下男孩吓得大叫。

“他们长得倒跟我很像呢。”莫格里一边说着，一边学着那个农夫的妻子往罐子里吹气。“我要是不拿些东西喂它，这玩意就会死掉。”这般想着，莫格里往火红的东西上不断添加树枝和干草。走到半山腰，莫格里遇到了巴希拉，身上还披着晨露，像月长石一样闪闪发光。

“阿克拉失手了，”黑豹说道，“本来他们昨晚就想杀了他，但是他们还想连你一起杀死。所以他们还在山上到处找你呢。”

“我去耕地那边的。现在，我准备好啦。看！”莫格里提起火罐。

“很好！我见过人类把干木棍伸到这玩意里面，然后木棍的另一头就会绽放出一朵大红花。你不害怕吗？”

“不害怕。为什么要怕呢？我想起来了——如果我不是在做梦的话——我记得在我成为狼群一员以前，我常常躺在大红花旁边，又暖和又舒服。”

接下来的一整天，莫格里都坐在洞里忙着照顾他的火罐，把干树枝一根根伸进去，看它们烧起来是什么样。他终于找到一根让自己满意的木棍。于是到了傍晚，塔巴克来到洞口粗暴地叫他去议会巨石，说大家都在等他时，莫格里放声大笑，吓得塔巴克赶紧逃开。往议会去的路上莫格里仍在大笑着。

孤独之狼阿克拉躺在曾属于他的岩石旁，表示狼群首领位置已经对大家开放。希尔坎和他那些蠢蠢欲动的追随者们大摇大摆来回走动着，一副得意扬扬的样子。巴希拉紧紧躺在莫格里身边，火罐则放在莫格里两膝之间。等大家到齐了，希尔坎开始讲话——这是阿克拉掌权期间希尔坎绝对不敢做的事情。

“他没有权利，”巴希拉悄悄说，“你来说吧。这个狗娘养的，他会吓坏了的。”

于是莫格里跳起来，“自由子民们，”他大声说道，“难道现在是希尔坎在带领狼群吗？一只老虎跟我们选首领有什么关系？”

“我是看到你们首领的位置还空着，况且是有人要求我发表讲话——”希尔坎开口道。

“谁要求的？”莫格里说，“难道我们都是走狗，只会奉承你这个专杀牛群的屠夫吗？狼群的首领只能由狼群中选出。”

有人高呼“安静，你这个人类小崽子！”“让他说完。他一直遵守着丛林法则。”终于，一头长老狼的声音盖住了嘈杂的嚷叫：“让‘死狼’说话吧。”狼群首领狩猎失败后，尽管他还活着，也被叫做“死狼”，何况通常这个狼群首领也活不了多久了。

阿克拉缓缓抬起他衰老的头：

“自由子民，还有你们，希尔坎的走狗们，我带领你们十二载，在丛林里来去狩猎，没有任何人落入陷阱，或者受伤残疾。现在，我狩猎失败，你们都知道这个阴谋是如何得以实施的。你们自己清楚，你们是如何把我带到一头精力旺盛的公鹿前，好让我出丑。真是聪明啊。现在，你们有权利在这里，在这块议会巨石前杀死我。那么，我要问问，谁来给孤独之狼最后一击呢？根据丛林法则，我有权利和你们一一对抗。”

一片长久的沉默。没有哪只狼敢独自上前与阿克拉决一死战。于是希尔坎咆哮起来：“呸！这只没牙的蠢货跟我们有什么关系？反正他早晚是要死的。倒是那个人类幼崽活了太久。自由子民们，他本来就是我的盘中之物。把他给我，我早对这种又是人又是狼的事儿烦透了。把他给我，不然我就永远在这里狩猎，不给你们留下一根骨头。他是个人，是个人类崽子，我恨他，恨到骨子里去了！”

过半数的狼群应和道：“一个人！一个人！一个人跟我们有什么关系？让他回到他该待的地方去。”

“然后让村民们都跟我们作对？”希尔坎烦躁地吼道，“不！把他给我。他是个人，我们中没人能直视他的眼睛。”

阿克拉再次抬起头说道：“他和我们吃一样的食物，一起睡觉，一起追跑玩耍。他没有违反任何一条丛林法则。”

“况且，当初他被狼群接受时，我花了一头牛的代价。这个代价不算什么，但是巴希拉的信誉可不算件小事，这恐怕才是他需要为之奋斗的。”巴希拉用他最温文有礼的声音说道。

“一头十年前用来交换的公牛！”狼群骚动起来，“我们干吗要关心十年前的老骨头？”

“那么十年前的誓言呢？”巴希拉说道，露出唇下的獠牙。“好哇，你们可真不愧是‘自由的子民’！”

“人类崽子绝不能跟丛林子民一起生活。”希尔坎大吼着，“把他给我！”

“除了体内流淌的血液不同，他一直是我们的好兄弟。”阿克拉接过话头，“你们却想在这里杀了他！没错，我活得已经太久了。你们当中，有些成了专吃牛群的狼，还有的，据我所知，受希尔坎教唆，趁着夜色从村里的门阶上抓人类的孩子来吃。我由此看清了你们这些懦夫。听着，懦夫们，我现在是在对你们说话，我是肯定要死的了，我的生命已经不值一文，不然我会用它来换取这个人类小孩在狼群中的位置。不过，为了狼群的尊严——这个由于没有首领而似乎已被你们遗忘的小事——我保证，如果你们放这个人类幼崽回到他自己的地方，那么在我死前，我连牙都不会对你们龇一下。我将安安静静，不战而死。这至少能拯救狼群里三条生命。多了我恐怕也做不到，但是只要你们愿意，我就能使你们不至于为杀害一个没有任何过错的兄弟而丢脸——这个依照丛林法则有人站出来为他说话和赎买而来到我们身边的兄弟。”

“他是一个人——一个人——一个人！”狼群骚动着。大多数狼开始聚集在希尔坎周围，希尔坎的尾巴骄傲地摇摆起来。

“现在的任务就交到你手中啦，”巴希拉对莫格里说道，“我们除了战斗，别无他法。”

莫格里笔直地站着，手里捧着火罐。只见他伸了个懒腰，对着整个狼群议会打了个大哈欠，其实内心此刻却因愤怒和悲哀而激荡不已。这些狼真狡猾，从来没有表露过他们有多恨他。“听好了！”他喊道，“你们何必继续咋咋呼呼乱成一团。你们已经说过太多次，我是一个人（尽管我其实会跟着你们一起，一辈子做一只狼直到生命尽头），让我不得不认为你们说的是真话。因此，我不会再称呼你们为兄弟了，而是野狗，就像人类提起你们的那样。你们想做什么，不想做什么，不是你们说了算的，而是我。让我们把事情说得更明白些，我，一个人，给你们这些野狗带了点让你们害怕的大红花来。”

他把火罐掷向地面，烧红的木炭飞了出来，点燃了几处干草垛，瞬间燃起熊熊大火，吓得群狼直往后退。

莫格里把他的枯木枝伸进火堆，直到树枝点燃，噼啪作响。他站在畏缩不前的狼群之中，高举火把，在头顶挥舞。

“你现在是首领了，”巴希拉轻声说道，“救救阿克拉，别让他死掉。他一直是你的朋友。”

阿克拉，这头衰弱的老狼，一生从未祈求过同情，此刻正哀怜地看着莫格里，看着这个赤身裸体的男孩，长长的黑发垂至双肩，在火光的映照下，许许多多的黑影在跳跃、颤抖。

“很好！”莫格里缓缓地环视四周，“看得出来你们就是野狗。我会离开你们去找我自己的族人——如果他们是我的同类的话。既然丛林已经容不下我了，我必须忘掉你们说过的话和一起走过的日子。但是我比你们仁慈得多，既然我除了血液，曾经完全算得上是你们的兄弟，那么我保证，当我回到人群，我绝不会像你们背叛我那样背叛你们。”他用脚踢了踢火堆，火星四溅。“我不会带领族人跟你们狼群交战的。但是在我临走前，还有一笔债要算清。”他大踏步地走向希尔坎，后者正傻乎乎地坐在地上，对着火焰不停眨眼。莫格里一把揪住希尔坎下巴上的胡须。巴希拉紧随其后，以防万一。“起来，野狗！”莫格里喝道，“当人在发话的时候，你必须站起来，不然我就点燃你的皮！”

希尔坎双耳软绵绵地搭在头上，火焰离得太近，他不得不闭上双眼。

“这个专吃牛群的屠夫说，因为在我还是个幼崽时，他没能杀掉我，所以他要在今晚的议会上杀了我。那么，我是不是该像个人一样教训下他这条野狗呢？瘸子，你敢动一下胡须，我就把大红花往你喉咙里塞！”他手握树枝猛抽希尔坎的脑袋，老虎被恐惧和痛苦折磨得不住呻吟、哀嚎。

“呸！烧焦了的丛林老猫——滚开！记着，下次我以人类的身份再来议会巨石时，头上一定披着希尔坎的皮。至于你们其他狼，让阿克拉自由自在地过他的日子。不许你们杀了他，因为我不允许。我也不认为你们要在这里继续待下去，伸着你们的舌头，好像你们很厉害似的，而不是一群被我驱赶的野狗。好了！滚吧！”火焰在枝头热烈地燃烧着，莫格里在圈子里左挥右舞，火花四溅，点燃了群狼皮毛，狼群纷纷嚎叫着四处逃窜。最后，只剩下阿克拉、巴希拉，还有大约十只支持莫格里的狼。接着，什么东西似乎从内心弄疼了莫格里，他还从来没有过这种感觉。他喘息着，抽噎着，眼泪滑下脸颊。

“这是什么？这是什么？”他问道，“我不想离开丛林，我也不知道这是什么。巴希拉，我是要死了吗？”

“不，小兄弟。那只是人类的眼泪。”巴希拉答道，“现在，我可以确定你长大成人了，不再是个人类的孩子了。从此以后，丛林是容不下你了。让它们落下来吧，莫格里。那只不过是眼泪。”于是莫格里坐在地上大哭起来，仿佛心都要碎掉一般。他这一辈子还没这样哭过呢。

“现在，”他说道，“我要去找我的族人了。但我要先跟妈妈道别。”他来到狼妈妈和狼爸爸居住的山洞，趴在狼妈妈身上哭泣，四只幼崽在周围悲伤地嚎叫着。

“你们不会忘了我吧？”莫格里问道。

“绝不会，只要我们还能嗅到你的行踪，”幼崽们答道，“等你回到人类那里后，要记得到山脚来，我们会和你聊天，晚上也会来田地里找你玩的。”

“快点回来！”狼爸爸说道，“哦，聪明的小青蛙，快点回来。我们已经老了，你妈妈和我已经老了。”

“快点回来，”狼妈妈说道，“你这个赤身裸体的好孩子，我的好孩子。听着，虽然你是人类的孩子，我却爱你超过我自己的孩子呢。”

“我一定会回来的。”莫格里说，“当我回来时，一定把希尔坎的皮铺在议会岩石上。别忘了我！告诉丛林里的人家，别忘了我！”

天空破晓，莫格里独自走下山，准备迎接那群被称作人类的神秘生物。

卡阿的猎物

斑点令猎豹自豪；犄角让
水牛骄傲。
把自己打扮干净，要知道，猎人的能力
反应自身上耀眼的皮毛。
如果你发现，公牛朝你奔跑，公鹿向你
竖起犄角；
别停下，别跟我们说：十年前
我们就知道。
不要亏待其他幼崽，把他们
当做兄弟姊妹，欢迎善待，
或许他们又小又胖，他们的母亲
却很可能是只大熊。
“没人能和我一样！”面对第一份猎物
幼崽骄傲地说道；
可是啊，丛林很大，幼崽很小。让他
仔细思考，不要乱跑。

——巴鲁箴言

这些都是在莫格里被赶出西奥尼狼群、发誓要找老虎希尔坎复仇之前，巴鲁教他的东西。就是在那些日子里，巴鲁教会了他丛林法则。这只体格庞大而一脸严肃的老棕熊，面对莫格里这样反应迅捷的学生时，总是深感欣慰。因为小狼崽只能记住丛林法则中，跟他们自己的族群有关的部分。而且一旦学会了狩猎致辞，他们就头也不回地跑开去了——“轻盈安静的脚步；看透黑夜的眼睛；机敏的双耳，可以听见洞穴传来的风语；还有一口尖锐的白牙；这些都是我们兄弟的标志，只有受人记恨的胡狼塔巴克和海耶那除外。”可是作为一个人类的孩子，莫格里不得不了解比这些多得多的东西。有时，黑豹巴希拉会穿过丛林来看看他的小家伙学得怎么样了，脑袋抵在树干上，发出满意的呼噜声，看着莫格里在一旁给巴鲁背诵一天的功课。男孩爬树的本领几乎和游泳一样好，游泳的速度几乎和跑步一样快。于是丛林法则导师老巴鲁，就教给了他木之法则和水之法则：怎样区分腐烂和健康的树枝；如何礼貌地向来自离地五十英尺的蜂窝的野蜂打招呼；如果正午打扰了在枝丫间栖息的蝙蝠曼恩，该说些什么；跳进池塘游泳前怎样警告水蛇不要轻举妄动。没有哪个丛林居民喜欢被打扰，他们总是时时刻刻戒备着，一旦发现入侵者就扑上去。因此，莫格里还要学习陌生者的狩猎呼唤。每次有丛林子民到自己的领地以外狩猎时，莫格里都要大声呼唤，翻译过来大意如下：“请允许我在这里狩猎吧，我已饥肠辘辘。”莫格里要不断重复这些呼唤，直到有人回答：“那么请在这里狩猎吧，但是是为了生存，而不是玩乐。”

说这些是为了让你明白，莫格里要学习背诵多少东西。渐渐地，他厌倦了每天不停地重复同样的内容。终于有一天，莫格里被巴鲁打了一巴掌，气急败坏地跑掉了。巴鲁却对巴希拉说：“人类的孩子就是人类的孩子，作为一个人，他必须学会所有丛林法则。”

“可是看呀，他是那么小。”黑豹说道，如果可以，他一定按照自己的方式拼命宠溺莫格里，“这么小的脑袋里怎么能装下你说的那么多东西？”

“丛林里难道有什么因为长得小就不会被杀死的生物吗？没有。这就是为什么我要教会他这些事情，这就是为什么我要打他。我打得很轻的，他会忘记的。”

“轻！你懂什么轻重，你这只老铁脚？”巴希拉咕哝道，“你把他整个脸都打肿啦——轻，哼。”

“就算从头到脚都被我打青，也比他以后因为无知而受到伤害要好。我爱他。”巴鲁认真地答道，“我现在正在教他丛林里的王者之语，这些王者之语可以保护他不受任何伤害，包括鸟类和蛇类，还有所有四肢着地打猎的野兽们，只有他自己的人类族群除外。只要他记得这些话语，就可以为自己寻求庇护，免受丛林里任何生物的伤害。这难道抵不上一点打骂吗？”

“好啦，幸而你也没打死这个人类小孩。毕竟他可不是一桩树干，供你用来磨砺自己的钝爪。话又说回来，王者之语是什么？虽然比起寻求帮助，我更愿意提供帮助呢。”——巴希拉伸出一只脚掌，赞赏地看着另一端颜色铁青、锋利无比的爪尖——“但我还是想知道。”

“我来喊莫格里背给你听——如果他愿意的话。过来，小兄弟！”

“我的脑袋像蜂窝一样嗡嗡作响，”一个闷闷不乐的小声音从上方传来，只见莫格里气鼓鼓地滑下树来，一到地上就接着说，“我是为了巴希拉来的，才不是为了你呢，又肥又老的巴鲁！”

“无所谓，对我来说都一样。”巴鲁假装若无其事地答道，内心深处却暗暗痛苦而难过，“那你就跟巴希拉说说吧，我今天刚刚教过你的丛林王者之语。”

“哪个族群的王者之语呢?”莫格里问道,很开心有机会一展身手,“丛林里各个族群的语言我都知道呢。”

“你知道的只占了一小部分,根本不算多。看吧,巴希拉,对于自己的启蒙导师,他们从来不知感恩。没有哪只小狼曾回来感谢过老巴鲁的教导。就说说狩猎一族的语言吧——大学问家。”

“我们体内流淌着同样的血液,你和我,”莫格里学着巴鲁的腔调,说出了狩猎一族的语言。

“很好,下面说说鸟类一族的。”

莫格里重复了上述话语,只不过每句结束都加上一声鸢唳。

“再背背蛇类一族的。”巴希拉说。

回复他的是完全无法用语言形容的一连串嘶嘶声,莫格里向后踢踏着双脚,使劲儿鼓掌夸奖自己,还跳上巴希拉后背,侧坐在一边,用脚跟敲打他那光滑的皮毛。巴鲁在一旁看着,脸色阴沉得可怕。

“好啦——好啦!这还不值得一点儿瘀青么,”棕熊温柔地说道,“总有一天你会记起这些的。”他转过去跟巴希拉解释,他是如何向知晓一切的野象海蒂苦苦讨来了这些王者之语。海蒂带着莫格里到池塘里去跟水蛇学习蛇类语言,因为巴鲁学不会他们的语言。现在莫格里可以在丛林里安然避免一切危险,无论蛇类、鸟类,还是野兽都无法伤害他。

“这样他就不用害怕任何动物啦。”巴鲁自豪而兴奋地拍打着自己毛茸茸的大肚子说。

“除了他自己的族人,”巴希拉轻声说道,接着他扬起嗓门对莫格里高呼,“小兄弟,当心点儿我的肋骨啊!这跳上跳下的是要干什么?”

莫格里一直东拉西扯着巴希拉两肩的鬃毛，用力踢打他身体两侧，试图让他们听他说话。等到巴鲁和巴希拉都好好听他说话时，他正尖着嗓子高声宣布："我该有个属于自己的部族，我要带领他们不停地穿过树木穿过丛林。"

"这又是哪里冒出来的蠢点子，你这个小幻想家？"巴希拉问道。

"没错，我还要朝老巴鲁扔树枝和泥块，"莫格里接着说，"他们答应我的！啊哈！"

"呼！"巴鲁一巴掌把莫格里从巴希拉后背扇了下来，压在两只前爪之间。男孩躺在地上，可以看见棕熊气愤的脸。

"莫格里，"巴鲁说道，"你和猿类一族说过话了，那群喋喋不休的家伙。"

莫格里看看巴希拉，想搞清楚他是不是也在生气。巴希拉的眼睛如硬玉般严厉。

"你和猿类一族说过话了——那些灰色猿猴——没有法律、什么都要的家伙。这真是奇耻大辱。"

"巴鲁打伤我的脑袋以后，"莫格里（他仍然躺在地上）说，"我跑开了。是那些灰色猿猴从树上下来关心我，其他人都不管我。"他抽了抽鼻子。

"猿类一族竟然关心你！"巴鲁不屑地哼了一声，"真是百年一遇的奇事啊，除非山泉都停止不再流淌，夏日变得跟冬日一样凉爽了才有可能！然后呢，小娃娃？"

"然后……然后他们给我坚果吃，还有其他好吃的东西。然后……然后他们抱着我到树顶上去，说我是他们的血脉兄弟，只不过少了他们的尾巴，总有一天我要做他们的首领。"

"他们从来就没有首领，"巴希拉说道，"他们在骗你。他们总是说谎。”

“他们对我很好，还邀请我再去。为什么我从没被带到过猿类一族中去呢？他们和我一样直立行走。他们不会用爪子重重地打我。他们整天都在嬉戏玩耍。让我起来！讨厌的巴鲁，让我起来！我还要找他们去玩。”

“听着，小娃娃，”棕熊的声音隆隆响起，如同炎热夜晚的惊雷，“我教过你丛林里所有族群的法律——只有住在树上的猿类一族例外。那是因为他们没有法律。他们是被驱逐的一族。他们没有自己的语言，只会到处偷听学得只言片语，他们四处偷窥，在枝头守株待兔。他们的生活方式和我们全然不同。他们没有首领。没有记忆。他们自吹自擂，喋喋不休，装出一副伟大的样子，好像要在丛林里干出一番事业。可是一眨眼，还没坚果落到地面上的时间长，他们就把一切都忘到了脑后，只顾着傻笑了。我们丛林里的其他动物跟他们没有任何交集。我们不和他们在一处喝水；不去他们去的地方；不和他们在一处狩猎；不死在他们死去的地方。到今天为止，你有听我说过他们叽叽喳喳的语言吗？”

“没有，”莫格里轻声答道。巴鲁已经说完了。现在，整个丛林里一片寂静。

“丛林子民们从不提起他们，甚至从不去想他们。如果他们有什么值得丛林子民注意的特点的话，那就是他们数量众多，邪恶，肮脏，不知羞耻，还贪得无厌。只不过哪怕他们朝我们掷坚果和污秽，我们都不会去真正注意他们。”

突然坚果和细枝穿过层层树枝，如暴雨般砸落，巴鲁不得不闭上嘴巴。他们听到上方的树枝间传来咳嗽、咆哮，还有愤怒的跳跃声。

“猿类一族是绝对禁止的，”巴鲁说，“丛林子民不得接触猿类一族。切记切记。”

“是禁止的，”巴希拉说道，“但我还是认为巴鲁应该提前警告你，不得与他们往来。”

“我——我？我怎么知道他竟然会跟这些杂种在一起。跟猿类一族！呕！”

新一轮的坚果树枝再次暴雨般落下，他们不得不带着莫格里小跑着逃开。巴鲁对猿类一族的评价没有错。他们常年住在树顶，野兽们很少抬头去看，所以猿类一族和丛林子民极少有什么交集。但是一旦猿类一族发现了一只病狼，或者受伤的老虎或者棕熊，他们就会想尽办法折磨这些可怜的动物。他们以朝野兽扔木棍和坚果为乐，只是希望能被注意到。他们会发出奇怪的喊声和尖叫，哼着没有调子的歌曲，邀请丛林子民和他们一同爬树打闹。又或者他们族内莫名其妙地就起了纷争，然后在丛林子民能看到的地方留下打斗中死掉的猴子。他们总是正需要找一个首领，需要建立自己的法律和习惯，但是这些他们都从来没有真正有过。因为他们的记忆力太短暂，没法每一天每一刻都记着。因此他们只得自欺欺人说：“我们猿类一族现在所想到的，都是其他丛林子民以后才能想到的。”这样就能让他们感到好受许多。没有野兽能抓住他们，也没有野兽愿意注意他们，这也是为什么伴着不远处巴鲁愤怒的嚎叫，当莫格里来找他们玩时，他们那样开心。

猿猴们从不想真正做些什么——他们从不打算做任何事情。但是，其中一位猿猴想到了一个自以为很聪明的点子，于是他告诉其他猿猴：把莫格里留在他们部族对大家都是有很大好处的。因为他会把树枝编织在一起，从而阻挡大风，所以如果他们抓住莫格里，就能逼迫他教他们。作为一个伐木者的孩子，莫格里自然而然有许多潜能和直觉，他能够不假思索就用树枝搭建出一栋小屋。猿类一族在树上看见了，觉得特别神奇。这一次，他们决定，他们真的需要一个首领，带领他们成为丛林里最聪明的族群——聪明到丛林里其他所有子民都会注意他们，羡慕他们。于是他们悄悄跟在巴鲁、巴希拉和莫格里身后穿过丛林。到了午休时分，莫格里睡在黑豹和棕熊之间，他还在为自己的行为深感内疚，正下定决心再也不和猿类一族有任何瓜葛。

下一件莫格里记得的事情，就是感到许多手放在他的双腿和胳膊上——硬而有力的小手——还有树枝从他脸上扫过，接着他就已经从高空透过层层叠叠的树枝向下干瞪眼了。巴鲁深恶痛绝的嚎叫震动了整个丛林，巴希拉用獠牙支撑着身体一步步跳上树干。猿类一族则怪叫着庆祝他们的胜利，一路扭打着跳上更高的树枝。巴希拉没法继续向上跳，不得不停止追击。猴子们欢叫着："他注意到我们了！巴希拉注意到我们了！丛林子民们都在羡慕我们的机敏灵巧。"他们欢呼雀跃着，在自己的空中陆地上奔走跳跃，这是只有猿类一族才有的难以形容的场景。他们分为常用道路和交叉道路、上坡路和下坡路，都在离地七十到一百英尺的高空。这些空中道路使他们可以在必要时，即使夜里也能到处跑动。两只最强壮的猴子把莫格里携在臂下，每隔二十英尺在树顶间一跃。如果他们单独前进，会比现在快一倍，只不过莫格里的体重拉缓了他们的步伐。莫格里头晕眼花，他瞥见土地在脚下很远很远的地方，有些害怕，而且每一次悬在半空前那一收一冲，没有任何依靠的感觉，也总让他的心提到嗓子眼，他却依旧十分享受这种疯狂的冲刺。他的护送者会带他冲上树顶，直到顶端最细的树枝在他们脚下咔嚓一声弯曲，仿佛即将断裂，他们才咳嗽一声，呼喝着冲向高空再度下降，如此起起伏伏，全靠双臂或双足抓住附近的树枝。有时莫格里看到大片大片的绿色丛林，如同站在桅杆上可以看见茫茫大海一样。紧接着层层密叶便扫过他的脸颊，他和他的两个护送者几乎立刻又要触到地面了。就这样，整个猿类一族携着他们的囚徒莫格里，跳着、冲着、叫着、喊着穿过他们的空中道路。

刚开始的时候，莫格里还担心会掉下去，随后他变得越来越生气。但是他知道，比起徒劳的挣扎，想个好办法逃出去更重要。他知道最要紧的是捎话给巴鲁和巴希拉。他也知道，以猴子们的速度，他的两位朋友早就给甩出了老远。向下看是没用的，满眼只有密密麻麻、盘枝错节的树梢，于是莫格里改向上看。他看到鸢鸟赖恩在高高的蓝天上不断盘旋，时刻关注着丛林里有没有什么死去的食物。这会儿，赖恩发现了猴子们似乎带着什么东西，他跟踪了几百码想弄清楚他们带的东西能不能吃。当看被拖上树梢的竟然是莫格里时，赖恩惊讶地叫出了声。他听见莫格里冲着他喊——“我们体内流淌着同样的血液，你和我。”接着，层层树枝再次遮住了男孩，但是赖恩及时盘旋到前方的树上，等着男孩棕色的小脸再次出现。“记住我的路线！”莫格里喊道，“告诉来自西奥尼的巴鲁和议会岩石的巴希拉。”

“以谁的名义呢，小兄弟？”虽然听说过莫格里，赖恩还从没见过他。

“青蛙莫格里。他们叫我人类的幼崽！记住我的路线！”

莫格里被甩向空中，最后几声变得尖锐无比。赖恩点点头，振翅高飞，目送着莫格里直到他变成远处一粒尘埃般的小点。随后，赖恩在丛林上空盘旋着，用他望远镜般的机敏眼睛扫视树梢，关注着莫格里被猴群卷走的方向。

“他们从不走远，”他咯咯一笑，“他们从不按照预先的计划实行。嘀嘀咕咕的猿类一族啊，总是一下子又注意到新东西上去了。这一次，要是我没看错，他们已经给自己闯下大麻烦了，巴鲁可不是什么刚出生的毛孩子；而且据我所知，巴希拉杀的动物比整个山羊的总数都多。”

他在空中盘旋着，收起双脚等待巴鲁和巴希拉出现。

与此同时，巴鲁和巴希拉正被狂怒和悲伤包围着。巴希拉试图爬树，这可是他从未做过的事情，哪知纤细的树枝承受不住他的重量，他无奈地从树上摔下来，爪子里全是树枝。

“你怎么能不事先提醒那个人类的孩子呢？”他冲着可怜巴巴的巴鲁吼道。巴鲁还在傻傻地小跑着，希望能赶上猴群。“你都没有事先提醒过他，那么把他打得半死的那一巴掌又有什么用呢？”

“别急！哦，别急！我——我们还是能抓住他们的！”巴鲁气喘吁吁地说。

“就凭你那样的速度！都赶得上一头受伤的牛了。丛林法则的导师啊——小孩子的鞭打者啊——要是像莫格里那样在空中前后摇晃，不出一英里你就要吐了。快坐下来想想！想个计划出来。我们没时间玩追逐游戏了。要是我们离得太近，他们说不定会把莫格里扔下来呢。”

“哎呀！天哪！说不定他们带着他太累，已经把他扔了呢。怎么会有人会相信猿类一族呢？快往我头上扔死蝙蝠！逼我啃黑骨头！把我踢到野蜂住的山里，让我被叮死！哎呀！天哪！哦莫格里，莫格里！我怎么不早点提醒你不要和猿类一族打照面呢？我怎么就打了你呢？说不定我把你学到的东西都打忘了，那你岂不是独自在丛林里，却没有能够保护你的王者之语了吗？”

巴鲁来回扇着自己耳光，前翻后滚地呻吟着。

“至少不久前他还正确地说出了那些话语。”巴希拉不耐烦地说道，“巴鲁，你真是既不长记性又不懂得注意自尊。从林子民会怎么想，如果黑豹我像野猪依基一样，蜷起身子在地上滚来滚去，还大声哼哼？”

“我才不管别人怎么想呢。他说不定已经死了。”

“除非他们把他当杂耍扔下高空，或者因为无聊而杀了他，不然我才不担心那个人类幼崽呢。他不仅聪慧，又已经学到了那么多东西，加上一双丛林子民都惧怕的眼睛。只不过（不太好的是）他现在被猿类一族控制住了，他们住在树上，不怕我们中的任何一个。”巴希拉若有所思地舔着前爪。

“我真蠢！哦，你这只又肥又重的大棕熊，真是蠢到家了！”巴鲁突然给了自己一击，豁然开朗，“确实，野象海蒂说过，‘人人都有弱点’；而那些猿类一族害怕的是岩石之蛇卡阿。卡阿爬树爬得和他们一样好，他会在夜间偷走小猴。哪怕轻轻吐出他的名字，那些邪恶的家伙们的尾巴都会变得冰冷。我们找卡阿去。”

“他会帮我们？他和我们可不是一类，他没有脚，却有一双可怕的眼睛。”巴希拉问道。

“他年龄大了，又那么狡猾，况且他总是饥肠辘辘。”巴鲁信心十足地说，“我们就承诺会给他很多山羊吃。”

“他要睡上整整一个月，才会出来觅一次食。现在他大概在睡觉吧。再说，即使他醒着，万一他宁可自己去杀山羊呢？”巴希拉对卡阿一无所知，自然对这个计划充满疑义。

“那样的话，老猎手，咱俩就一起给他点颜色瞧瞧。”巴鲁拍了拍黑豹，一同踏上巨蟒卡阿所处的岩石。

在一个明媚的下午，他们发现了卡阿。卡阿正躺在一块岩石上舒展四肢，欣赏着自己美丽的新衣。过去的十天里，他一直在休息、蜕皮。现在，他看上去光彩熠熠——又圆又扁的脑袋在草丛里穿来穿去，长达三十英尺的身体弯成一个个美妙的结和波浪，还不时舔着舌头，仿佛在思考下一顿晚餐。

“他还没吃呢。”看到那条有斑点花纹、棕黄相间的外套，巴鲁舒了口气。“巴希拉，当心！他蜕皮后视力往往不太好，袭击起来特别迅猛。”

卡阿并不是条毒蛇——事实上，他非常鄙视毒蛇，认为那些都是胆小鬼——他自豪于自己的力量，一旦谁被他缠上，那后果自是不必说了。“祝你狩猎愉快！”巴鲁一屁股坐在地上高呼道。和其他蛇一样，卡阿几乎听不见任何声音，所以刚开始的时候，他也没听到巴鲁的呼喊。他警觉地低着头，卷起身子，准备面对一切突发状况。

“祝你们也狩猎愉快。”他答道，“哦，是巴鲁啊，你到这里来做什么？你好，巴希拉。我们中至少有一位现在需要食物。还是说，这场狩猎游戏有什么新消息？是来一只母兔呢，还是一头小牛？我可是又饿又渴啊。”

“我们就在狩猎呢，”巴鲁随口答道。他知道不能把卡阿逼得太急，他太庞大了。

“让我和你们一起狩猎吧，”卡阿答道，“虽然我的一击对你们来说或许不算什么，巴希拉和巴鲁，但是我——我要在林中小道上等上好多天，还要再花大半夜的时间，才有一点点可能碰上一只小猴。啐！这些树枝以前也不是这个样子的，现在全是坏掉的枯枝。”

“或许是因为你太重了。”巴鲁说道。

“我长得正正好——长度正正好。”卡阿自豪地说，“再说了，要怪也都怪新长出的嫩木。上次狩猎我就差点掉下去了——就差那么一点点啊——我能听见自己滑落的声音，我的尾巴没能紧紧缠绕在树上，那巨响吵醒了猿类一族，他们就给我起了各种可怕的名字。”

“没脚的黄蚯蚓。”巴希拉悄声说道，仿佛在拼命回忆起什么。

“嘶！他们是这样说的？”卡阿问道。

“差不多吧，上次月圆时他们是这样对我们喊的，不过我们从来不去注意他们。他们总是乱说——甚至说你的牙都掉光了，只敢面对孩子，因为（这些猿猴真是恬不知耻）——因为你害怕公山羊的角。”巴希拉甜甜地继续道。

一条蛇，尤其像卡阿这样年长而谨慎的巨蟒，极少会让人看出自己的愤怒。可是现在，巴鲁和巴希拉都能看到，卡阿喉咙两侧那硕大的吞食肌肉鼓了起来，不停翻滚着。

“这些猿猴们该换个地方了。”卡阿冷冷地说道，“今早我起来晒太阳时，就听到他们在树梢吵吵嚷嚷。”

“我们——”巴鲁想说，“我们现在就在追踪他们。”可是这些话卡在他的喉咙口就是说不出来。这是他印象中丛林子民第一次对猿猴们感兴趣。

“不用说，一定出了什么大事，竟然让你们两位都来到了这里——你们两位可是各自部族的首领啊——竟然来到猿猴的地盘。”卡阿若有所思地回答着，好奇地吞咽着口水。

“是有事情。”巴鲁接过话头，“我不过是西奥尼那边狼群幼崽的老师，老了不说，现在还不时会犯傻，可是巴希拉——”

“还是巴希拉。”黑豹啪地狠狠踩了踩地面说道，他可不相信什么谦卑恭顺，“卡阿，现在的问题是，那些偷食坚果、采摘棕榈树叶的家伙们盗走了我们的人类幼崽，或许你听说过这个孩子。”

“我从依基那儿(他的大羽毛使他看上去更加专横跋扈了)听说过,有个什么人之类的东西加入了狼群,本来我还不相信呢。依基的脑子里总装着各处听来的半路消息,等他说出来的故事那又变成了另一番模样。”

“不过这次他说的是真的。那是个人类幼崽,”巴鲁说道,“他非常聪明,非常勇敢——他是我亲手带大的学生,他会让巴鲁我声名远扬的。而且,卡阿,我——我们——我们爱他。”

“啧!啧!”卡答摇头晃脑道,“我知道什么是爱。我知道个跟爱有关的故事——”

“那我们可以找个明净的夜晚,然后好好听你说,”巴希拉赶紧打断他,“我们的人类幼崽现在被猿类一族抢走了,我们知道在所有丛林子民中,他们惧怕的只有你——卡阿。”

“他们惧怕的只有我,那是有原因的,”卡阿说道,“吵吵嚷嚷,愚昧无知,脑袋空无一物——脑袋空无一物,愚昧无知,吵吵嚷嚷的,只有这些猴子了。不过那个人一类的孩子在他们手里可不是什么好事。他们早就烦腻了采摘坚果然后乱砸。他们一天之中有半天都带着树枝,指望用它做出些什么大事来。结果他们把树枝折成了两段。所以那个人之类的孩子可真没什么好羡慕的。他们还叫我——‘大黄鱼’,是不是?”

“虫子——虫子——专在地上爬的大虫子,”巴希拉答道,“还有其他一些称呼,我都不好意思说出来。”

“我们得教教他们,对待主人一定要言行得体。啊——嘶!我们得去帮帮他们不稳定的记忆。现在,他们带着幼崽往哪儿去了?”

“我们只知道他们去了丛林深处。我觉得他们大概是朝着太阳下山的方向前进的吧。”巴鲁答道,“我们以为你会知道的,卡阿。”

“我？我怎么会知道？我只在他们挡了我的路时才把他们抓走，我并不猎杀他们，也不猎杀青蛙——或者水洞前的什么绿色浮渣，我才不会为了狩猎而专门去追他们呢。”

“抬头，抬头！抬头，抬头！哈罗！哈罗，抬头，西奥尼狼群的巴鲁！”

巴鲁抬起头想找出声音的来源，接着他就看到鸢鸟赖恩从空中俯冲下来，阳光在两翼边缘闪闪发亮。现在已经快到赖恩的休息时间了，但是他仍然在丛林上空紧紧跟着棕熊，直到厚厚的树叶挡住了他的视线，丢掉了踪迹。

“什么事？”巴鲁问道。

“我看到莫格里在猿猴中间。他让我来告诉你。我看到猿猴带着他，到河那边的猿猴之城——冷兽穴去了。他们应该会在那儿过夜，或许会待上好几个晚上，或许只有一个小时。我已经让蝙蝠帮忙在晚上密切注视他们了。这就是我的口信，祝你们所有动物狩猎愉快！”

“祝你吃饱睡好，赖恩。”巴希拉喊道，“我下次狩猎时会记住不杀你的，你真是太好了！”

“没事，没事。那个孩子会说王者之语呢。我也只能这么做了，”赖恩盘旋着往鸟巢飞回去。

“他没有忘记那些话语。”巴鲁自豪地笑道，“你们有谁在这么小的时候，就能连鸟类的王者之语都记住呢，还是在他被拖曳着在树丛间穿梭时！”

“那些王者之语已经深深印在他的脑子里了。”巴希拉说道，“我真为他感到骄傲。现在，我们赶紧去冷兽穴吧。”

他们都知道冷兽穴在哪里，但是几乎从没有人去过那里。冷兽穴其实是一座荒无人烟的古城，隐藏在丛林深处。野兽们很少会占用人类待过的地方。野猪或许还有可能，但狩猎一族是绝对不会的。况且，猿猴们一直居住在那里，那里几乎可以算得上他们的聚居地。只要还有一点自知之明的动物，就不会愿意让那里哪怕入了眼。除非大旱时期，在那里破裂的水缸和贮藏室可以找到一些水源。

"去那里至少要少半个晚上——如果我们全速前进的话。"巴希拉说道。巴鲁表情凝重，有些焦躁地说，"我一定使出最快速度。"

"我们就不等你了，巴鲁，你可要跟紧了。我们必须加快脚步到那里去——我和卡阿。"

"有没有脚我都不会比四肢着地的你慢。"卡阿简短地答道。巴鲁努力加快步伐，却不得不坐下来喘息，他们就让他歇一会再赶上来。巴希拉使出了猎豹那飞一般的速度。卡阿没说什么，一心追上巴希拉，丝毫不落下风。他们来到一处山泉，巴希拉停下来好为冲刺做准备。他跃过水面时，卡阿正好依靠脑袋和颈侧的双足划开水面，游过了河。回到陆地，卡阿又拉开了距离。

薄暮微临，巴希拉说道："凭那只给我自由的断锁起誓，你真是行动迅猛啊。"

"我饿了，"卡阿答道，"况且，他们居然叫我长斑点的蟾蜍。"

"虫子——在地上爬的虫子，还是黄色的。"

"都一样。我们快继续吧，"卡阿沿着地面，目光坚定不移，寻找最短路径，保持直线前进。

冷兽穴那里，猿类一族压根儿没有想到莫格里的朋友。他们带着男孩来到了遗落之城，对自己此次的行动表示非常满意。莫格里从没见过印度之城。尽管这里只是城池遗址的区区一角，它看上去依然雄伟壮丽。这座城池是很久以前的一个国王建在山间的。现在依旧可以沿着石子铺筑的梯道来到废弃的大门前，最后几片木头还挂在门上老旧生锈的铰链前。墙里墙外都长满了树木；城垛都被推倒腐烂了；爬山虎挂在城堡窗户外的墙上，一簇簇一团团，郁郁葱葱。

山顶上立着一座巨大的无顶宫殿，庭院和喷泉的大理石已经开裂，冒出红花绿草。专为国王的大象坐骑建造的庭院里也被密密的草地和树木覆盖，把庭院分成了两半。从宫殿往外望去是一排排没有屋顶的房子，使整个城池看上去像一座阴暗而空荡的蜂窝。十字路口交界处的广场中央，曾经的标志建筑如今变成了一块看不出形状的石头。原来街角的古井也只不过像一块坑坑洼洼的凹槽；旁边是穹顶破碎的亭台，两旁长着野生的无花果树。猿猴们把这个地方叫做他们的城池，假装瞧不起住在林子里的丛林子民。可是他们从来不知道这些建筑有什么用处，或者该怎么去利用。他们会在大厅里国王的议会宝座前围坐一个圈，抓挠身上的跳蚤，或者模仿人类。他们会在已经没有了屋顶的屋子里跑进跑出，收集塑料碎片和旧砖块，堆放在角落里，可是没多久又忘了他们藏起这些宝藏的地点，结果扭打在一起，又叫又跳，场面混乱不堪。然后他们又突然停止了打斗，跑到平台上国王的花园里上蹿下跳，使劲儿摇晃玫瑰树和橘子树，欣赏水果和鲜花从树上落下。他们找寻宫殿里的各种通道和阴暗的地道，还有上百间小黑屋。但是从来记不住他们看到些什么、没看到什么，却三三两两地相互炫耀自己的表现和人类是多么相似。他们在水缸旁抢水喝，把水缸弄得脏兮兮的，结果他们为此又打斗起来，最后聚在一起又喊又叫："丛林里没有什么人，比我们猿类一族更有智慧、更伟大、更聪明、更强壮、更温和。"然后他们会重新开始重复一天的生活，直到他们烦腻了城池，回到树梢，期待着丛林子民能够注意到他们。

莫格里长期受到丛林法则的教育，不喜欢也无法理解这种生活。傍晚时分猿猴们把他拽到冷兽穴时，莫格里本该在长途旅行后好好睡上一觉，猿猴们却手舞足蹈，四处奔走，哼着愚蠢的歌曲。有只猴子还做了一篇演讲，告诉他的同伴成功抓到莫格里标志着他们历史中一个新的开端。因为莫格里可以教他们如何把木棍和藤条编织起来遮雨御寒。莫格里从地上拾起一些植被编织，猿猴们就跟在他身后试图模仿。可是没几分钟他们就失去了兴趣，开始拉扯同伴的尾巴，四肢着地，上蹿下跳，咳嗽不已。

“我想吃些东西。”莫格里说道，“我可是这片丛林的客人。给我点吃的吧，或者让我离开一会在这附近狩个猎。”

二三十只猿猴立刻跳开去给他带坚果和木瓜。可是他们在半路上就打了起来，想要带回剩下的食物真是难上加难。莫格里又痛又怒，还饥肠辘辘，他在空城里漫无目的地逛着，喊着陌生人的狩猎话语，却没有任何回音。莫格里觉得他真是到了个坏地方。“巴鲁说的关于猿类一族的事情都是对的，”他想道，“他们没有法律，没有狩猎话语，没有首领——他们只有愚蠢的文字和小巧的偷窃之手。我要是在这里饿死或者被杀了，那都怪我自己。不过我必须回到我自己的丛林。是的，巴鲁是会打我的，但这总比和猿类一族待在这里，看他们追逐嬉戏愚蠢的玫瑰花叶强。”

莫格里没往城墙走多远，猿猴们就把他拽了回来，告诉他他不知道自己有多开心，还强迫他对此表示感激。莫格里咬紧牙关，始终不吐出一个字。随后他被高声叫唤的猿猴们带到一座平台上，平台下是红色砂石堆砌的水库，里面盛了一半雨水。平台中央坐落着一座废弃的白色大理石凉亭，是百年前为皇后修建的。凉亭的圆顶已经支离破碎，散落在地上的砖瓦挡住了通向皇宫的通道。小屋的围墙是窗花格式的大理石——漂亮的牛奶白浮雕上，装饰着玛瑙、红玉髓、碧玉和碧琉璃。月光从山顶升起，穿过镂空花纹，影子投射到地上，好像天鹅绒刺绣。莫格里又痛又困又饿，可是当猿类一族每隔二十分钟就要跟他说一次，告诉莫格里他们是多么伟大聪颖、强壮又温和，希望他们离开是多么愚蠢的想法时，莫格里还是忍不住大笑起来。“我们伟大。我们自由。我们了不起。我们是丛林里最神奇的部族！既然我们族群都是这么说，那么这就一定是真的。”他们喊道，“看在你只是个新来的听众的份上，况且你还能帮我们带话给丛林子民，让他们以后多多注意我们，我们就把一切都告诉你，让你知道我们有多么杰出。”莫格里没有反对，于是成百上千的猿猴们聚集到平台上，听他们自己的演说者赞美他们的部落。每当演说者停顿换气时，他们便高喊：“这是真的，我们都这么说。”如果他们问莫格里问题，莫格里就连连点头，眨着眼睛说“是的”，同时把头摇得呼呼响。“胡狼塔巴克一定把这些家伙各个都咬了一口。”他自言自语道，“他们都疯了。难道他们从来不睡觉吗？那边来了片云朵，就要遮住月亮啦。要是那片云够大，我或许可以趁着一片漆黑试着逃走。可是我累了。”

同样是这片云，此刻两位好朋友也在望着它。巴希拉和卡阿正在城墙下废弃的沟渠里，他们知道猿类一族数目众多，十分危险，他们可不想冒任何风险。猴子们只有在以百对一时才愿意打斗，而丛林里也没有谁在意这种奇怪的现象。

“我到西墙去，”卡阿轻声说，“我能沿着斜坡迅速爬到地面。他们没有上百号猿猴，是不敢攻击我的，不过——”

“我知道，”巴希拉说，“虽然希望巴鲁也在这里，不过我们还是要尽最大努力。等到那片云朵遮住月亮，我就到平台上去。他们在对男孩举行什么集会。”

“祝狩猎愉快！”卡阿阴阴地一笑，滑向西墙。不巧的是，西墙正好是损毁最少的地方，卡阿多花了些时间才找到一条通向平台的路。云朵已经遮住了月亮，正当莫格里还在想着接下来会发生什么事情时，他听见了巴希拉轻悄悄的脚步声踏上了平台。黑豹轻盈地冲上斜坡，几乎没发出任何动静和引人注目的事情——他知道不该把时间浪费在撕咬上——莫格里左右围满了五六十猴子。突然，猴群中响起高声怪叫，接着他们便愤怒地扭打在一起。巴希拉不当心被一只滚到他脚下、四肢乱踢的猴子绊了一下，那猴子立马叫道：“这里唯我独尊！杀！杀！”无数只猴子在离巴希拉很近的地方相互拖曳、撕咬、乱抓、拉扯、推挤着，还有五六只抓着莫格里不放。他们把他拉到凉亭的墙边，推着他穿过圆顶的破洞，从十五英尺的高空跳下。如果是人类养大的男孩，恐怕会因此受伤，浑身瘀青。幸好巴鲁教过莫格里，他才能够平安落地。

“站在那儿别动。”猴子们叫道，“等我们杀了你的朋友，再回来找你玩——如果有毒一族还没有杀死你的话。”

“我们体内流淌着同样的血液，你和我。”莫格里赶紧用蛇语说道。他能听见周围一片嘶嘶瑟瑟声。为了确保信息传达无误，他又说了一遍蛇语。

“即使如此！大家已经都出来了！”六个低沉的声音说道（每处印度遗址都会成为蛇群的聚居地，老凉亭里住着的则是眼镜蛇）。“小兄弟，别动，你的脚会踩伤我们的。”

莫格里尽量安安静静地站着，一边向四下偷偷望去，倾听黑豹周围愤怒而混乱的打斗声——有大喊大叫的，有喋喋不休的，还有混战中的叮叮哐哐声。这时，巴希拉低低咳嗽了一声，接着微微往后一退，猛然向前冲去，扑向成堆的猴子下方，扭打在一起。这可是巴希拉自出生以来第一次打群架。

“巴鲁一定也在附近，巴希拉不会独自来的。”莫格里想着，于是他高声呼喊：“巴希拉，到水缸这边！打着滚儿到水缸这边。一边翻滚一边冲！到水里来！”

巴希拉听到了莫格里的呼唤，知道他还安全，他勇气顿生，拼命往前一点点地挪动，目标明确，直指水池。一阵寂静。接着，从离丛林最近的墙头，巴鲁猛然跃出，吼声震耳欲聋。老棕熊尽了最大努力，只是还是没能提前到达。“巴希拉，”他喊道，“我来了！我就上来！很快的！哎哟！我脚下的石头在往下滑！等着我，你们这群臭猴！”他在平台上气喘吁吁，瞬间被群猴淹没，只剩下脑袋露在外面。不过他很快稳稳站住，伸出双臂，环抱住尽可能多的猴子，开始连续击打，啪啪啪地抑扬顿挫，如同桨轮转动。另外一边响起哐啷一声冲撞，紧接着扑通一声水花四溅，莫格里知道巴希拉已经冲出一条道路来到水缸边，猴子们没法跟上来。黑豹趴在地上拼命喘息着，他的头刚好露出水面，猴群们则站在红色台阶，气急败坏地跳上跳下。等着巴希拉一旦出来帮助巴鲁，猴子们就会一拥而上。绝望之中，巴希拉扬起湿答答的下巴，喊出了蛇语——“我们体内流淌着同样的血液，你和我”——他相信在这紧要关头，卡阿一定会出现。即使在平台另一头的巴鲁，还挤在猴群中试图努力呼吸，这时听到黑豹的请求，也忍不住笑出了声。

卡阿刚刚爬上西墙，正把压顶石甩入沟渠，好借力安全落地。他一点儿也不想放弃在地面上的优势，长长的身子一伸一曲，确保每只脚都可以正常活动。此时，群猴有的和巴鲁继续对峙着，有的在巴希拉躲着的水缸周围大声吆喝，蝙蝠曼恩飞来飞去，传递着这场丛林战役的最新消息。就连野象海蒂也吹起号角，惊醒了远处三三两两的猴群，吓得他们沿着空中道路一路跳过来，试图帮助他们冷兽穴的伙伴。就在这时，卡阿笔直地迅速杀了出来，一副迫不及待的样子。巨蟒打斗的力量来源于由他身体力量和重量支撑的头部的重击。如果你可以想象一把将近半吨重的长矛、破城锤，或者铁锤，握在一个头脑冷静的生物手中，那么你大概就能想象出卡阿打斗时的样子。身长四五英尺的巨蟒，一旦准确击中人类的胸部，就可以立刻置他于死地。况且，要知道，卡阿有三十英尺长。他的第一波攻击直入巴鲁周围的猴群中心，等他收回身体时，他双唇紧闭，已无需多言。群猴吓得四处乱窜，惊恐地尖叫道——“卡阿！是卡阿！快跑！快跑！”

群猴世世代代流传着关于卡阿的可怕故事，听说这个窃贼常在深夜游走于丛林间，轻悄悄地如同苔藓静静从地里冒出来，却会偷走最强壮的猴子。老蛇卡阿能让自己看上去像一根枯树枝或烂树桩一样，连最聪明的猴子都难以察觉，直到他被这树枝缠住。卡阿是猴群在丛林里最惧怕的生物，没有谁知道卡阿的力量到底有多大，没有谁敢直视卡阿的脸，也没有谁被卡阿缠住后还能活着回来。因此，群猴们惊恐地四处逃窜，跳上围墙和屋顶，连声音都颤抖了。巴鲁深深舒了口气。他的皮毛比巴希拉厚很多，但是他在打斗中也饱受折磨。接下来，卡阿第一次张开大口，吐出长长的嘶嘶声，远处的猴子们慌乱地冲回冷兽穴，畏畏缩缩，一动不动，直到脚下的树枝负重过大，弯曲折断。围墙和空屋上的猴子们停止了叫喊，城里一片静默。接着，莫格里听见巴希拉从水缸出来甩掉水珠的声音。喧闹声再次响起，群猴们跳上更高的围墙，紧紧搂着巨石像的脖子，或尖叫着全速逃离战场。莫格里则在凉亭里载歌载舞，把脑袋放在格架间，嘴里学着猫头鹰叫，对群猴表示嘲笑和蔑视。

“把那个人类幼崽从陷阱里救出来，我实在没力气了。”巴希拉喘息着，“我们带着他快走吧。他们说不定还会来袭击的。”

“我不下命令，他们谁都不敢动。都给我不许动！”卡阿嘶嘶一喝，整个城池再次安静下来。“好兄弟，之前我没法赶来，但我好像听见你的呼唤了。”卡阿对巴希拉说。

“我——我可能确实在战斗中叫了几声。”巴希拉答道，“巴鲁，你受伤了吗？”

“我不确定他们推了我是不是有一百下。”巴鲁答道，缓慢而沉重地依次舒展四肢。“哇！真疼啊。卡阿，我想我们都欠你一条命——巴希拉和我。”

“没事。那个人类幼崽呢？”

“在这儿呢，在陷阱里。我爬不出去。”莫格里喊道，破碎的穹顶就在他上方。

“快把他带走。他竟然像孔雀莫奥一样在跳舞，他会踩伤我们的孩子的。”陷阱里的眼镜蛇说道。

“啊哈！”卡阿笑了，“这个小孩，到处都是朋友啊。小孩，往后站。毒蛇们，藏藏好。我要打碎这堵墙了。”

卡阿仔仔细细地绕了一圈，终于在大理石窗饰中发现了一道裂缝方便下手。他用脑袋轻轻敲击了一下，以便确认距离。然后他抬起六英尺长的身子，使出六成力气，从鼻子开始先砸了下去。格架散落在地，扬起一阵灰尘。莫格里雀跃着冲出来，奔向巴鲁和巴希拉身边——一手搂着一个。

“你痛吗？”巴鲁温柔地抱抱他问道。

“我又痛又饿，但我一点儿也没受伤。哎呀，可是他们把你们打得好惨啊，我的好兄弟！你们在流血。”

“他们自己也是，”巴希拉舔舔嘴唇，看了看平台和水缸周围猴群死尸。

“这都没什么，没什么。只要你安全就好，真是让我骄傲的小青蛙！”巴鲁抽噎起来。

“这是后话，”巴希拉干巴巴地说道，莫格里可不喜欢他这样。“这场战斗我们最该感谢的是卡阿，我们都欠他一条命。莫格里，按照我们的规矩谢谢他。”

莫格里转过身来，看到大蛇的脑袋在距离自己一英尺的地方摇晃着。

“啊，这就是那个人类幼崽。”卡阿说道，“他的皮肤可真柔软，和猿类一族不一样。孩子，当心点儿，等我哪次黄昏又褪了皮，说不定就把你误当成猴子了。”

“我们体内流淌着同样的血液，你和我。”莫格里答道，“我今晚的命是你救的，如果你饿了，卡阿，你有权利杀了我。”

“小兄弟，谢谢你。”卡阿目光闪烁，“你这么勇敢，我怎么会杀掉你呢？我只希望，下次你们出去狩猎时带上我。”

“我还不会呢，——我太小了，——不过我可以追赶山羊，然后随你处置。你要是饿了，就来找我，看看我说的对不对。我还是有点用处的（他摊开双手），你要是落入陷阱，我就可以偿还今天我、巴希拉，还有巴鲁欠下的债了。好朋友，祝你们今大狩猎愉快。”

“说得真好，”巴鲁呜咽道，莫格里道谢得真好。巨蟒把头轻轻放在莫格里肩上几分钟，说道：“你有一颗勇敢的心和彬彬有礼的嘴巴。孩子，他们会带着你穿过丛林。现在，快走吧，和你朋友快走吧。好好睡一觉，等到月亮落下，你所看到的就不那么美好了。”

月亮正渐渐从山后落下，墙上扒着一串不停颤抖的猴子，在月光的照射下，好像一条破布的影子随风飘忽。巴鲁到水缸边喝了口水，巴希拉梳理着自己的皮毛，卡阿则滑向平台中心，打了个响指以引起猴子们的注意。

“月亮就要下山了，”他说道，“你们是不是都看够亮光了？”

墙头传来零星的呻吟，如同冷风吹过树梢——“哦伟大的卡阿，我们看够了。”

“很好。从现在开始是跳舞时间——饥肠辘辘的卡阿的跳舞时间。坐好了，看我跳。”

他转了两三圈，摇头晃脑。然后开始翻筋斗、摆出八边形的形状，从柔软的三角形慢慢化成方形，随后是五边形，再是盘绕的山丘，不疾不徐，不停不弃，伴着他低哼的歌曲。天色越来越暗，最后，摇曳的圆圈不见了，只剩下窸窣声仍在飘荡。

巴鲁和巴希拉变得像石头一样一动不动，喉咙发出呼噜声，颈上的鬃毛一根根都直立起来。莫格里在一旁看着，不知发生了什么事。

“群猴们，”卡阿的声音响起，“没有我的命令，你们敢随便动一动吗？说！”

“哦伟大的卡阿，没有你的命令，我们绝不动一动。”

“很好！现在整齐地朝我走近些。”

群猴们无助地向前晃了几步，巴鲁和巴希拉也僵硬地跟着向前走了一步。

“再近点！”卡阿说道，大家又朝前挪了一些。

莫格里伸出手想把巴鲁和巴希拉带走，两只野兽仿佛刚从梦中惊醒般，显得惊恐万状。

“把你的手放在我肩上。”巴希拉悄声说，“放在我肩上别动，不然我就要走过去了——走向卡阿了。哦!”

“只不过是老蛇卡阿在尘土中画圈圈,”莫格里说,“我们走吧。”于是他们三个悄悄退出墙角缝隙,走向丛林。

“呼!”再次回到丛林中,巴鲁终于舒了口气。“我再也不要和卡阿同盟了。”他浑身上下都在颤抖。

“他懂得比我们多多了。”巴希拉也颤抖着。“我要是再在那儿多待几分钟,就径直走进他的肚子了。”

“月亮再次升起前,很多动物都会走向那条不归路。”巴鲁说道,“他是个好狩猎者——以他自己的方式。”

“可是这意味着什么呢?”莫格里问道,他完全不了解巨蟒迷惑别人的力量。“在我眼里,那不过是一条大蛇,傻乎乎地转着圆圈,直到夜幕降临。他的鼻子还那么恶心。呕!呕!”

“莫格里,”巴希拉生气了,“在你看来他的鼻子令人反感,其实和我的耳朵、身体两侧和爪子,或者巴鲁的脖子和肩膀没什么两样,我们都是为了救你被猴群咬伤的。巴鲁和巴希拉好些天都没法好好狩猎啦。”

“这没什么,”巴鲁说道,“至少我们的人类小孩回来了。”

“没错,但是这一次,我们的代价太大了,我们恐怕很久都没法好好狩猎了。我们浑身是伤,毛发凌乱——我后背一半的毛都被拔掉了——最重要的是,我们的名誉都给毁了。莫格里,你要记住,我,黑豹巴希拉,是被迫向卡阿寻求帮助的。巴鲁和我是受饥饿之舞所迫才像小鸟似的跳起那愚蠢的舞步的。而这些,人类幼崽,都是因为你和猿类一族玩耍引起的。”

“是的,的确如此。”莫格里伤心地答道,“我真是个坏人,我的肚子也在痛呢。”

“哼!巴鲁,丛林法则怎么说的?”

巴鲁不想让莫格里再有什么麻烦，但他无法违逆丛林法则，只好诺诺答道："接受惩罚，就可摆脱内疚。可是，巴希拉，记住，他还太小。"

"我记得。但是他确实做错了，我必须立刻惩罚他。莫格里，你还有什么想说的吗？"

"没有。我错了。巴鲁和你都受了伤。这很公平。"

巴希拉给了莫格里六个在他看来很轻的爱的爪印（都不足以弄醒任何他自己的幼崽），但是对于一个七岁男孩来说，这是他宁可全力避开的打击。惩罚过后，莫格里抽泣着站起来，没说一个字。

"现在，"巴希拉说，"上来吧，小兄弟，我们回家去。"

丛林法则的一个美妙之处就在于，惩罚可以抵消所有伤痛。从此再也没有人因此批评莫格里了。

莫格里把头埋在巴希拉背上，沉沉地睡去，直到他们把他带回家——他的洞穴。

老虎！老虎！

打猎顺利吗，勇敢的猎人？
兄弟，等待总是漫长而寒冷。
你要追捕的猎物在哪里？
兄弟，他仍然躲藏在丛林里。
你骄傲的力量情况如何？
兄弟，它已从我身体两侧消失。
你急匆匆地是要去往何方？
兄弟，我回我的兽穴——静候死亡。

现在我们要回到第一个故事往下讲。莫格里结束了在议会岩石与狼群的对抗后，离开狼洞，只身前往村民居住的耕地处。但他并不打算仅止于此，耕地离丛林太近了，他知道他在狼群议会上已经给自己树立了不止一个敌人，因此他加快脚步，沿着山谷而下的一条崎岖不平的道路，步伐平稳地往离村子更远的地方走去。又过了二十英里，莫格里来到一片他不认识的小村庄。山谷变得开阔起来，形成一片广袤的平原，岩石和溪流星星点点散落其间。平原的尽头有一座小村庄。另一头连着茂密的丛林，一直延伸到牧场边，然后又戛然而止，仿佛被一把大锄头截断。平原上群牛们在悠闲地吃草，放牛的孩子们看到了莫格里，顿时叫着跑开。那种印度村庄遍地都是的棕色的流浪犬也使劲吠着。

莫格里太饿了，只顾继续朝前走。黄昏降临时分，他来到村子大门前，那里横着一支带刺的大木棒，从门的一头穿到另一头。

“哼！”莫格里以前夜里出门觅食时，见过好几次这种障碍。“看来这里的人也害怕丛林子民。”这样想着，他在门口坐了下来。见到有个人走过来，他就站起身，指指自己的嘴巴，表示他想吃些东西。那个人瞪了他一会，然后就大叫着沿路跑回去，呼唤着牧师。牧师身材臃肿，身着白袍，前额有一个红黄相间的标记。他来到门前，身后跟着至少一百号人，纷纷对莫格里指指点点。

“这些人类真没礼貌。”莫格里自言自语道，“只有灰猿才这样呢。”他向后甩开长发，皱眉看着人群。

“这有什么好怕的？”牧师说道，“看看他胳膊和腿上那些印记，都是狼咬出来的。他不过是个从丛林里逃出来的狼孩罢了。”

确实，莫格里和狼群一起玩耍时，小狼们常常不当心会把他咬重了些，所以他的手上腿上全是浅色的伤疤。但他绝不会称之为咬痕，他知道真正的咬伤是怎么回事。

“哎哟！哎哟！”几个妇女一起叫起来，“可怜的孩子，被狼咬成了这样！他长得很漂亮呢。他的眼睛火红火红的。美苏阿，凭我的名誉发誓，这个孩子和你那个被老虎带走的儿子挺像的呢。”

“让我看看。”一个手腕和脚踝上戴满了沉重铜环的女人走了出来，她用手挡住眼睛，透过指缝向下仔细打量着莫格里，“确实，他挺像的。他更瘦一些，但他和我的那个孩子有着同样的面容。”

牧师是个聪明人，他知道美苏阿是村子里最富有的村民的妻子。他抬头看了看天，庄严肃穆地说道：“丛林夺去的丛林自会归还。好姐姐，把这个孩子带回家去吧，别忘了牧师，是他那么了解人生，伟大的牧师。”

“凭那只换来我生命的公牛起誓，”莫格里自言自语道，“这感觉可真像又一次被狼群接纳的观摩议会啊。算了，既然我是个人，我就必须成为一个真正的人。”

美苏阿招呼莫格里跟她回家，人群也就为他们让开一条路散开去了。美苏阿家里有一张刷了红漆的床，一只泥土打造的大柜子，上面刻有许多奇怪的图案，六只铜锅，一尊放在壁龛里的印度神灵，墙上挂着一面真正的镜子，跟乡村集会上卖得一样。

美苏阿给了莫格里一大杯牛奶和几块面包，摸着他的头，凝视着他的眼睛，她以为或许他真的就是她那被老虎带走的儿子，从丛林回到她身边。于是她说道:“纳苏，哦，纳苏!”但是莫格里对这个名字毫无反应。“难道你记不得我给你新鞋穿的那天了?”她摸摸他的脚，这双脚就像鹿角一样硬。“不，”她难过极了，“这双脚从来就没有穿过鞋子。不过你和我的纳苏很像，你就做我的孩子吧。”

莫格里浑身不自在，他还从没在屋檐下待过。不过当他抬头看到那个茅屋顶，发现只要他想走，随时可以把屋顶撕开，窗户也没有什么锁。“如果听不懂人类的语言，”他放心了，终于对自己说，“那做人还有什么好处呢?我现在又蠢又笨，好比一个人跑到了我们的丛林一样。我必须学会他们的语言。”

莫格里和狼群在一起学习时，可不是为了好玩。他要模仿丛林里鹿群的挑战，还有小野猪的咕噜声。所以美苏阿每说一个字，莫格里都能立刻近乎完美地重复出来。天还没黑，他就已经学会了屋子里各种物品的名称。

到了上床睡觉的时候，困难又来了。在莫格里看来，床和捕猎黑豹的陷阱太像了，他实在没法睡在上面。所以美苏阿一关上门，他就从窗子跑了出去。“随他去吧。”美苏阿的丈夫说道，“记住，他至今都还没在一张床上睡过呢。如果他真是上帝派来代替我们的儿子的，他就不会逃走。”

莫格里来到田野边，在一片柔长、干净的草丛里躺下。可是他还没来得及闭上眼，一个软软的灰鼻子就开始戳他的下巴。

“嘿！”灰兄弟(狼妈妈幼崽中的老大)说道，“这就是我辛辛苦苦跑了二十英里的可怜回报。你闻上去全是木头烧焦和牛群的味道——已经挺像个人啦。小兄弟，醒醒，我带来了消息。”

莫格里激动地抱住他：“丛林里的大家都还好吗？”

“除了那些被大红花烧伤的狼，大家都好。现在，听着，希尔坎到远方狩猎去了。他上次烧伤得特别严重，要等到他的皮毛都长好再回来。他发誓说，等他再次归来，他一定把你的尸骨扔在韦恩昆加。”

“那可不一定。我自己也做了个保证。不过有消息总是好的。我今晚太累了——那些新鲜玩意儿弄得我累极了，灰兄弟——不过你还是要常常给我带消息来啊。”

“你不会忘记你是一只狼吧？人类不会让你忘记这点吧？”灰兄弟焦虑地问道。

“永远不会。我会一直记着我爱你，还有洞穴里的所有狼。但我也忘不了我被驱逐出了狼群。”

“你也可能被驱逐出另一个群体。人类就是人类，小兄弟，他们说起话来就像池塘里的青蛙。下次我来这里时，我会在牧场边上的竹林里等你。”

此后三个月，莫格里都没机会离开村庄。他忙着学习人类的各种生活方式和习俗。他先是披上了人类的衣服，这让他非常不舒服。接着他又学会钱的事，可是他完全搞不懂。他还得学习耕种，却不明白这有什么用。后来，村里的孩子们也惹得他生气。幸好丛林法则教会了他如何控制自己的脾气，因为要想在丛林里生存、获取食物，就必须保持冷静。小孩子们嘲笑他不会玩游戏、放风筝，或者说错了字时，他只有拼命提醒自己，杀死这些赤身裸体的小崽子不是一个好猎人应有的行为，才能忍住不抓住这些小孩把他们撕成两半。

他一点儿也不知道自己的力气到底有多大。和丛林里的野兽比起来，他总是最弱的一个，村民们却总说他壮得像头公牛。

莫格里对社会地位导致了人与人之间的差异也完全不了解。有一次，卖陶器的小贩的驴子滑入土坑，莫格里抓着它的尾巴把它拖了出来，还帮小贩装好陶瓷罐子，好让他去卡尼瓦拉的集市上卖。这种事真是太令人难以置信了，因为卖陶器的小贩社会地位极低，更不用提他那不受人待见的驴子了。牧师责怪莫格里时，莫格里就会威胁说要把牧师放到驴背上去。气得牧师向美苏阿的丈夫告状，说最好尽快给莫格里找个活干。于是村里的首领就让莫格里第二天跟着去放牛，看管他们吃草。莫格里真是高兴坏了。当天晚上，由于他也算作村里的雇工，就跑去参加晚会。每天晚上，村民们都会在一棵无花果树下，围着一处石砌圆台聊天。这是村里的俱乐部。村子首领、巡夜者，还有理发师，最清楚这里发生的一切大小事情。还有一位老猎人布尔德，常年带着一把烟味浓重的陶尔牌滑膛步枪。一群猴子坐在树枝上吱吱喳喳，平台下面有个洞里还住着眼镜蛇，村民们每晚都会给眼镜蛇带一小盘牛奶，供奉它为蛇神。老人们会围坐在树下聊天，抽着大水烟直到深夜。他们会说各种有关神灵和人类还有鬼怪的神奇故事。布尔德还会介绍关于丛林野兽的各种情况，吸引着坐在圈子外围的孩子们眼珠子都要鼓出来了。大多数故事都和动物有关，因为丛林就在村子旁。鹿群和野猪会来村子大门附近偷食人类的粮食，黄昏时分还不时有老虎来拖走一个人。

莫格里对这些故事早就知道了不少，所以他只好用手遮着脸，不让大家发现他在笑。布尔德则两膝夹着滑膛步枪，一个故事接一个故事地讲，每一个都精彩绝伦，莫格里的肩膀却在拼命抖动。

现在，布尔德正在解释把美苏阿的儿子带走的是只幽灵老虎，他的身子里住了一个几年前死掉的邪恶的老放贷人。“我知道这是真的，”他说道，“因为一次暴乱中，普朗·达斯的会计书都被烧毁了，他自己也挨了揍，从此总是一瘸一拐的。而我说的那只老虎，腿也是瘸的，因为他的足迹总是一边深一边浅。”

“对，对，这一点不假。”白胡子老人们一齐点头赞同。

“难道所有故事都是这样瞎编乱造出来的吗？”莫格里问道，“人人都知道，那只跛腿老虎生来如此。至于所谓的放贷人的鬼魂跑到野兽身上，这完全是瞎话。”

布尔德惊讶得一时说不出话来。首领睁大眼瞪着莫格里。

“哦！这就是那个从林来的小毛孩是吗？”布尔德问道，“既然你这么聪明，那你怎么不干脆把那老虎的皮毛带到卡尼瓦拉，政府正悬赏一百卢比呢。不然，你就别在大人说话时乱插嘴。”

莫格里站起来就走。“我在这儿听了一整晚，”他回头大声说道，“布尔德所说的关于丛林的故事，除了一两个以外，几乎全是假的。可是丛林就在他自己家门前啊，这叫我怎么能相信，他说他亲眼见过故事里的鬼魂、神灵和妖精呢？”

“孩子，你该去放牧了。”首领说道，布尔德则对莫格里的鲁莽大表不满。

大多数印度村庄里，人们习惯让男孩们白天带着牛群到草原去，晚上再把牛群赶回来。那种一脚就能踏死人的牛竟然心甘情愿被还没他们鼻子高的孩子们鞭打欺凌，忍受他们的吵闹。只要孩子们和牛群在一起，他们就是安全的，老虎都不敢袭击一大群牛。但是如果孩子们为了采花或捉蜥蜴而掉了队，他们就有可能被抓走。清晨，莫格里坐在大水牛拉玛背上穿过村子，其余的水牛便一个接一个走出牛棚，跟在他身后。这些水牛皮肤呈蓝灰色，长长的犄角向后弯着，眼神凶猛。莫格里对跟他一起放牧的几个孩子说得非常清楚：他才是首领。他手持一根长而光滑的竹条敲打着牛群。还跟其中一个叫卡姆亚的男孩说，让他们自己放奶牛，莫格里则负责水牛，还让男孩们注意别离牛群太远。

印度的草原布满了岩石、灌木、草丛和小溪，牛群一进去就分散开来看不见了。水牛基本上都待在池塘和泥潭里，或打滚，或晒太阳，在温暖的烂泥里一躺就是好几个小时。莫格里会把他们赶到韦恩昆加丛林旁的草原边上。然后他就从拉玛脖子上跳下来，一路小跑到一丛竹林里去找灰兄弟。"喂！"灰兄弟说道，"我等你好多天啦。你怎么干起了放牛的活儿？"

"这是命令，"莫格里答道，"我现在要看管村子的牛群。有什么关于希尔坎的消息吗？"

"他已经回来过了，他等了你很久。现在他又走了，因为这边猎物太少。不过他还是一心要杀了你。"

"很好，"莫格里说，"他不在的时候，你或者其他四兄弟之一就到那块岩石上去，那样我从村里出来就能看到你们了。等他再次回来，你们就到草原中央那棵达卡树旁的小溪边等我，我们不用自己走入虎口。"

然后莫格里整出一块庇荫处，躺下睡了一会，牛群在他周围吃着草。在印度，放牧是全世界最逍遥轻松的工作之一。奶牛们走过草地，沙沙作响，躺下，再前进，甚至都不发出哞哞的叫声，最多只是哼哼两下。水牛们说得更少，只会一个接一个地走到泥潭里，直到只剩鼻子露在外面，还有一双青瓷般的蓝色眼睛，接着，他们就像木头一样躺着不动了。酷热的阳光晒得让石子都在跳动，放牧的孩子们听见鸢鸟（永远就是那么一只，不多也不少）鸣叫着从他们头顶划过，瞬间不见了踪迹。孩子们知道，如果他们死了，或者某一头牛死了，那只鸢鸟就会俯冲下来。在隔了好几英里的地方，其他鸢鸟看见了也会跟过来，接着又是一只，然后又是一只，在他们还没彻底死掉以前，就已经被二十只不知从哪里冒出来的鸢鸟围住了。孩子们睡睡醒醒，醒醒睡睡，用干草编制篮筐来装蟋蟀，或者捉两只螳螂让他们打架，要么就把红色和黑色的果子串成项链，或者观察蜥蜴扒在岩石上晒太阳，或是一条蛇在柳树下静候捕杀青蛙。最后，他们会哼着长长的、带有当地古怪颤音的调子。一天就这样过去，仿佛比许多人一辈子还长。他们会用泥土捏出城堡、人类、马和水牛的样子，然后把芦苇放到人类手里，假装他们自己是国王，而这些形状各异的泥土都是他们的军队，或者假装他们是被人们崇拜的神灵。夕阳西下时，孩子们便呼唤水牛拖着沉重的身躯离开黏稠的泥潭，发出一声接一声像枪声一样响亮的声音。孩子们和牛群排成一列，穿过灰暗的草原，走向亮起灯光的村庄。

一天又一天，莫格里带着水牛去泥潭；一天又一天，他看着灰兄弟在离草原一英里半的地方徘徊（这表示希尔坎还没有回来）；一天又一天，他躺在草地里倾听周围的声音，做着关于以前在丛林里的日子的好梦。在这一次次漫长而平静的早晨，要是希尔坎带着他那跛足踏入韦恩昆加这边的丛林一步，莫格里都能听见的。

终于有一天，他在约好的位置没有看到灰兄弟。于是莫格里大笑着赶着水牛，朝达卡树旁的小溪走去。那里开满了金红色的花朵，灰兄弟躺在那里，背上的毛发都直立起来。

“他躲藏了有一个月了，想让你放松警惕。昨晚，他和塔巴克翻过了山，正紧紧追踪着你的足迹呢。”灰兄弟喘息着说道。

莫格里皱了皱眉说道：“我倒是不怕希尔坎，但是塔巴克确实很狡猾。”

“别怕，”灰兄弟舔了舔嘴唇说道，“我今早见了塔巴克一面，他正跟鸢鸟炫耀自己的好点子。不过在我砸断他的脊背前，他就把一切都告诉了我。希尔坎计划今天傍晚在村口等你——就等你，而不是其他任何人。他已经在韦恩昆加的那条干涸的大河谷里躺着了。”

“他今天吃过了吗？还是狩猎无果？”莫格里问道，这个答案对他来说意味着生死攸关。

“他今早吃过了，是一头猪，他也喝过水了。记住，希尔坎从不会觉得吃得饱，哪怕为了复仇。”

“哦，蠢货，蠢货！真是个不懂事的孩子！吃过也喝过了，他还以为我会等到他睡觉醒来再动手呢！现在，快告诉我，他躺在哪里？如果我们可以去十个人，或许可以趁他还躺着时就干掉他。这些水牛不嗅到他的气味就不会动，我又不会说他们的语言。我们能不能跟上希尔坎的足迹，这样他们就能闻到了？”

“他已经跳进韦恩昆加河，游下去好远好消除自己的气味了。”灰兄弟说道。

“一定是塔巴克教他的，这个我知道。他自己是绝对想不到这种办法的。”莫格里站在那里，吮着手指思考着。“韦恩昆加河的大河谷，从这里去的话只有不到半里的路。我可以带着牛群穿过丛林，一直走到河谷的源头去，然后发动突袭。不过他也可能逃到山脚下去。我们必须堵住他的退路。灰兄弟，你能把牛群分成两部分吗？”

“我恐怕不行——不过我给你带来了一位聪明的帮手。”灰兄弟小跑着跳进一个洞里。接着，从洞口伸出一个巨大的灰色脑袋，那是莫格里再熟悉不过的一张脸，炙热的空气里瞬间充满了丛林里最苍凉的狼嚎——午夜时分狩猎中的狼嚎。

“阿克拉！阿克拉！”莫格里拍着手激动地叫着，“我就知道你不会忘了我。我们现在要干件大事。阿克拉，把牛群分成两部分。让母牛和小牛在一起，其他公牛和水牛待一起。”

两头狼跑开，以女士链舞的形式穿梭于牛群间。吓得牛群呼哧呼哧地昂起脑袋，分成了两堆。一堆是水牛妈妈，她们把自己的牛犊围在圈子中间护着他们，瞪着两只狼，蹄子在草地上刨来刨去，时刻准备着，只要哪只狼稍有动静，就冲上去把他踏死。另一堆则是成年公牛和小公牛，纷纷呼哧着跺着蹄子。不过尽管他们看上去很强壮，却比另一边安全得多，因为他们没有小牛需要保护。就连六个男人都没法把这件事干得如此干净利落。

“还有什么指示吗？”阿克拉喘着气问道，“他们又要回到一起去了。”

莫格里攀上拉玛后背，“阿克拉，把公牛带到左边去。灰兄弟，我们走了以后，你把剩下的牛群聚在一起，赶到山脚下的河谷边。”

“有多远？”灰兄弟喘息着，牙齿咔嚓作响。

“要到希尔坎没法跳过去的地方。”莫格里喊道，“让牛群们待在那儿别动，等我们过来。”公牛们在阿克拉的呼喝声中狂奔而去，灰兄弟则拦在了母牛面前。母牛们向他冲去，灰兄弟赶紧跑到她们前面，带着她们往山脚的河谷跑去。与此同时，阿克拉已经赶着公牛到左边很远的地方去了。

“真棒！再来一下他们基本就都听话了。不过要当心啊，阿克拉，当心点。再扑一次他们就会向前冲的。哟呵！这活儿可比骑印度黑羚刺激多了。你根本想不到这些牛也能跑这么快是吗？”莫格里问道。

“我以前也……也猎杀过他们。”阿克拉在尘土中气喘吁吁道，“我要把他们赶到丛林里吗？”

“哎，赶吧！快点赶吧！拉玛已经发疯了。唉，我要是能告诉他，我今天有多么需要他就好了。”

公牛们又被带往右方，直冲入灌木丛。其他放牧的孩子看到半英里外的牛群，急匆匆地往村里跑去，惊叫着说水牛都发疯跑掉了。

莫格里的计划其实相当简单。他只是想在山上绕一个大圆圈，带领公牛从河谷源头冲下山，把希尔坎夹在公牛和母牛之间抓住他。因为莫格里知道，刚刚饱餐一顿的希尔坎还没恢复战斗状态，也难以爬上河谷两边。莫格里努力靠自己的声音安抚着水牛。阿克拉已经退到牛群的最后面，偶尔低嚎两声，催着队伍末尾的公牛走快点。他们绕了个很大很大的圆圈，因为莫格里并不想离河谷太近，以免惊动了希尔坎。终于，莫格里将稀里糊涂的牛群一起聚集在河谷源头的草坪上。站在那块草坪上，可以越过树梢俯瞰下面的平原。不过莫格里只注意着河谷的两岸。他很满意地看到两岸非常陡峭，几乎是笔直上下，岸边长满了藤蔓，老虎根本找不到立足点爬出来。

“阿克拉，让他们歇口气。”莫格里举手示意，“他们还没闻到他的气味呢。让他们歇歇。我要去告诉希尔坎，看看谁来了。我们要把他引到陷阱里。”

他把手放在嘴边，对着沟壑下面大喊道——喊声仿佛径直穿过一条隧道——回音从岩石间一个个弹出去。

隔了很久，老虎那边才传来饱食过后有气无力、睡眼惺忪的咆哮。

“谁在大喊大叫？”希尔坎质问道，一只华丽的孔雀从沟壑那头惊叫着扑闪出来。

“是我，莫格里，你这个盗牛贼，这次该你去议会岩石啦！阿克拉，快把他们赶下去！下去，拉玛，下去！”

牛群在斜坡前停顿了片刻，但是阿克拉发出了狩猎的吼声，公牛们便慌乱地一路叫着冲下斜坡，好像蒸汽机连续发动，砂石都在周围翻滚。牛群一旦受到惊吓，就难以停下来，他们还没到达峡谷的河床，拉玛就嗅到了希尔坎的气味，吼叫起来。

“哈哈！”莫格里骑在拉玛背上大笑着，“现在你知道了吧。”黑色的牛角如同巨浪般，带着不停呼气的鼻息，还有直视前方的眼睛，像洪流一般冲下河谷，好像山洪暴发，泥石流从山上翻滚而下。体弱一点的水牛都被挤到河谷两边，踩烂了藤蔓。他们知道自己面对的将是什么——水牛的可怕冲撞，没有老虎可以避开。希尔坎听到雷鸣般的牛蹄声，赶紧起身，往河流下游跑去，四处张望着找寻出路。可是河谷两侧都非常陡峭，希尔坎装着满肚子的食物和水，此刻只要能避开和牛群的冲撞，他什么都愿意做。牛群扫荡过希尔坎刚刚还待过的地方，哞哞叫着直到狭窄的河谷里都充满回响。莫格里听见山脚下的河谷里传来回答，看见希尔坎转过身来（老虎知道，不到万不得已的时候，面对公牛总比面对带着牛犊的母牛要好）。接着，拉玛突然打了个趔趄，不知踩到了什么软软的东西，其他公牛跟在他身后，直接冲入了另一堆牛群。体弱一点的水牛在冲撞中都被掀得四蹄挤离了地面。强烈的冲撞把双方牛群都冲到了草原上，抵角的抵角，跺脚的跺脚，喘气的喘气。莫格里看准时机，滑下拉玛，用拿起树枝左右挥舞。

“快点，阿克拉！把他们分开。把他们分开！不然他们会相互打起来的。把他们赶走，阿克拉。嗨，拉玛！嗨，嗨，嗨！我的好孩子，好了好了，好了，都结束了。”

阿克拉和灰兄弟跑前跑后，咬住水牛的腿不让他们乱动。尽管牛群有一次想回过头冲进河谷，莫格里终于设法带着拉玛转了身，其他牛群便跟在身后，向泥潭走回去。

希尔坎不需要再被践踏了，他死了，鸢鸟已经飞来啃食他的尸体。

“好兄弟，他死得像只走狗。”莫格里说着，抚摸着他随身携带的小刀。那是他跟人类居住以来，一直挂在脖子上的刀。“他再也没法打架了。把他的皮毛带到议会岩石上去，看上去一定不错。我们得尽快把这活干掉。”

一个在人类中长大的孩子，一定无法想象独自剥除一头十英尺长的老虎的皮。但是莫格里比其他任何人都了解动物的皮毛是多么贴合身体，如何才能剥除。但这是一项费力活儿，莫格里又砍又撕又叫地忙活了一个小时，累得直哼哼。其他两只狼在一旁伸着舌头开怀大笑，有时会根据莫格里的指示上前帮忙撕扯。正在这时，一只手搭在了莫格里肩上。他抬头一看，是扛着滑膛步枪的布尔德。孩子们告诉村里人水牛都发了疯，于是布尔德怒气冲冲地跑出来，一心想要教训莫格里一番，因为他没有看管好牛群。两只狼则一看有人来了，便立刻就跑远了。

“这都是怎么回事?”布尔德质问道，“你居然自以为剥下一头老虎的皮！水牛在哪里踩死他的？这就是那只跛脚老虎。他的脑袋值一百卢比呢。哎，哎，我们会好好考虑你让牛群跑掉这件事的。等我把老虎皮带到卡尼瓦拉，或许我会给你一卢比作为报答呢。”他从挎包里摸索出铁块和打火石，弯腰去烧希尔坎的胡子。大多数当地猎人都习惯于烧掉老虎的胡子，以防鬼魂缠身。

“嘿！”莫格里仿佛在对自己说话，他撕下一块老虎前爪的皮毛，“所以你是要把他的皮毛带到卡尼瓦拉换奖励，还有可能给我一卢比？不过我有我的打算，我需要这块皮，我自有用处。嘿！臭老头，把火移开！”

“这是能跟村里的头等猎人说的话吗？你是凭了运气和这群蠢牛才杀死了老虎的。这只老虎刚吃饱，不然他跑出二十英里都没问题。你甚至不知道怎样好好地剥皮，你这个小屁孩。居然还教训布尔德我不许烧了他的胡子。莫格里，我一个子儿都不会给你了，还要狠狠地打你一顿。把尸体放下！”

“凭那只换来我生命的公牛发誓，”莫格里说着，试图剥下老虎肩膀那块的皮，“难道我得跟这只老猿猴争论一个中午吗？到这儿来，阿克拉，这人真叫人厌烦。”

布尔德本来还在弯腰检查希尔坎的脑袋，突然就发现自己摔在了草地上，一只灰狼正站在旁边俯视着他，莫格里则继续剥着老虎的皮，好像整个印度只有他一个人似的。

“好——吧，”他咬牙切齿地说道，“布尔德你说的都对。你一个子儿都不会给我的。我和这只跛脚老虎之间有我们自己的故事——一场很久远的斗争——现在，我赢了。”

说句老实话，如果布尔德年轻十岁，他在丛林里遇到阿克拉，一定会抓住机会比试一番的。但是这只狼竟然听从孩子的指令，这孩子还和一只吃人的老虎有过节，那么这只狼一定不是普通的野兽。这是巫术，是邪恶的魔法，布尔德忖度着，不知道自己脖子上挂着的护身符能否保护他。他坐在地上一动不动，期待着莫格里也变成老虎。

“马哈拉吉！伟大的国王。”终于，他嘶哑着喉咙低声祈祷道。

“嗯。”莫格里头都不回，忍不住咯咯笑出了声。

“我是一个老人了。我不知道你不只是个牧童。能不能放我起身离开？还是说你的仆人要把我撕成碎片？”

“走吧，祝你好运。只不过，下次你再扰乱我的事情，你就玩完了。阿克拉，让他走吧。”

布尔德蹒跚地尽快赶回村子，仍不忘回头看看莫格里是不是变成了什么可怕的东西。然后他就在村子里大肆宣扬，讲出了一个充满魔法、妖术和巫术的故事，牧师听了脸色变得异常严肃。

莫格里继续剥着老虎的皮，直到黄昏将近，才和群狼一起把那张老虎皮全部剥了下来。

“现在，我们要把这一大块皮藏好，然后把水牛们赶回村子。阿克拉，帮我把牛群召集起来。”

薄雾弥漫的暮光中，牛群重新聚集起来，当他们快到村子时，莫格里看见了点点火光，听到寺庙里海螺吹响、钟铃摇动的声音。半数村民都在门口等着他。莫格里告诉自己：“这是因为我杀死了希尔坎。”没想到，石块如暴雨般砸来，呼啸着擦过他的面庞。村民们大喊着：“巫师！野狼的小崽子！丛林的魔鬼！滚开！快滚！不然牧师就让你原形毕露，打回狼形！快开枪，布尔德，开枪！”

老旧的滑膛步枪发出一声巨响，一只小水牛痛苦地嚎叫起来。

“又是巫术！”村民们叫喊着，“他能使子弹转弯。布尔德，那是你的水牛。”

“这到底是怎么回事？”莫格里一脸迷茫，石头却越发密集地砸过来。

“他们和狼群没什么两样，你的这些兄弟。”阿克拉说道，冷静地坐了下来。“在我看来，加入子弹能说明什么的话，他们希望把你赶走。”

“狼！狼崽子！走开！”牧师挥舞着一根神圣的西尔图植物呼喝着。

“又叫我滚？上次是因为我是个人类。这次是因为我是只狼。阿克拉，我们走。”

一个女人，是美苏阿，高呼着跑向牛群：“哦，我的孩子，我的孩子！他们说你是个巫师，能随意变成野兽。我知道那不是真的，但是你快走吧，不然他们会杀了你的。布尔德说你是个巫师，但我知道你是替我死去的纳苏报了仇。”

“回来，美苏阿！”村民们喊道，“快回来！不然连你一起砸死。”

莫格里刚张开嘴，一颗石头就砸了进去，他只来得及短促地干笑了一声，“快回去吧，美苏阿。这不过是他们黄昏时在大树下讲的愚蠢故事之一。至少我为你的儿子报了仇。再见了。跑快些，我要加快牛群的速度了，比他们投来的石头还要快。美苏阿，我不是巫师。再见了！”

“现在，阿克拉，再赶一次牛群。”他喊道，“把牛群赶进去。”

牛群已经急切地想冲进村庄，几乎不需要阿克拉再吆喝，他们已经如旋风般冲过大门，冲散了人群，纷纷逃窜。

“数数清楚！”莫格里冷冷地喊道，“说不定我还偷了哪只呢。数数清楚！我以后可不会再为你们放牧啦。再见了，人类的孩子，你们该感谢美苏阿。为了她我才没有带着狼冲进村子，追得你们满街跑。”

他转过身和孤独之狼一起走了。莫格里仰头看着满天繁星，感到了许久没有的快乐。“我再也不用在陷阱里睡觉啦，阿克拉。我们快带上希尔坎的皮毛走吧。不，我们不会伤害村民的，美苏阿对我很好。”

月亮升起，淡淡的月光给平原笼上了一层奶白色的纱。村民们惊恐地看着莫格里，在两只狼的伴随下，头上顶着一包东西，和狼一样稳步小跑着。狼的小跑就像大火一样，把漫长的距离一下子就消灭了。接着，村民们再次敲锣打鼓、吹起号角，声音震耳欲聋。美苏阿在哭，布尔德在添油加醋地重复他在丛林里的冒险故事，最后竟然变成了阿克拉后脚着地，直立站起，像人一样说话。

莫格里和两只狼来到议会岩石的山脚时，月亮正在下沉，他们先在狼妈妈的洞穴前停了下来。

“妈妈，他们把我赶出来了，那些人类。”莫格里喊道，“但是我实现了我的承诺，我带来了希尔坎的皮。”

狼妈妈带着幼崽慢慢地从洞里走出来，目光在碰到老虎皮毛时顿时发了光。

“我警告过他会有这一天的。他把头和肩膀挤进这个洞穴，想要你的命时我就说过，小青蛙——我告诉过他，捕猎别人的终会被捕猎。干得好。”

“小兄弟，干得好。”灌木丛里传来低沉的声音，“你不在丛林里，我们实在孤单。”接着便看到巴希拉跑向赤脚的莫格里，他们一起爬上议会岩石。莫格里把老虎皮铺在阿克拉曾经待过的地方，用四根竹枝把它固定住。阿克拉卧在上面，向全体议会喊出了那句熟悉的口号：“看清楚了，群狼们。”正和莫格里第一次被带到这里时一模一样。

自从阿克拉被赶下台以后，狼群一直没有首领，只能随意狩猎或打架。但是听到呼喊，他们都习惯性地做出回应，有些因为落入陷阱而瘸了腿，有些受了枪伤，有些因为长期饮食不佳而掉毛掉得厉害，还有些已经失踪了。但他们都回到议会岩石，回到这个他们丢下一切的地方。他们看到希尔坎的皮毛铺在岩石上，巨大的爪子空荡荡地从脚边垂下来。就在这时，莫格里想起了一首自己编的不押韵的曲子，他高歌着，在柔软的皮毛上跳上跳下，用脚踢打着节拍，直到上气不接下气，灰兄弟和阿克拉伴随着他的节奏呼号。

“看清楚了，狼群们。我有没有守信用?”莫格里说道，狼群们同意道:“是的。”其中一只浑身凌乱不堪的狼叫道：

“阿克拉，重新带领我们吧。人类幼崽，重新带领我们吧。没了法律的约束，我们又病又乱，法律能让我们重新成为自由子民。”

“不行。”巴希拉嘟囔道，“这可不行。等到你们吃得饱饱的，你们就又要发疯了。你们叫做自由子民不是没有理由的。你们不是为了自由战斗过吗，现在这就是你们的自由。好好享受吧，狼群们。”

“人类和狼群都把我赶了出来，”莫格里说道，“从现在起我要独自在丛林里狩猎。”

“那我们和你一起。”四只狼崽说道。

从此以后，莫格里便和四只幼崽在丛林出没，一同狩猎。但他并不是一直独身一人，因为多年以后，他长大成人，娶妻生子了。

不过那将是另一篇写给成人的故事了。

白海豹

嘘！轻一点，我的孩子，夜晚已然降临，
漆黑的水面，绿光悠悠，波光粼粼。
碎浪之上，月亮正低头把我们找寻，
看见我们，在洞穴和树叶间休憩。
巨浪翻滚，就是我们舒适的枕巾，
啊，疲倦的四肢，收起来吧！
狂风吹不醒你，鲨鱼吃不掉你，
在微微摇晃的海浪中沉沉睡去。

《海豹之歌》

这些事情发生在几年前一个叫做诺瓦斯托斯纳的地方，或者也可以把它叫做东北之点。诺瓦斯托斯纳地处白令海深处的圣保罗岛。有一次，一只名叫里默辛的冬日鹪鹩给我讲了一个故事。那是在一艘开往日本的蒸汽船上，鹪鹩被大风刮到了船上的绳索上，被我发现带回了船舱，给他取暖喂食，过了好些天他才康复，得以飞回圣保罗。里默辛是一只奇特的小鸟，但是他知道怎样说真话。

如果不是为了出差，绝没有人会来诺瓦斯托斯纳岛。而通常来这里出差的旅客也只有海豹。每年夏季，成百上千的海豹就会游过冰冷的灰蓝色海洋来到这里，因为诺瓦斯托斯纳岛拥有全世界最适合海豹居住的沙地。

海豹凯斯知道这一点，所以每年春天，他无论身处哪里，都会像鱼雷艇一样直直地游回来。在诺瓦斯托斯纳待上一个月，为了抢块好岩石而和同伴们打架，这样就可以离海洋越近越好。凯斯十五岁了，是一只巨大的灰色海豹，两肩毛发浓密，牙齿如猎狗一般又尖又长。当他踩着脚蹼站起来时，有四英尺多高。至于他的体重，如果有谁敢去称一称的话，大概有将近七百磅。他浑身上下都是打架留下的伤疤，但是他随时都准备再干一场。他会把头歪向一边，好像害怕直视敌人的脸。接着突然如闪电般猛冲出去，巨大的牙齿死死咬住另一只海豹的颈子。如果一切顺利，那只海豹一定会逃走，但是凯斯可不会让对方这么轻易就逃脱的。

不过凯斯从来不去追击已经受了伤的海豹，因为这有违沙滩法则。他抢夺海边的地盘只是为了照顾自己的孩子。只不过每年春天，四五千只海豹都会为了同样的目标到来。他们在沙地上啸叫着，大喊着，咆哮着，或者喘着粗气，那场景着实有些吓人。

从一座名叫哈特辛森的小山往下望去，你能看到方圆三英里半的土地上都布满了混战着的海豹。海浪中还漂浮着点点海豹的脑袋，都在急匆匆地朝陆地游去，好展开更多打斗。他们在碎浪中打，在沙地上打，在已磨平的安家用的岩石上打，真是和人类一样愚蠢而好斗。他们的妻子到了五月底六月初才会来到岛上，因为妻子们才不想被撕成两半。年轻的海豹，比如那些二岁、三岁，或者四岁的，还没开始安家置业。于是他们会走上半英里路，穿过打斗的海豹，到深处的沙丘去成群结队地玩耍，沿路蹭倒每一株植物。这些海豹叫做单身海狗，光是诺瓦斯托斯纳岛上就有两三百只。

凯斯刚刚完成他今年春天的第四十五场打斗，他那光滑柔软、目光温柔的妻子玛特卡就来了。谁知凯斯上来就一把抓住玛特卡的后颈,使劲儿摔向自己的领地,粗暴地质问道:“又迟到了。你到哪里去了?”

在海滩打斗的这四个月,凯斯几乎没什么进食的习惯,所以他的脾气常常很暴躁。玛特卡比任何人都清楚此时应该作何反应。她环顾了一下四周,温柔地夸赞道:“你想得真周到啊。你又占领了我们的老地方。”

“我认为这是我应该做的。”凯斯自豪地答道,“看看我!”

他浑身有二十处抓伤,血流不止,一只眼睛差点被挖出来了,身体两侧被撕成了一条条。

“哦瞧你这人,你这人!”玛特卡扇动着后鳍惊叫道,“你怎么就不能理智些,安安静静地安顿下来呢?你看上去就像和杀人鲸干了一架似的。”

“我从五月中旬开始就一直在打斗。这个季节的沙滩太恶心了,到处人满为患。我遇到了至少一百只从陆坎农沙滩来的海豹,来这里抢地方住。他们为什么就不能待在自己该待的地方呢?”

“我一直觉得,如果我们离开这人山人海的地方,到奥特岛上居住,说不定我们会开心很多。”玛特卡说道。

“呸!只有海狗才去奥特岛呢。我们要是走了,他们就会骂我们胆小。亲爱的,我们必须保卫我们的荣誉。”

凯斯把头自豪地沉浸在自己壮硕的两肩之间,假装在睡觉,而实际上他时刻准备着迎接新的打斗。现在,所有海豹和他们的妻子都在岛上了,海上几英里之外就能听到他们嘈杂的争闹,盖过了最响的狂风。最保守估计,海滩上也有一百万只海豹——老海豹,海豹妈妈,海豹宝宝,以及海狗们,打斗的,混战的,嘀嘀咕咕的，到处乱爬的，一起玩耍的——跳到海里，又成群结队地出来。放眼所见每一处都躺着海豹。透过大雾还依稀可以看见一对对的海豹在小范围相互打斗。诺瓦斯托斯纳岛上几乎总是雾蒙蒙的，除非太阳探出头来，阳光洒在沙滩上，在那短短的时间里，一切都变得如珍珠般闪闪发亮，如彩虹般五彩斑斓。

玛特卡的孩子柯迪科，就出生在这片混乱中。和其他小海豹一样，他浑身上下仿佛只有头和肩膀，露出一双苍白水灵的蓝眼睛。不过他的皮毛上有什么东西引起了他妈妈的注意。

“凯斯，”她终于说道，“我们的孩子要变白了！”

“别瞎说！就像世界上从来没有过空贝壳和干海藻一样，”凯斯不屑地答道，“世界上也从来就没有过什么白海豹。”

“这可不关我的事，”玛特卡继续道，“那很快世界上就要有白海豹了。”她满怀柔情地低声哼起海豹之歌，像所有海豹妈妈一样：

六个星期后你就会游泳，
你的头才不会没入水中；
夏季的暴风和食人鲨鱼
是孩子们的天敌。
是孩子们的天敌，我亲爱的孩子，
如此可怕，可怕如此；
可是啊，扑扇着两翼，你就要长大，
变得强壮，变得伟大。
哦，海洋之子！

小家伙自然还听不懂这些。他在妈妈脚边扑腾着，乱爬着，想学着打架的爸爸，混战中打出一条自己的道路，结果两人都在大叫声中滚下光滑的岩石。玛特卡通常会去海里觅食，虽然她每两天才喂一次孩子，但是小海豹每一次都吃得精光，因此他也逐渐健壮地成长起来。

小海豹学会的第一件事是爬行。在岛屿中心，他遇见了成千上万只和自己一样大的小海豹。大家像小狗一样一起玩耍，在洁净的沙地上睡觉，睡醒了继续玩耍。成年海豹们看护着他们，海狗也有自己的领地，孩子们都玩得很开心。

玛特卡每每从深海捕鱼回来，都会径直到操场呼唤小柯迪科，就像绵羊妈妈呼唤小羊羔一样，直到她听到柯迪科的回答。然后她会选择一条最简短的直线，扇动前翼，左右踢开小海豹，一路直冲到自己的孩子面前。操场上总是穿梭着上百只海豹妈妈，都是通过这种方式找寻自己的孩子的，好在孩子们始终生龙活虎。其实，就像玛特卡教育柯迪科的那样："只要你不躺到泥潭里，不得皮肤病，不被硬砂石刮伤抓伤，不在狂风大浪时下海游泳，在这里你就是安全的。"

小海豹们和小孩子一样几乎完全不会游泳，没学会游泳前，他们总觉得不舒服。柯迪科第一次下海时，被海浪打到了够不到底的海水深处，他的头沉了下去，小小的后鳍拼命扑腾着，正如妈妈在歌谣里唱的那样。要不是下一个海浪把他又打了回来，他大概就要淹死了。

从那以后，他就在沙滩的小池塘里学习浮水。水波正好漫过柯迪科的身子，他扑动两翼便能浮起来。不过他总是睁着眼睛，就怕大浪打来。他花了两周时间学习划水；期间，他的一切行动都是在水里起起伏伏地挣扎，咳嗽呛水，爬上沙滩打个瞌睡，再回去学习，直到他终于能在水里自由来去。

你可以想象小柯迪科和伙伴们在一起的快乐时光，在巨浪下潜水，或者踏着浪花，随着巨浪哗啦啦扑上沙滩，或者学着老海豹们站立在尾巴上挠挠头，又或者在刚刚被海浪冲刷过的、长满了滑溜溜的苔藓的岩石上玩一种名叫“我是山洞之王”的游戏。有时，他会看到一块薄薄的鳍，像鲨鱼一样，飘到海滩附近，他知道那就是爱吃小海豹的食人鲸。这时，柯迪科便会像离弦的箭一样冲过去，鱼鳍只得慢悠悠地游开，仿佛他只是一不当心才误入这里的。

十月下旬，海豹们开始离开圣保罗，举家结伴往深海游去。这时再没有谁为了抢占哺育地盘而打斗，海狗也可以随处玩耍了。“等到明年，”玛特卡对柯迪科说，“你就是一只海狗了。不过今年，你要先学会捉鱼。”

他们一同游过太平洋，玛特卡给柯迪科示范如何背靠海面，收起两鳍，仰面躺下，只露出鼻子在水面呼吸。没有什么摇篮比太平洋绵长而有节奏的起伏更加舒适。有时柯迪科会感到浑身刺痛，玛特卡就告诉他那是他正学着“熟悉水性”，而这种刺痛感预示着坏天气要来了，他必须加紧游泳，离开这片海域。

“没多久，”妈妈说，“你就会明白要往哪里游了。不过现在，我们还是先跟着海豚吧，他很聪明的。”一对海豚在海中穿梭，小柯迪科努力跟着不落后。“你们怎么知道我们要往哪里去呢？”他气喘吁吁地问道。海豚首领翻了翻白眼，往海水深处游去。“孩子，我的尾巴在痛。”他说道，“这表明我们身后将有大浪来袭。快点儿！等你到了暖水南侧（他指的是赤道附近），你的尾巴的刺痛就表示大浪在前方，你必须向北走。快点儿！这里的水域很危险。”

这是柯迪科学到的知识之一，他从没停止过学习。玛特卡教他如何沿着深海两岸跟踪鳕鱼和大比目鱼，把他们引出隐藏在海藻丛中的洞穴；教他如何避开水下一百英寻的残骸，像步枪子弹一样跟着鱼群穿梭于舷窗间；如何在闪电劈裂天空时依旧能在浪尖舞蹈，向冲入狂风中的短尾信天翁和战神老鹰挥手致意；如何像海豚一样跃出水面三四英尺，两鳍收于身边，尾巴卷曲；教他要远离飞鱼，因为他们太瘦骨嶙峋；要在十英寻深的水里全速咬下鳕鱼的肩胛肉，并且绝不在渔船或客轮前驻足围观，更不要在划艇前停留。六个月后，如果说柯迪科还有些什么关于深海捕鱼的知识不了解的话，那些一定是不值得他学习的东西。整整六个月，他没到过干燥的陆地上哪怕一次。

可是有一天，正当柯迪科在费尔南德斯岛的某片温暖的水域昏昏入睡时，他突然感到头晕眼花，浑身无力，就像人类蹲久了又突然站起时的感觉。接着，他就只记得七千英里外诺瓦斯托斯纳的美妙沙滩，他和同伴们一起玩的游戏，海藻的味道，海豹的吼叫和打斗。就在那一刻，他转向北方，拼命游过去，这时他碰到了好几十个同伴，都在往同一个方向游，他们招呼道："柯迪科，你好啊！今年我们都是海狗了，我们可以在陆坎农的破冰船里跳篝火舞，在新草地上玩耍。不过你从哪里搞来了那套外皮？"

柯迪科的皮毛现在几乎全白了，尽管他为此很是自豪，却只回答道："游快点！我的骨头想陆地想得都痛了。"于是他们都回到他们出生的沙滩，听见老海豹——他们的父辈在迷雾中翻滚打斗。

那个晚上，柯迪科和满一岁的海豹们一起跳了篝火舞。夏季夜晚的海洋充满了火焰，从诺瓦斯托斯纳到陆坎农一路都是，每个海豹都在身后留下了如同石油一样的踪迹，跳起来还能变出火焰，把海浪分成了波光粼粼的碎浪。接着，他们向内陆海狗聚居地前进，在新整理的干草垛上滚来滚去，讲着各自的出海故事。他们谈起太平洋，就像男孩谈起他们疯狂迷恋的女孩一样。要是有谁表示理解，他们会立刻扑过去，把海洋描述成一幅前所未有的美丽图画。三四岁大的海狗嬉闹着叫着跑下哈特辛森山，嚷道："小孩子快闪开！海洋那么深，你们根本认不清呢，除非你们头上的角都长出来了才行。嘿，这个小孩，你从哪搞来的一身白衣？"

"不是搞来的，"柯迪科答道，"是天生的。"正当他打算走过去细说，两个黑头发、红面庞、体格健硕的人从沙堆后面走了出来。柯迪科从来没有见过这两个人，于是他咳嗽着低下头。海狗刚匆匆离开几码，听到这话，猛然坐下来，呆呆地瞪着柯迪科。这两人其实就是海豹猎人科里克·布特林和他的儿子帕特拉蒙。他们来自半英里远的一个小村庄。他们可以决定哪些海豹值得猎杀——因为海豹皮和绵羊毛一样——海豹皮可以制作成皮夹克。

"哟！"帕特拉蒙说，"瞧！这里有只白海豹！"

科里克·布特林那满覆油灰的脸色瞬间变得苍白，他是个阿留申人，而阿留申族不属于纯种民族。他开始喃喃祈祷。"帕特拉蒙，别碰他。自从——自我出生以来，还没见过白海豹呢。说不定他是那个去年在一场大风暴中失踪的老萨哈尔夫的鬼魂附身。"

"我不会靠近他的，"帕特拉蒙说道，"他不吉祥。你真的认为老萨哈尔夫回来了吗？我还欠他一些海鸥蛋。"

"别看他，"科里克说道，"直接到那批四岁大的海豹群去。我们今天要两百块海豹皮，好在这个季度才刚刚开始，他们对工作还不熟悉，一百个就该差不多了。快！"

只听格拉一声，帕特拉蒙就折断了海狗的双肩，海狗喘着粗气倒地而亡。帕特拉蒙继续一步步逼近，海狗们一步步后退，就这样被科里克带着往内陆走去，他们甚至没有想过要回到同伴身边。成百上千只海豹眼睁睁地看着他们被带走，却继续自己的玩乐。柯迪科是唯一一只提出问题的海豹，而他的同伴只知道人类通常每年会来这里六周或者两个月左右，每次都这样带走一批海豹。

“我要跟着他们，”他一边说着一边紧紧跟上海豹群踟蹰而行，认真得眼珠子都要掉出来了。

“那只白海豹跟上来了。”帕特拉蒙高呼道，“这可是第一次居然有海豹独自跟着我们回捕杀场。”

“嘘！别回头，”科里克答道，“那一定是萨哈尔夫的鬼魂！我一定得把这事告诉牧师。”

回捕杀场的路只有半英里，却走了一个小时。因为科里克知道，如果走得太快，海豹的体温升高，剥皮时他们的皮毛就会一块块脱落，所以他们走得很慢很慢。他们走过了海狮之颈，走过了韦伯屋，最后来到盐屋，正处于沙滩上的海豹目之所及之处。柯迪科跟在后面，喘着气琢磨着。他以为这是世界的尽头了，可是身后海豹营地的咆哮如此清晰，仿佛一列穿过隧道的火车。接着科里克坐在苔藓上，取出一块白蜡手表，让海豹们休息三十分钟，好让体温降下来。柯迪科可以听见雾气凝结成露珠，沿着他的帽檐滴落下来。然后来了十或十二个人，每人手里拿着一根三四英尺长的铁棍。科里克拉出一两只被其他海豹打伤的，或者体温过高的海豹，这些人就用他们海象喉咙做成的沉重长靴把这些海豹一脚踢开。然后科里克说：“动手！”这些人就抡起铁棍，以最快的速度打向这些被踢出去的海豹头部。

十分钟后，柯迪科已经认不出他的朋友们了，他们的皮毛从鼻子到后鳍都被扒掉，扔在地上堆成一堆。这些对柯迪科来说已经足够了，他转身飞奔回海边（海豹短时间内可以跑得很快）；他那新长出的小胡须因恐惧而根根直立。来到海狮之颈，海狮们坐在山崖边，而柯迪科拍打着两鳍径直冲了过去，腾空跃进冰冷的海水，震动了岩石，悲伤着大口喘息着。“怎么搞的？”一只海狮粗暴地质问，按规定海狮们自成一族，是不能被打扰的。

“我好孤独，好孤独！”柯迪科说道，“他们要杀死所有沙滩上的海狗！”

海狮转头看看沙滩，答道：“胡说！你的朋友还是那么吵。你一定是看了老科里克剥皮。他已经干了三十年了。”

“太可怕了。”柯迪科正说着，一个浪打过来，他赶紧背靠水面，稳住自己，两翼呈螺旋状扑打，站定在一个岩石缺口边三英尺处。

“好样的！一个一岁孩子能做到这个份上！”懂得欣赏游泳的海狮赞叹道，“我估计在你们看来其实样子很丑吧。不过如果你们海豹每年都来这里，那些人类自然会知道，除非你们找到一座没有人到过的海岛，不然你们永远会被驱赶的。”

“难道没有这样的岛屿吗？”柯迪科问道。

“我曾跟了大比目鱼二十年，都不敢说我有找到过这样的岛屿。不过现在看来——你似乎愿意向高手请教——或许你可以去海象小岛找海象聊聊，说不定他知道些什么。别老扑腾了，小家伙，这里过去大概六英里，如果我是你的话，我会找个地方先睡一觉的。”

柯迪科觉得这话很有道理，于是他回到自己的海滩，像所有海豹那样，找了一块岩石，浑身抽动着睡了半小时。然后他便动身前往海象小岛去了。那是一座小小的岩石岛低地，在诺瓦斯托斯纳东北部，处处是岩石和海鸥的巢穴，都是海象们自己打理的。

柯迪科在海象小岛上了岸——老海象又大又丑，身体肥硕膨胀，皮肤疙疙瘩瘩，脖子上肥肉坠了下来，嘴里伸出长长的獠牙。他住在北太平洋，整天除了睡觉还是睡觉——睡觉时，他总是躺在水中，后鳍半露半隐。

“醒醒！”柯迪科大声叫道，试图盖过海鸥的吵闹声。

“啊！哦！嗯！什么？”老海象哼了两声，用长牙打了旁边的海象一下，把他拍醒，接着又去打另一边的海象，如此反复，直到所有海象都被打醒，盲目地四处乱瞪着，就是没往正确的方向看。

“嗨！是我。”柯迪科说着，在浪花中起起伏伏，好像一条白色小鼻涕虫。

“哇！真希望我也能有这样的皮肤！”老海象感叹道，现在他们都看着柯迪科，就像一屋子死气沉沉的老先生目光集中在一个小男孩身上一样。柯迪科已经不想再听到有关剥皮的任何语句，他已经见得够多的了。于是他叫道：“难道世上就没有什么地方人类从没去过，能让我们海豹居住吗？”

“你自己去找啊，”老海象又闭上了双眼，“一边去。我们很忙的。”

柯迪科在空中做出海豚式的跳跃，尽最大声音叫道：“只吃贝壳的家伙！只吃贝壳的家伙！”他知道老海象虽然看上去很可怕，其实他一生中从未抓过一条鱼，只吃贝壳和海藻。不用多说，那些总在找机会好好放纵一把的北极鸥、三趾鸥，还有海鹰们，听到叫声纷纷接过话头——正如里默辛告诉我的那样——叫唤了五分钟之久，如果此时海象小岛上传来枪响，你都不会听到。所有的动物都在叫唤着“只吃贝壳的家伙！老头子！”老海象只好嘟嘟囔囔，咳嗽着从一边逃到另一边。

“现在你肯告诉我了吗?”柯迪科叫得已经没气了。

“问问海牛去。”老海象说道,“如果他还活着的话,他能告诉你。”

“我该怎样找到他呢?”柯迪科一边转身一边问道。

“他是海洋里唯一一只比老海象更丑的生物。”一只北极鸥尖声怪叫道,在老海象鼻子下方盘旋。“比他更丑!表现更差的老头子!”

于是,柯迪科往诺瓦斯托斯纳游回去,留下海鸥们还在尖叫。可是他发现,岛上竟然没有任何人支持他为海豹们寻找一个安静的地方。他们说,人类总会驱赶一批海狗,这是一天的活动内容之一,他要是不喜欢看到这些丑恶的画面,他就不该跟去捕杀场。可是从没哪个海豹看过捕杀的场面,这就是为什么柯迪科和他的朋友想法不同。更何况,柯迪科是一只与众不同的白海豹。

“你要做的,”老凯斯听完自己儿子的历险后说,“是快快长大,长成和你爸爸我一样的大海豹,然后在沙滩上孕育下一代,然后他们会离你而去。再过五年,你就能自己战斗了。”甚至他的妈妈,温柔的玛特卡都说:“孩子,你永远无法阻止杀戮。去海里玩吧。”柯迪科只得带着沉重的心情走开去跳了一会篝火舞。

秋天,柯迪科尽快逃离了沙滩,小小的子弹一般的脑袋里只有一个念头:他要找到海牛。如果海里真的有这样一号人物,他就有希望找到一处安静的岛屿,美丽的沙滩,让海豹们幸福地居住,人类再也抓不到他们。于是他找啊找,从北太平洋一直找到南太平洋,每天要游三百英里。他历经冒险,数不胜数,惊险逃脱过姥鲨、豹鲨和锤头鲨的追击,遇到过各种在海洋里四处游荡的不可信赖的流氓,特别注重礼貌的鱼,还有猩红色斑点扇贝,他们固定在同一个地方上百年不挪动一步,还为此深感自豪。可是他就是没有见到海牛，也没找到一座满意的岛屿。

如果沙滩美丽而坚固，还有适合海豹玩耍的斜坡，那么不远处总有捕鲸者的踪迹，熬着滚开的鲸脂，吐出浓浓的炊烟。柯迪科知道那意味着什么。或者，他能看出海豹曾经来过这座岛屿，却被猎杀光了，柯迪科知道人类来过一次，就会来第二次。

他曾从海里救起过一只尾巴粗短的信天翁，信天翁告诉他凯尔盖朗岛非常合适，安静而和平。当柯迪科赶过去时，他遇到了一场暴风雪，电闪雷鸣，他撞在一堵诡异的黑崖上，几乎撞成碎片。可惜迎着风暴，他能看出，即使凯尔盖朗岛也曾有海豹育儿的痕迹。这就是他所能找到的所有岛屿了。

里默辛列出了一条长长的单子，上面写满了各种岛屿的名字。据他说，柯迪科总共花了五个季度寻找岛屿和海象，每年还得有四个月时间在诺瓦斯托斯纳岛休息。在那里，海狗们嘲笑他和他那虚构的岛屿。他去过加拉帕戈斯岛，赤道上一个极度干燥的地方，差点儿把他烤成干；他去了乔治岛，奥克尼岛，翡翠岛，小夜莺岛，高夫岛，布维岛，十字岛，甚至还去了好望角南部的一个小地方。可是每到一处，海洋子民的回答都是一样的。海豹们来过这些岛屿，但是人类把他们都杀光了。他甚至游离太平洋，历经数千英里，到达一个叫做科连特斯角的地方（那是他从高夫岛回来时去的）。他在一块岩石上发现了几百只肮脏不堪的海豹，他们说这里也有人类来过了。

可怕的消息几乎使柯迪科心碎。他回到自己的沙滩，北归的路上他在一座绿树成荫的岛屿停了下来，那里有一只衰老而奄奄一息的海豹，柯迪科给他捉鱼吃，向他倾诉了自己所有烦恼。“现在，”柯迪科说，“我要回诺瓦斯托斯纳岛去了，就算我和其他海狗一样被带到捕杀场，我也不在乎了。”

老海豹答道："再试一次吧。我是玛莎佛拉族迷失的群栖里的最后一只。在我们被成百上千地杀害的日子里，沙滩上流传着这样一则故事。故事说会有一天，一只来自北方的白海豹，将带领我们海豹子民找到一处安静的地方。我已经老了，我是等不到那一天了，但是其他海豹可以。再试一次吧。"

柯迪科卷着自己的大胡子（非常漂亮的胡子）说道："我是这么多年来，沙滩上唯一一只白海豹，也是唯一一只，无论黑白，想到要找寻新岛屿的海豹。"

这给了他极大鼓舞。那年夏天他回到诺瓦斯托斯纳岛时，他的妈妈玛特卡乞求他赶紧结婚安顿下来，因为他已经不是一只海狗，而是一只成年海豹了。他的两肩覆满了雪白而卷曲的鬃毛，那么浓密，那么厚重，就像他父亲一样。"再给我一个季度。"他答道，"妈妈，记住，只有第七波海浪才能打上沙滩最远的地方。"

说来也奇怪，岛上还有另一只雌性海豹，觉得自己应该等到明年再结婚。柯迪科踏上最后旅程的前一晚，曾和她在陆坎农海滩跳了整晚的篝火舞。这一次，他向西而行，因为他发现了一大批比目鱼的踪迹，而现在他每天需要一百磅鱼肉来保持体力。他追逐鱼群直到自己精疲力竭，然后蜷起身子在铜之岛的凹地里睡觉。柯迪科对这片海滩已经非常熟悉了，所以午夜时分，海藻床上传来一股轻轻的撞击，柯迪科就知道："嗯，今晚的海潮有些强。"于是他翻身下水，慢慢睁开眼睛，舒展四肢。接着他像猫一样一跃而起，因为他看见有什么庞大的东西在浅水区浓密的海藻中四处翻寻。

"看在麦哲伦海峡的巨浪份上！"他暗暗思忖着，"这些深海子民是谁？"

他们不像任何柯迪科之前见过的海象、海狮、海豹、熊、鲸、鲨、鱼、乌贼或扇贝。他们大约二十到三十英尺长，没有后鳍，只有一把铁铲一样的尾巴，仿佛从潮湿的皮革上削下来的一样。他们的头真是你所见过的最愚蠢的脑袋，不觅食时他们会靠尾巴保持平衡，相互认真鞠躬，挥动前鳍，如同一个胖子挥舞手臂。

“嗯哼！”柯迪科清清嗓子，“真是奇妙的运动啊，先生们。”那些庞大的家伙对着柯迪科又是鞠躬又是招手，像青蛙男仆一样。他们吃东西时，柯迪科发现他们的上嘴唇有两半，可以分开一英尺，吞噬了一蒲式耳的海藻再合起来。然后他们把海藻卷进嘴里，一本正经地大口嚼着。

“真是乱七八糟的进食方式。”柯迪科说道，他们又鞠了一躬，柯迪科不耐烦起来。“很好，”他说道，“就算你们的前鳍真有多余的关节，你们也没必要老拿出来炫耀。虽然你们一直在温文尔雅地鞠躬，但我更想知道你们的名字。”他们那分开的嘴唇颤动着，玻璃绿的眼睛瞪着柯迪科，却依旧没有说话。

“好呀！”柯迪科说道，“你们真是我见过的海之子民中，唯一比老海象还丑的家伙——举止也更差。”

然后他猛然想起，在他一岁大时，北极鸥曾在海象小岛上对他喊过一句话。柯迪科跌跌撞撞地奔回水下，他知道他终于找到了海牛。

海牛们还在海藻里走着、找着、吃着，柯迪科试图用各种他在旅途中学到的语言提问。要知道，海洋子民的语言几乎和人类一样繁多。可是海牛不予回答，因为他们根本不会说话。他们颈子上本应有七根骨头，现在却只剩六根。传说他甚至不和同伴们讲话。但是，你也已经知道，他的前鳍多出一块关节，因此上下摇动前鳍就是他回答的方式，有点像笨拙的电报密码。

白天，柯迪科的鬃毛直立起来，他的脾气就跟着死去的螃蟹不见了。海牛开始慢慢向北前进，时不时停下来举办看上去着实荒谬可笑的鞠躬大会。柯迪科跟着，不时提醒自己："这么傻的海之子民，要不是因为他们找到了安全的岛屿，一定不可能活到现在，早该被人杀光了。既然那个岛屿适合海牛，那么也一定适合海豹居住。无论如何，我希望他们能快一点。"

跟着海牛实在很累。他们每天最多走四五十英里，晚上就停下来觅食。他们一直紧挨着岸边行动，无论柯迪科如何在他们身边游来游去，或在他们上方，或下方，他们还是那么慢，一点点都无法加快。到了更北边的时候，他们每隔几小时就要举行一次鞠躬大会，为此柯迪科不耐烦得就差咬断自己的胡子了。直到他发现，海牛们其实是在跟着一股暖流前进，于是柯迪科越发钦佩他们的智慧了。

一天晚上，他们经过一处闪闪发光的水域——像石头沉入水中一样潜进去——这是这么长时间来，柯迪科第一次发现他们开始加快步伐了。他紧紧跟着他们，海牛的速度令人惊讶，他从来不知道海牛竟然是这么厉害的游泳健将。他们游向岸边一座山崖——一座深深插入海洋的山崖，山脚黑洞洞的，在大约距海面二十英寻的地方。他们游了很久很久，柯迪科压抑地只想呼吸新鲜空气。正在这时，海牛们带着柯迪科穿过了阴暗的隧道。

"我的天啊！"柯迪科跳了起来，大口呼吸着，直冲入远处开阔的水域。"这次的潜水真是够久的了，不过很值得啊。"

海牛们分散开来，懒懒地扫视着周围，在柯迪科眼里，这是他见过的最美的沙滩。沙滩上有数英里的光滑石块，尤其适合海豹哺育孩子。往岛屿内部的沙滩深处去，能看到硬沙铺成的滑坡和操场，有可供跳舞用的树干，能够尽情翻滚的大草坪，爬上爬下的沙丘，最好的是，柯迪科凭着对水的感觉就能知道，这里从未有过人类，这一点真正的海豹是不会看错的。

柯迪科做的第一件事，是确保这里的鱼类鲜美，饱餐之后，他沿着海滩愉快地数着迷雾之中半隐半现的沙滩低地。再往北边去，这片海域之外，是一排怪石浅滩，把船只挡在沙滩六英里之外。群岛和大陆之间，还有一片深水区，尽头是笔直的高崖，而隧道入口在山崖下面的某个地方。

“这就是我们的诺瓦斯托斯纳，又比它好上十倍。”柯迪科想道，“海牛一定比我想象的要聪明得多。人类没法深入山崖底部，即使有人能到达，船只到达海边那排怪石浅滩也会撞成碎片。如果说海里还有哪里安全的话，那一定是这里了。”

他思念起沙滩上的同伴，可是虽然他急着回到诺瓦斯托斯纳岛，柯迪科还是先把这个新家园好好查看了一遍，这样他就能回答大家所有的问题了。

然后他又潜下去确认隧道入口，终于往南跑去。除了海牛或海豹，没有人会想到那种地方竟然藏着一片如此神奇的土地。柯迪科回头望向山崖，自己都难以置信他刚刚还在山崖下面。

他游得不慢，但还是花了六天时间才到家。他刚跳上海狮之颈，就看到了那个一直在等着他的海豹，从他的眼睛，她知道，他终于找到了他梦想中的岛屿。

可是没想到，当柯迪科告诉他们他找到了岛屿时，海狗和他的爸爸凯斯，还有其他海豹纷纷嘲笑他。其中一只和他一样大的海豹说道：“很好很好，柯迪科，可是你不能从一个没人知道的地方回来，就要我们跟你离开。记着，我们打架是为了养育下一代，可是你所做的是前所未有的行为。你更喜欢在大海四处潜行。”

其他海豹大笑起来，说话的年轻海豹洋洋自得地转着脑袋。他刚刚结婚，老喜欢大惊小怪。

“我没有结婚，不需要为了养育下一代而打架。”柯迪科说道，“我只想带你们去看看，在那里大家都会安全的。打架有什么用呢？”

“哦，如果你想逃，那我自然没什么好说的了。”年轻海豹奇怪地咯咯一笑。

“那如果我打架赢了，你愿意跟我来吗？”柯迪科问道，眼里射出绿光，他实在生气，竟然终究要靠打架解决争端。

“好呀，”年轻海豹随口答道，“你赢了，我就去。”

他已经没时间改变主意了，柯迪科径直顶了过来，牙齿插入年轻海豹颈上的脂肪。他靠臀部支撑着自己，沿着海滩一路拖着他的敌人，拼命摇晃他，然后把他打晕在地。接着，柯迪科向其他海豹吼道：“五个季度了，我尽了最大努力，为你们找到了可以安全生活的岛屿。但是看来不把你们的脑袋和愚蠢的脖子拉开，你们是不会相信的。那我就来好好教教你们。当心了！”

里默辛说在他一生中，他还从未见过——而他每年都能看见成千上万只海豹打架——在他短短一生中从未见过有谁像柯迪科一样打斗。他冲向所能看到的最大的海豹，一把抓住对方的喉咙，狠狠掐住，又打又撞，直到对方嘟哝着求饶，才把对方扔到一旁，又去袭击下一个目标。你看，柯迪科不像其他海豹，每年有四个月无法进食，他常年在深海游泳更使他体格健壮，更神奇的是，他此前从未打过架。他那白色卷毛因生气而根根竖起，他的眼睛怒火中烧，他那像狗一样长的獠牙闪闪发光，浑身上下散发出的魄力让人难以直视。他的父亲，老海豹，看着自己的儿子与过去决裂，拖扯头发灰白的老海豹，好像他们只是大比目鱼，打击年轻的单身海豹，毫不手软。终于，海豹爸爸大吼一声：“他或许很傻，但他是海滩上最厉害的斗士！别打你的父亲！他和你同一阵线了!”

柯迪科咆哮着作为回答,老海豹拖着长长的胡子蹒跚地走过去,像火车头一样吹着气。而玛特卡和想嫁给柯迪科的海豹向她们眼中的男人行屈膝礼。真是好一场打斗,只要有海豹敢抬头,柯迪科就迎上去打斗,直到再没海豹敢上前。终于,他们沿着海滩举行了盛大游行,声音震耳欲聋。

当晚,北方的灯在大雾中忽闪忽灭,柯迪科爬上一块大岩石,四下望了望散落在各处的养育海豹,以及那些受了伤或血流不止的海豹,宣布道:“现在,你们已经吸取教训了。”

“我的天哪!”老海豹真被震惊了,他直直地站起来赞叹道,“杀人鲸都做不到这样。儿子,我真为你感到自豪,更重要的是,我要跟着你去你的岛屿——如果确实有这样的地方的话。”

“听到了吗,你们这些海里的大肥猪。谁跟我去海牛隧道?回答我,不然我就再教训你们一遍!”柯迪科叫道。

下面响起一片低低地回答,好像潮水泛着涟漪,在沙滩上一阵阵传过。“我们跟你去,”上千个疲惫不堪的声音答道,“我们跟你去,白海豹柯迪科。”

柯迪科满意地低下头,缩在两肩,闭上了双眼。他不再是一头白海豹,而从头到尾都变成了红色。同样地,他不屑于触碰或者哪怕看一眼他的伤疤。

一周之后,柯迪科带着他的队伍(将近一万只小海狗和老海豹)离开家乡,往北方的海牛隧道游去,那些还留在诺瓦斯托斯纳岛上的海豹骂他们是傻瓜。等到第二年春天,当他们在太平洋的捕鱼海岸相聚,柯迪科的海豹会告诉其他海豹,海牛隧道下方的新沙滩是多么美妙,于是越来越多的海豹离开诺瓦斯托斯纳岛。当然,搬家不是一次性完成的,海豹们不算聪明,他们需要很长时间脑袋才能转过弯来。好在年复一年，越来越多的海豹离开诺瓦斯托斯纳和陆坎农岛，还有其他养育海豹的岛屿，纷纷搬到安静的、有庇护的海滩。柯迪科会在那里度过整个夏天，越长越大，越来越胖，也越来越强壮。小海豹们围着他玩耍，再也没有人类来过。

国王的象叉

有四样贪得无厌的东西，
自古以来就从未满意——
贾卡拉鸟的嘴巴，鸢鸟的胃口，以及
猿猴和人类的双手和双眸。

丛林谚语

自岩石巨蟒卡阿出生以来，这大概已经是他的第二百次蜕皮了。莫格里从来没有忘记，那个在冷兽穴的夜晚，他欠下卡阿一条命，或许你也记得。因此，莫格里去向卡阿道贺，祝福他的第二百次蜕皮。每次蜕皮，大蛇的情绪总是更容易波动起伏。在新皮肤完全长好、重新变得光亮美丽之前，大蛇特别容易陷入忧伤的情绪之中。卡阿后来再也没有开过莫格里的玩笑，而是像其他丛林子民一样，奉莫格里为丛林之王。卡阿会向莫格里汇报他这么大的巨蟒所能听到的消息，他对中部丛林发生的事情可谓是了如指掌——无论是在地面上跑的、地下跑的、住在圆石上的、洞穴里的，或者树干间的，他都知道——他不知道的事情都能写在他身上最小的一块鳞片上。

一天下午，莫格里正坐在卡阿盘起来的圈子里，一个个数着卡阿留在岩石间的那些脱落破碎的旧皮，这些皮扭在一起，还像卡阿才刚刚丢掉它们似的。卡阿则殷勤地盘坐在莫格里周围，护着男孩宽阔而光滑的肩膀，这样莫格里就能像靠在一个活生生的扶手椅里一样休息了。

“连眼睛周围的鳞片都这么完美。”莫格里玩弄着卡阿的旧蛇皮轻声说，“看见自己脑袋上的皮躺在自己脚下，这感觉真是奇怪！”

“是啊，可是我可没有脚。”卡阿答道，“况且这是我们蛇类的传统，所以我也不觉得这有什么奇怪的。难道你从来不会觉得你的皮肤变老变粗了吗？”

“那我就会去洗个澡，你这个扁平脑袋。不过，我确实非常希望我能毫无痛苦地蜕下皮肤，然后光着身子奔跑。”

“我也洗澡，但我还是会蜕皮。我的新装看上去如何？”

莫格里抚摸着卡阿巨大身躯上的菱形图案，思路清晰地答道：“乌龟的壳更硬，但没有这么漂亮；和我同名的青蛙颜色亮丽，却没这么硬。你的皮真好看——就像百合花中间那一星斑点。”

“它还缺点水。新长出的皮肤在第一次沐浴前，往往不会呈现出完整的花纹。我们去洗澡吧。”

“让我来扛你去。”莫格里说。于是他弯下腰，开心地试图拎起卡阿硕大身躯的中间那部分，这也正是他整个身体最粗壮的一段。这就好像一般人举起一根两英尺长的总水管，而卡阿还是趴在地上，喘着气暗自好笑。随后，每晚的常规游戏开始了——一个是精力充沛的年轻男孩，一个是刚换上奢华新皮的巨蟒，他们两两对峙而立，开始摔跤比赛——这是一场眼力和力量的较量。当然，卡阿如果任由自己宣泄力量，十二个莫格里都会被他压死的。因此他非常小心翼翼，绝不释放出超过自己十分之一的力量。自从莫格里足够强壮，可以忍受一定强度的对抗之后，卡阿就教会了他这个游戏，这比其他任何方法更锤炼莫格里的四肢。

有时候莫格里会被卡阿缠住，直到嗓子眼那里。这时，莫格里就会拼命抽出一只膀子去抓卡阿的喉咙。卡阿则灵巧地避开，于是莫格里一边快速移动双脚，一边试图趁卡阿往后摆动尾巴探寻岩石或树桩时，抓住尾巴把它卷起来。他们面对面，头顶着头，前后移动，等待最好的时机，直到这个雕塑般的一对融于巨蟒黄黑相间的漩涡之中，只剩下挣扎的四肢，一遍遍试图挣脱出来。“就是现在！现在！现在！”卡阿大声说着，假装用头快速攻击，即便如莫格里那般反应迅捷的手也来不及把他推开。“来！小兄弟，我要碰你这里啦。这里，还有这里！你的手麻了吗？再碰一下这边！”

游戏通常以同样的方式结束——男孩总被一记直接而有力的击打击中头部而一次次摔倒。莫格里总是学不会如何防守那种闪电般的攻击，不过正如卡阿所说，他根本用不着想着去对付它。

“祝你狩猎愉快！”卡阿最后满意地说道。莫格里一如既往被打出六码远，躺在地上一边喘息一边开心地笑着。他抓得满手都是青草，从地上站起身，跟着卡阿来到这条聪明的蛇的沐浴圣地——一处黑洞洞的深水潭，周围散落着石头，还有沉入地里的树桩，给整个场景增加了一些有趣的氛围。男孩以标准的丛林方式悄无声息地滑入池塘，潜水向前游去；又悄无声息地探出头来，转过身背靠水面，两臂枕在脑后，看着月亮从岩石上升起，然后用脚趾搅乱了月亮在水中的倒影。卡阿那钻石形状的脑袋像一把刀片划开了湖水，他游过来躺在莫格里身边，一起静静地尽情享受凉爽的河水。

“这样真好，”莫格里终于睡眼蒙眬地吐出一句话，“这个时间，要是在人类那里，如果我没记错的话，他们会往一个泥土堆成的陷阱里扔些木头，然后躺在上面，仔细把所有新鲜空气都关在门外，用一块臭不可闻的布蒙住脑袋，鼻子里哼着可怕的歌曲。还是丛林里好。”

一条眼镜蛇急匆匆地滑下岩石，喝了几口水，对他们喊了声“狩猎愉快！”就走开了。

“嘶！”卡阿回答，然后他似乎突然想起了什么，“所以丛林满足了你的一切愿望了吗，小兄弟？”

“不是一切，”莫格里笑着说，“不然每到月圆之时，都会新冒出一只强壮的希尔坎，好让我把他杀死。现在，我可以靠自己的双手狩猎，而不需要借助水牛的帮忙。我还希望雨季里能够阳光普照，希望盛夏时分雨水能够遮住太阳；此外，我每次饿肚子的时候，总是希望自己能杀死一头山羊；我每次杀死了一头山羊，又会希望我能杀死一头公鹿；如果我杀死了一头公鹿，我又想要一头蓝牛羚。不过，人总是不知满足，我们全都这样。”

“难道你就没有什么其他的愿望了吗？”巨蟒继续问道。

“我还需要什么呢？我已经得到了整个丛林，得到了整个丛林子民的爱戴！日出日落，生活还有什么比这个更美好呢？”

“刚刚，那个眼镜蛇说——”卡阿刚开口。

“什么眼镜蛇？”

“就是刚才那条一句话没说就走开的眼镜蛇。他在狩猎。”

“我说的是另外一条。”

“你和有毒一族接触多吗？我总是给他们留下属于自己的空间。他们的獠牙沾着死亡，这不是好事——因为他们的体型是那么小。可是，和你说话的那条蛇到底是什么样的？”

卡阿在水中慢慢漂浮着，好像一艘波浪中的蒸汽船。“三四个月以前，”卡阿说道，“我在冷兽穴狩猎，我相信你忘不了这个地方。我的猎物尖叫着跑过水缸，逃向那个我为了救你而打碎了一边的屋子，钻到地底去了。”

“可是冷兽穴的子民不住在地洞里啊。”莫格里知道卡阿的猎物指的是猿类一族。

“这个猎物已经没有出路了，他只能拼命抓住活下去的一点点机会。”卡阿答道，舌尖震颤着，“他跑进那个地洞，走了很远。我也跟进去，终于把他杀了。然后我就睡着了，等我醒来，我就继续向前走去。”

“在地底下？”

“是的，后来我遇见了白兜帽（一条白色眼镜蛇），他懂的知识远远超出我的范围，他还带我看了许多我从没见过的东西。”

“是新的猎物吗？那你狩猎成功吗？”莫格里迅速凑上去。

“不是什么猎物，我甚至会因为咬它们而失去我所有的獠牙呢。但是白兜帽说，人类——他对人类很是了解——人类为了看一眼那些东西，哪怕舍弃性命也是有可能的。”

“我们去看看吧，”莫格里说道，“这倒让我想起，我曾经也算是人类呢。”

“慢点——慢点。那条吃掉了太阳的黄蛇，就是因为太匆忙才丧了命。我们俩在地底聊天，我说起过你，说你是个人。于是白兜帽说（他活得和丛林一样久），‘自从我上次见到人类以来，已经过去很长时间了。让他来吧，他应该看看这些东西。许多人为了这里最小的一件东西也愿意舍弃性命呢。’”

“这一定是什么新猎物。只不过有毒一族遇到猎物时，从来不告诉我们。他们可真不友好。”

“这不是什么猎物。它是——它是——我也说不清它到底是什么。”

“我们去吧。我从没见过白兜帽,我也想看看那些东西。是他杀了他们吗?”

“他们是没有生命的,他说他只是这些东西的看护者。”

“噢!那就像一只狼看守自己拖回洞穴的肉一样。我们走吧。”

莫格里游回岸边,在草地上打滚擦干身子,两人就往冷兽穴走去。冷兽穴是一座荒废的城池,或许你曾听说过。如今,莫格里一点也不怕猿类一族了,可是猿类一族却真切地对莫格里感到恐惧。不过,此刻猿类一族都到丛林里四处劫掠去了,所以月光下的冷兽穴空荡而寂静。卡阿在前面带路,他们来到平台上皇后专用的亭台,穿过废墟,潜入亭台中心通往地下深处的楼梯。在半通半闭的通道里,莫格里一边说蛇语——“我们体内流淌着同样的血液,你和我。”——一边握紧双手,收紧两膝,顺着斜坡往下爬去。他们爬了很久,拐来拐去,终于来到一棵大树的根部,大树在他们上方三十英尺处,盘根错节。树根把墙边的一块石头顶了出来,他们就沿着这个窟窿爬了过去,突然置身于一个宽敞的穹顶下,穹顶也被树根挤破,几缕阳光透过层层阻碍,洒进黑暗之中。

“好安全的兽穴啊。”莫格里一边站直身子一边说着,“只是离外面太远了,实在不方便拜访。现在我们在看什么呢?”

“难道我是看不见的空气?”穹顶中央传来一个声音。然后莫格里看见一个白色的东西似乎在移动,终于,一点一点,在他眼前出现了此生见过的最大的眼镜蛇——他有将近八英尺长,由于长期待在黑暗里,身体的颜色已经褪成了那种古老的象牙白,连蛇头周围也褪成了淡黄色。加之他那对像红宝石一样通红透亮的眼睛,大蛇看上去真是美不胜收。

“祝你打猎顺利!”莫格里说道,他从不忘记对其他动物要有礼貌,就像他从不忘记带上自己的小刀一样。

“这座城池有什么消息吗?”白眼镜蛇没打招呼就直接问道,“当年那座宏伟的城池怎么了?那个拥有一百头大象,两千匹骏马,以及无数牛群的城池——那个掌管着二十位国王的王中之王的城池怎么样了?我的耳朵渐渐聋了,从听到他们的战争呐喊声算来,也已经过去好久了。”

“丛林就在我们头上。”莫格里说,“象群中我只认识海蒂和他的孩子们。巴希拉杀死了村子里所有马匹。嗯——国王是什么?”

“我跟你说过,”卡阿谦卑地跟眼镜蛇说,“我跟你说过,四年前,你的城池就已经不在了。”

“那座城池——丛林里最宏伟的城池,国王的高塔日夜守护的城池——根本不可能被攻破。在我父亲的父亲出生前,那座城池就在那里了。它应该能保持下去,直到我儿子的儿子也长成和我一样白!它是叶嘉苏里的儿子维叶加,维叶加的儿子钱德拉比加,钱德拉比加的儿子萨洛姆迪在巴帕·拉瓦尔时代建立起来的。你是哪里来的幼崽?”

“此路不通。”莫格里转身对卡阿说道,“我不懂他在说什么。”

“我也不懂。他已经很老了。眼镜蛇之父啊,这里只有丛林,万物还没有出现时这片丛林就在这儿了。”

“他到底是谁?”白色眼镜蛇问道,“这个坐在我面前,毫不害怕,不知道国王是什么,却能从这双人类的双唇里吐出我们的语言的人是谁?这个带着刀、会说蛇语的孩子到底是谁?”

“他们叫我莫格里。”莫格里答道,“我也来自丛林。狼群是我的子民,卡阿是我的兄弟。眼镜蛇之父,你是谁?”

“我是国王宝库的看守。在我皮肤还是黑色的时候，库伦国王就在我头上搭建了这座石头建筑，命令我在这里教训教训那些想来偷窃的家伙。然后他们把宝藏通过石头隧道扔下来，我可以听到我的主人婆罗门在唱歌。”

“唔！”莫格里自言自语道，“在人类那里时，我已经对付过一个婆罗门了，我心里有数。邪恶也会到这里来的。”

“我在这里以后，见过五次上面的石头被提起，但每次都是为了放进来更多的宝贝，从来没有被取出去过。没有哪里的宝藏比这里更多了——这里埋藏着一百位国王的宝藏。但是自上一次石块被移动，也已经过去很久很久了，我以为我的城池已经把我遗忘了呢。”

“这里已经没有城池了。抬头看看吧，上面那些都是大树的树根，把石头都挤开了。树和人是不会在一起长大的。”卡阿确定地说道。

“人类找到这里两三次了，”白色眼镜蛇恨恨地接过话，“但是他们来了却不说话，直到被我发现了在黑暗中摸索的他们，于是我只给他们留了点很短促的时间尖叫了一下。而你们俩，人和蛇都是，带着谎言来到这里，试图说服我，骗我相信城池已经不在，我的看守任务也随之结束。这些年来，人类几乎没怎么变过，而我更是没有任何改变！除非石头被提起，婆罗门下来唱起那首我熟悉的歌曲，给我喝温过的牛奶，带我重见光明，否则我……我……我，只有我，是国王宝藏的看护者，别无他人！你们说城池已死，穹顶都被树根代替？那么，你们自己弯腰随便拿吧，你们想要什么都可以。上面可没有任何东西能跟这些宝藏相媲美。会说蛇语的人类，如果你能活着从原路返回地面，其他国王就都是你的仆人！”

“还是此路不通。”莫格里冷冷地说道，“有没有什么胡狼的洞穴也在地下这么深的地方，咬了这位伟大的白兜帽一口？他肯定是疯了。眼镜蛇之父，我可没看上什么想带走的东西。”

“凭太阳神和月神的名义起誓，这个男孩才是疯了，让他死吧！”眼镜蛇嘶嘶地吼道，“在你彻底闭眼前，我可以给你点好处。看看吧，看看周围，人类从未见过的场景！”

“在丛林里，跟莫格里提好处的人都没什么好下场。”男孩咬着牙说道，“不过我知道，黑暗可以改变一切。如果这样会让你开心的话，我就看看。”

他眯着眼睛环顾四周，随后目光转向地上一堆闪闪发光的东西。

“哇！”莫格里感叹道，“这像是人类玩弄的那种东西：只不过这个是金色的，他们那边是棕色的。”

他让金了落在地上，向前滚去。大厅的地面上堆积的金币银币足有五六英尺深。数不清的金币银币堆放不下，又从钱袋里挤了出来。长此以往，钱币一波接一波，仿佛退潮时滞留下的沙子一样，压得紧紧的，堆成一堆。那里有珠光闪闪、刻有银色浮雕的象轿，散落在钱堆里，像沉船在沙地里显露出一样，上面还饰有金色圆盘、红宝石和绿松石。钱堆里还埋有皇后用的轿子，涂有银层和彩釉，饰有玉制支架和琥珀幕环；以及镶有绿宝石在一头颤动的金子烛台。还有被遗忘的神灵镶嵌其中，图案高达五英尺高，眼睛是用银子和宝石做成的；这儿还有嵌了金子和小珍珠的铠甲，小珍珠已经腐烂变黑了。头盔上还装饰着血红色的红宝石；还有用龟壳和河马皮毛做的涂了漆的盾牌，上面拴满了纯金和绿宝石；还有一捆捆镶着宝石的宝剑、匕首和猎刀；金子做的碗勺和奇形怪状的便携式祭台；玉杯和手镯；绿宝石香炉、梳子和锅，用以熬制香水、指甲油和眼影等化妆品；鼻环、臂章、发圈、戒指和腰带更是数不胜数；还有七指宽的皮带，上面嵌着方方正正的钻石和红宝石；木盒子被铁皮里三层外三层紧紧包裹着，这样就不会腐烂成灰，里面装着星彩蓝宝石、蛋白石、猫眼石、蓝宝石、红宝石、钻石、绿柱石和石榴石。

白眼镜蛇说的没错。无论多少钱都难以衡量这里的宝藏，这里包含着千百年来历史留下的印记：战争，掠夺，贸易，税款。不要说那些宝石，仅仅是那些钱币，就是无价之宝。光是金银的净重恐怕就达到两三百吨。现世的每一位印度领导，无论多么穷困潦倒，都有一份自己的贮藏，还常常往里面添上些什么。尽管偶尔会出现一两位明智的主子，愿意付出四五十牛车的银子，换取政府和国家的安全，但是绝大多数人仍旧死死抓住大把的财富不肯放手。

可是莫格里却不懂得这些。猎刀或许还对他有一点吸引力，却也不足以比之他自己的那把，于是他还是把它们都扔掉了。最后他终于发现了一件足够吸引他的东西，静静地躺在一辆半掩在钱币中的象轿前方。那是一根三英尺高的象叉，或者叫做一种赶大象用的棒子——有点像个小船钩。棒子顶端嵌着一颗圆而发亮的红宝石，手把约有八英寸长，密密麻麻地排列着一圈绿松石，拿起来很顺手。再往下镶着玉制花纹——树叶由绿宝石雕成，衬着红宝石花朵，仿佛浸润在一片清凉的绿色水潭中。余下的部分全由象牙制成，只有长钉和吊钩由镀金的铁制成，上面还刻有捕象的场景。这些图画吸引了莫格里，总觉得这些图片和他那位大象朋友——沉默的海蒂有所联系。

白色眼镜蛇一直紧紧跟在莫格里身后。

“这些难道不值得以死亡换取吗？”他问道，“我难道不是给了你一个大大的好处吗?”

“我不懂,”莫格里答道,“这些东西又硬又冷,根本没法吃。可是这个,”他拿起那把象叉,“我想把这个带走,好在阳光下好好瞧瞧。你说这些都是你的吗?那么你能把这个给我吗?我会带青蛙给你吃的。”

白色眼镜蛇坏坏地笑着说:“当然可以给你,这里的东西都可以给你——只要你能离开这里。”

“可是我现在就要走了。这里又黑又冷,我想把这个带刺尖的东西带回丛林。”

“快看你脚边!那是什么?”莫格里突然发现了什么,他捡起那个白色而光滑的东西,突然冷静下来,“这是人脑袋的骨头。这边还有两具。”

“他们都是好些年前来的这里。我在黑暗中警告过他们,于是他们就再没有动过。”

“可是我需要这些叫做宝藏的东西做什么呢?如果你愿意,请把这个象叉给我,我这次狩猎就算没有白来。如果不行,对我的狩猎也没什么大影响。我不会和有毒一族打斗的,况且我会说你们的王者之语。”

“在这里,只有一种王者之语。那就是我的语言!”

卡阿扬起脑袋,眼里闪着怒火,嘶嘶叫着向前冲去:“是谁让我把这个孩子带来的?”

“当然是我,”老眼镜蛇咬着舌头答道,“我已经很久没见过人类了,况且他还会说我们的语言。”

“可是你没说过要杀他。我回到丛林,怎么跟大家解释,是我把他带向了死亡?”卡阿质问道。

“时机未到,我自然不会提起杀他的话。随你走不走,反正那边墙上有个洞。现在，给我安静点，你这只肥大的猴子屠夫！我只要碰碰你的喉咙，整个丛林就再也不会有你的身影了。从来没有人类来到这里，还能活着出去的。我是这座国王城池的宝藏看守者！”

“就凭你，你这黑暗中的白色大虫，我告诉你，早就没有国王也没有什么城池了！丛林里只有我们！”卡阿大声喝道。

“但是宝藏还在这里。这一点还是可以做的。等一等，岩石山的卡阿，稍安勿躁，让这男孩先跑跑。这里有足够的空间够我们耍耍。生命这么美好。跑吧，跑起来！让我们动起来，孩子！”

莫格里把手放在卡阿头上，一句话没说。

“这只白色大虫一直以来对付的，都是来自人类族群的那些人。他不知道我和那些人不一样，”莫格里悄悄跟卡阿说，“既然他想要这场狩猎，我们就成全他。”莫格里手持象叉站在那里，刺尖指向地面。然后他猛然把刺棒掷出，准准地落在大蛇的兜帽后面，把大蛇死死钉在了地上。一瞬间，卡阿便扑了上去，全身的重量都集中在了那痛苦扭曲的身躯上，让白色眼镜蛇从头到尾动弹不得。只有一双火红的双眼熊熊燃烧着，没有钉住的六英尺宽的额头疯狂地左右撞击。

“杀了他！”卡阿喊道，莫格里摸索着自己的小刀。

“不，”他突然说，手里还握着小刀，“除非为了觅食，我再也不杀生了。你看着吧，卡阿！”他抓住蛇头往后扳，强行把小刀撑进去，让大蛇不得不张着嘴，露出上颚可怕的毒牙，它埋在牙床里，已经萎缩发黑。像所有蛇类那样，这条白眼镜蛇已经老得没有毒汁了。

“呕（它已经干枯了）。”（字面意义指一棵腐烂枯萎的树桩）莫格里说着，示意卡阿从大蛇身上移走。他拾起象叉，放走了白色眼镜蛇。

“国王的宝藏需要一名新看守了。”他郑重地说道，“你自己做得可不够好啊。还是快跑吧，让我们动起来！哼！”

“杀了我！省得我羞愧难当！杀了我！”白色眼镜蛇嘶嘶作响。

“老说什么杀来杀去的，说得太多啦。我们走吧。不过这把刺尖我是要带走的，这是我战胜你应得的。”

“瞧瞧这东西最后会不会把你杀死。它就是死亡！记住，它就是死亡！就这一种东西就能够杀死我的城池里的所有子民。你也坚持不了多久的，丛林子民，你拥有它的时间不会很长，从你那儿抢走它的人，拥有它的时间也不会很长。他们会为了它而杀人、杀人、杀人！我的力量枯竭了，但是那把象叉会继续我的使命的。它就是死亡！它就是死亡！它就是死亡！”

莫格里从来时的通道往回爬去，他最后一眼看过去，白色眼镜蛇正用已经无毒无害的獠牙疯狂地敲击地上的金制神像那冷冰冰的脸孔，嘴里不断嘶嘶吼着，“它就是死亡！”

莫格里和卡阿终于重见天日，两人心里着实高兴。回到丛林，莫格里举起象叉，把它对着阳光，看它在晨曦中闪闪发亮。莫格里高兴得仿佛找到了一束鲜花插在自己的头发里一样。

“这玩意比巴希拉的眼睛还亮。”他拨弄着红宝石，开心地说道，“我要给他看看。可是那个老蛇说的死亡是什么意思？”

“我也不太清楚。他没有挨你的刀子，我觉得非常可惜。冷兽穴真是处处暗藏着阴谋啊——无论地上还是地下。不过现在我饿了，今早你要不要和我一起狩猎？”卡阿问道。

“不了，我必须把这个东西给巴希拉看看。祝你狩猎愉快！”莫格里挥舞着奇妙的象叉跳着跑开去，时不时停下来欣赏一番再上路。直到他踏上巴希拉经常出没的丛林道路，看见巴希拉刚刚狩猎结束，正在喝水。莫格里把自己的冒险从头到尾细细跟巴希拉道出，巴希拉一面听着，一面时不时使劲儿嗅嗅那根象叉。等莫格里讲到白色眼镜蛇最后的话语，黑豹赞同地不住喷气。

“所以，这条大白蛇讲的没错了？”莫格里急忙问道。

“我出生于乌德普尔国国王的驯兽笼里，所以我对人类还是有所了解的。许许多多的人都会为了那块红色的大石头而在晚上拼命杀戮。”

“可是石头拿在手里很重啊。我那把亮晃晃的小刀岂不是更好，看！况且红石头也不好吃。他们干吗要为此彼此残杀？”

“莫格里，该睡觉啦。你跟人类居住过，而且——”

“我记得。人类杀戮不是为了狩猎，而是为了打发时间和玩乐。醒醒，巴希拉。这个带刺的尖尖的东西有什么用？”

巴希拉朦朦胧胧地看了一眼——他实在太困了——眼里闪着恶毒的光。

“人类好用它刺穿海蒂的孩子们，这样他们的血液就能喷涌而出。我在乌德普尔的街上看过这类场景，就在我的笼子前。那玩意尝过许多和海蒂一样的同伴的血。”

“可是他们为什么要刺穿大象的脑袋呢？”

“为了教会他们遵守人类的法律。人类没有利爪獠牙，所以他们发明出这种东西——却比利爪獠牙更加可怕。”

“无论我走到哪里，总有人要流血，就连人类做的那些东西也都沾满了血迹。”莫格里厌恶地说道。他对于沉重的象叉已经有些厌倦了。“我要是事先知道这些，就不会要它了。先是鞭子上沾满了美苏阿的血，现在又是海蒂的。我不会再用它了。看！”

象叉高高飞起，一闪而过，落入三十码外的树丛中。“这样我的双手就远离死亡啦。”莫格里说着，手掌在清新潮湿的土地上来回摩挲。“老蛇说死亡会跟着我。他真是又老又白又疯。”

“无论黑白还是死生，反正我是要睡觉了，小兄弟。我可没法像有些人那样整晚狩猎，白天还能嚎叫。”

巴希拉往两英里远的一处兽穴走去。莫格里则给自己找了个方便的法子——他爬到树上，把三四株藤蔓结在一起，转瞬间他就已经躺在离地五十英尺的吊床里荡秋千了。虽然他对强光并不是特别敏感和反对，莫格里还是照顾他的朋友们的习惯，尽量不去利用白天。当他被丛林里那些喧闹的声音吵醒时，已经又到黄昏时分了，他一直在梦到自己扔掉的那些好看的石头。

“我至少得去再看一眼那件东西。”他沿着藤蔓滑下地面。不过巴希拉起得比他更早，莫格里可以听见他在微光中使劲儿嗅着。

“那个尖尖的东西呢？”莫格里问道。

“被一个人拿走了。这里有他的踪迹。”

“现在我们可以看看老蛇说的对不对了。如果这个尖东西代表着死亡，那么那个人就会死掉。跟上去。”

“我们先去狩猎吧。”巴希拉说，“空着肚子是看不清的。反正人类走得很慢，丛林又这么潮湿，一点点蛛丝马迹都逃不过我们的注意力。”

他们尽最快速度狩猎，却还是花了将近三小时才吃饱喝足，开始全力追踪。丛林子民都知道，不管你急着做什么，错过了这一餐，就再也无法弥补了。

“你觉得那个尖东西会突然朝向拿着它的人然后把他杀了吗？”莫格里问道，“老蛇说它就是死亡。”

“等我们找到那个人就知道了，”巴希拉答道，低头小跑着。

“这里的印记变成单足了。”(他的意思是这里只剩这一个人的足迹了),“那个尖东西大大增加了他一边的重量,脚后跟都陷进土里了。”

“哈！这不明摆着吗,简直和夏天的闪电一样清晰。”莫格里说道。接着他们迅速冲入一条起伏不平的小路,跟着那双人类的脚留下的痕迹,穿梭于粼粼月光之间。

“现在他开始加速跑起来了。”莫格里说道,“这些脚印的距离变大了。”他们继续跟在潮湿的泥土上,“现在,他为什么在这里转向了?”

“等等。”巴希拉说着,猛地向前一跃,跳出了前所未有的一大步。踪迹突然停止意味着你必须毫不犹豫地立刻离开这里,以防留下自己的足迹干扰了追踪。巴希拉一落地就转身对莫格里喊道:“这里出现了另一道踪迹,是冲着他来的。这条踪迹的脚印比他的小一些,脚趾内扣。”

莫格里跟上去:“这是贡德族猎人的脚印。看！这边,他在草地上拖着他的弓。这就是为什么第一条踪迹转得这么急。大脚印在躲避小脚印。”

“没错,”巴希拉答道,“现在,为了防止我们弄乱了这些踪迹,我们一人跟踪一条吧。我是大脚印,小兄弟,你就是小脚印,那个贡德人。”

巴希拉跳回原来的踪迹处,让莫格里弯腰追踪那个神秘的丛林小野人留下的奇怪细小的踪迹。

“现在,”巴希拉一步一步沿着脚印边走边说,“我,大脚印,在这里转弯了。现在我躲在一块岩石后面一动不动,不敢移动我的双脚。把你的踪迹喊出来,小兄弟。”

“现在,我,小脚印,往岩石走去。”莫格里跟着足迹边跑边说,

“现在，我在岩石这儿坐了下来，斜靠在我的右手上，我的弓放在两趾间。我一定等了很久很久，因为这里的脚印特别深。”

“我也是，”巴希拉藏在岩石后面说道，“我等着等着，把尖棒子放在一块石头上，它滑了下去，石头上有一道印子。到你啦，小兄弟。”

“这里有一两根小树枝，还有一根大的，都折断了。”莫格里低声说道，“现在，那行足迹我该怎么说呢？啊！这里变清晰了。我，小脚印，离开了这里，制造出各种踩踏的声音，好让大脚印听见。”莫格里一步步离开岩石，隐入丛林，他的声音远远传来，在碰到一条小瀑布时提高了，“我——走了——很远——直到——瀑布的——声音——盖过了——我自己的——声音；我——站在这里——等着。你的踪迹，巴希拉，大脚印！”

黑豹仔细研究着踪迹是如何向各个方向展开的，以便理清大脚印从岩石后面出来后去了哪里。接着他说道：

“我双膝跪地从岩石后面爬出来，拖着那个尖棒子。看到没有人，我赶紧跑起来。我，大脚印，跑得很快。踪迹很清晰。我们各自跟踪各自的路线吧。我跑啦！”

巴希拉追着他那条清晰的踪迹，莫格里则跟着贡德人的。丛林里一阵安静。

“你在哪里，小兄弟？”巴希拉喊道，莫格里的声音从右边五十码不到的地方传来。

“咳！”黑豹说着，狠狠咳嗽了一声，“这两人并排跑着，越来越近！”

他们又跑了半英里，总保持着相同的距离，直到莫格里——他的脑袋没有巴希拉那么低低地贴在地面上——他喊道：“他们相遇了。祝狩猎愉快——看！这边站着小脚印，双膝跪在岩石上——那边就是大脚印!”

在他们前面不到十码的地方,散落着一堆碎石,躺着一具附近的村民的尸体,一只长长的、有小羽毛装饰的贡德人的利箭穿透了他的后背一直刺到前胸。

“小兄弟,那条老蛇还是又老又疯吗?”巴希拉平静地说道,“至少,这里就是一次死亡了。”

“我们继续跟踪吧。可是,那个吮吸大象鲜血的东西——那个红眼睛的刺棒呢?”

“大概小脚印拿走了吧——我猜。现在又变成一个人的脚印了。”

这次的脚印属于一个体型轻一点的人,他跑得很快,左肩负重,跑过一片又长又矮的干草地。在有经验的跟踪者看来,每一步脚印都清晰得好像烙在烫铁上一样。

莫格里和巴希拉都没再说话,他们跟着踪迹直到来到一堆藏在山谷中的营火后的灰烬旁。

“又是一个!”巴希拉收住脚步,仿佛瞬间变成了一动不动的石头,僵硬地说道。

小贡德人的尸体萎靡地躺在那里,脚伸进火堆的灰烬里。巴希拉探询地看看莫格里。

“这是被竹子打死的。”男孩看了一眼尸体说道,“我也用过类似的东西,在我还在人类那里放牧的时候,就是用这个赶水牛的。眼镜蛇之父——很抱歉我开了他的玩笑——他了解这个族群,我早该知道。我不是说过吗,人类相互杀戮是为了打发时间。”

“是啊,他们为了红色和蓝色的石头就互相残杀。”巴希拉答道,“别忘了,我可在乌德普尔国国王的笼子里待过。”

“一,二,三,四,四条踪迹。”莫格里弯腰在灰烬里数着,“四个穿了鞋的人类的踪迹。他们走得没有贡德人那么快。唉，那个小野人对他们施了什么坏咒呀？看，他们在杀死他以前，五个人都站起来还一起说过话呢。巴希拉，我们回去吧。我觉得胃好沉重，它翻来覆去，就像悬在枝丫尽头的黄鹂鸟巢穴那样。”

“中途放弃可不是一个好狩猎习惯。继续跟踪！”黑豹答道，“这八只穿鞋的脚没走多远。”

他们跟着四人的鞋印，整整一个小时都没再多说什么。

正午时分，天空晴朗，天气炎热，巴希拉突然说：“我闻到了烟味。”

“比起跑动，人类总是更愿意停下来进食。”莫格里说着，在这片新丛林低矮的灌木丛中跑进跑出。巴希拉在他的左侧，喉咙里发出了一种难以形容的声音。

“这里有一个人已经吃不到了。”他说着。在树丛下，似乎有一堆花花绿绿的衣服乱七八糟地堆在那里，周围洒了一地的面粉。

“又是竹子抽打的。”莫格里说，“看！这种白色的粉末就是人类吃的食物。他们先从这个人手里夺走了食物——因为是他背着大家的食物的——现在这可给了鸢鸟锲尔一个进食的好机会。”

“这是第三个了。”巴希拉说。

“我要多带些新鲜肥嫩的青蛙给眼镜蛇之父，把他养得胖胖的。”莫格里暗下决心，“那个吮吸大象血液的东西就意味着死亡——可我还是不能理解！”

“继续跟踪！”巴希拉说。

还没走出半英里，他们就听到了乌鸦阿克在一株柽柳上哼着死亡之歌，柽柳下的阴影里躺着三个人。圈子中间飘忽着一堆快要熄灭的篝火，火上有个铁盘子，盘子里盛着已被烤焦的蛋糕和未发酵的面包。火堆旁边，那个镶有红宝石和绿松石的象叉在阳光下闪闪发光。

“这东西起作用速度真快，都在这里结束了。”巴希拉说道，“他们是怎么死的，莫格里？他们身上可没有什么痕迹。”

丛林子民都是通过经验辨别有毒的植物和野果的，他们知道的一点儿不比医生少。莫格里闻了闻火堆上传来的烟味，又撕下一小块烤焦的面包舔了舔，赶紧把它吐了出来。

“死亡苹果。”他咳嗽着说，“先前那个人肯定为他们准备好了食物，而毒就在食物里，这几个人先是一起杀了那个贡德人，然后又杀了他。”

“真是不错的狩猎结果啊，真的！一个猎物紧接着一个。”巴希拉说道。

“死亡苹果”是丛林子民对曼陀罗，又叫洋金花的称呼，这是印度地区最常见的一种有毒物质。

“现在该怎么办？”黑豹问道，“难道我们俩也要为争那个红眼睛的杀人凶器而斗个你死我活？”

“它会说话吗？”莫格里轻声说道，“我是不是不该把它扔掉？它对我们俩不会有这么大影响，因为我们不像人类这么贪婪。如果把它留在这儿，它肯定会接着杀人的，一个接一个，速度快得跟一阵大风吹过，坚果纷纷落下来那样。我对人类毫无兴趣，但即使这样，我也受不了一晚上就看见六个人因此而死。”

“那有什么关系？他们只是人。人类自相残杀，还自我感觉良好得不得了。”巴希拉说，“尤其那第一个小野人，他很会打猎。”

“可是他们还是孩子呢，只有小孩子才会为了水上映射出的月光，跳进湖里，结果反而淹死了自己。这都是我的错。”莫格里说着，一副好像他什么都明白了的神情，“我再也不会往丛林里带任何奇怪的东西了——哪怕它们像花儿一样美丽。这个东西，”——他小心翼翼地拿起象叉——“应该把它送回眼镜蛇之父那里。不过现在先让我们睡一觉吧。不过我们可没法在这些死人旁边睡着。还有，我们先把它也埋了，省得它又去杀害另外六个人。帮我在那棵树下挖个洞。”

“可是，小兄弟，”巴希拉一边往树旁走去一边说，“听我说，问题不在于这个吸血的利器，真正的问题在于人类自身。”

“都一样，”莫格里说，“把洞挖深一些。等我醒来，我再把它挖出来送回去”……

两个晚上后，白色眼镜蛇正肚子坐在黑暗的穹顶下暗自悲伤，羞于自己的失败，自怨自艾自己看管的宝物被洗劫走了。突然，那个镶有绿松石的象叉旋转着飞入墙上的洞口，撞在满地的金币上。

“眼镜蛇之父，”莫格里说道（他谨慎地紧贴着眼镜蛇对面的墙壁），“从你们族群里找个年轻而有经验的蛇来帮你一起看管国王的宝藏吧，这样就再也不会有人活着离开了。”

“啊哈！那么它回来了。我说过这东西就是死亡吧。可是你怎么还活着呢？”老眼镜蛇咕哝着，开心地缠着象叉。

“凭那只换来我生命的公牛起誓，我真不知道！那个东西一夜就杀死了六个人。别再让它跑出去害人啦。”

丛林里的春天

人类终要回到人群！丛林里回响着挑战的声音！
我们曾经的兄弟就要离去。
听啊，就是现在，评判吧，你们这些丛林的子民——
快快回答，谁能挽留他——谁将留下？

人类终要回到人群！他在丛林里伤心地哭泣：
我们曾经的兄弟满腹愁离！
人类终要回到人群！（哦，丛林里的我们都爱你！）
送你直到出现人类的踪迹。

在经历了和大红狗决斗以及阿克拉之死的第二年，莫格里应该已经有十七岁了。由于高强度的运动，以及营养丰富的食物，他看上去比实际年龄更大一些。一旦觉得有些闷热或者不够干净，莫格里都能随时随地去洗澡，这些都给予了莫格里远远超出他实际年龄的力量和历练。当他需要观察林间小道时，他可以保持单手吊在树上，每次悬空晃动达半小时之久。他可以停住狂奔中的强壮公鹿，抓住他的脑袋直接甩向一边。他甚至拉得动北沼泽地巨大的蓝色野猪。以前，丛林子民们都害怕他的智慧，如今，他们还害怕他的力气。当他安静地走在林间路上做自己的事情时，哪怕听到他最细微的声音，丛林子民们都会立刻让开，不敢和他打照面。但是他的目光总是那么柔和谦逊，即使打架时，他的眼睛也从不像巴希拉那样燃起熊熊火焰，而是显得越来越好奇而激动。这是巴希拉没法理解的事情之一。

他问莫格里这是什么原因，男孩就会大笑着说："狩猎失败的话，我也会生气。两天吃不到东西，我也会生气。难道我的眼睛不是这样表示的吗？"

"你的嘴巴或许很饿，"巴希拉答道，"眼睛里却没有任何表示。无论狩猎、觅食，还是游泳，你的眼睛都是一样的——就像一块无论晴天雨天，始终不变的石头。"莫格里透过长长的睫毛懒懒地看向巴希拉，和以前一样，黑豹低下了头。巴希拉就知道他的主人的意思了。

他们躺在高高的山丘上，远眺整个韦恩昆加地区。晨雾缭绕，满眼望去，白色的雾和绿色的林子交织在一起。太阳升起来，这白色和绿色的带子变成一派欢腾的金色海洋。阳光透过层层迷雾照到干草地上，照在莫格里和巴希拉休息的地方。冰冷的天气刚刚离去，树木绿叶看上去还有些萎靡不振。每当有风吹过，便响起一片簌簌声。一片树叶啪啪地打着树枝，仿佛陷入一片漩涡之中。巴希拉被这声音惊醒了，他深深吸了口气，然后剧烈咳嗽起来，把自己都震动了。接着他又伸出前爪去拍头上那片不住晃动的树叶。

"又到了四季更迭的时候，"他说道，"丛林在进步。新时代即将到来。树叶都知道。很好，很好。"

"草地是干的，"莫格里说着抓起一把，"连春之眼（草丛里的一种小巧、喇叭形状的蜡红色野花）都凋谢了，而且……巴希拉，一头黑豹躺在草坪上，爪子在空中乱挥，像只山猫一样，这正常吗？"

“嗯?”巴希拉心不在焉地应了一声。

“我是说,对一只黑豹来说,这像你样张开大嘴咳嗽,一边嚎叫一边在草地上打滚,这正常吗? 要记住,我们可是这个丛林的主人,你和我。”

“是的,没错。我听到了,孩子。”巴希拉猛地翻身坐起,参差不齐的后背(他刚刚褪去自己冬天的皮毛)两侧掀起一阵灰尘。“我们自然是丛林的主人! 还有谁能像莫格里一样强壮、一样聪明?”巴希拉的声音里透出一股懒洋洋的奇怪感觉,让莫格里忍不住去猜测,黑豹有没有可能正在拿他开玩笑。要知道,丛林语言说出来的常常和想要表达的本意是不一样的。“要我说,我们已经不用讨论丛林主人这个问题了。”巴希拉重复道,“我是不是哪里做错了? 我不知道人类幼崽会不会一直待在这片土地上。他是不是没多久就要远走高飞了?”

莫格里两肘支在膝盖上,目光望向远处的村庄里那点点火光。下面的树林里不知何处传来小鸟响亮的笛子般的鸣叫,唱着春之歌的头几个音符。鸟鸣声短促得就像一瞬间流过的河水,不过巴希拉还是听到了。

“我就说吧,新时代就要来临了。”黑豹甩着尾巴声音隆隆地说道。

“我也听到了。”莫格里答道,“巴希拉,为什么你浑身都在抖? 阳光很温暖呢。”

“那是啄木鸟菲拉奥在叫。”巴希拉接着说,“他没有忘记。那我也要赶紧想起我的春之歌。”说着他开始喷着气柔声低哼起来,不满意的部分就一遍又一遍重新哼。

“现在根本就没有谁在狩猎啊。”莫格里说道。

“小兄弟,难道你的耳朵都罢工了? 这不是狩猎的话语,而是我自己编的歌，以备不时之需。”

“我忘了，我应该知道新时代已经到来，因为你和其他动物都走了，只留下我独自一人。”莫格里粗暴地说道。

“可是，这是事实啊，小兄弟，”巴希拉刚开口，“我们也不总是……”

“你就是。”莫格里生气地伸出食指直指巴希拉，“你就是要走了，而我，我这个丛林主人，却不得不独自上路。上个季度就是这样，我从人类族群的田地里收集甘蔗时不就是这样吗？我派了个送信者——我派的就是你！派你去告诉海蒂，让他晚上来帮我用他的长牙拔起这些甜甜的草。”

“他两个晚上就来了。”巴希拉有些底气不足地答道，“而且为了让你开心，因为他知道你喜欢那些长得高高的甜草，他几个晚上收集到的比任何人类孩子整个雨季能吃掉的都要多。这可不是我的错。”

“我让你给他带话的那晚他没来。不，那时他正借着月光，在村子里胜利地呼号、奔跑、咆哮。留下的踪迹抵得上三个大象，他也不躲藏到树林里去，而是在人类门前的月光下跳舞。我看到他了，他却不愿来帮我，我可是丛林的主人！”

“新时代来了。”黑豹用他一贯温柔而谦卑的态度说，“或许，小兄弟，你那时没有用王者之语喊他？听听菲拉奥唱歌吧，这样你就会开心了！”

莫格里的坏心情似乎就这么自己飘走了。他把脑袋枕在膀子上，躺卧在草坪上，闭着眼睛，睡意蒙眬地说：“我不知道——我也不在乎。我们睡觉吧，巴希拉。我撑得很呢。让我的脑袋放松一下。”

黑豹叹了口气，重又躺下，他可以听到菲拉奥反复练习他那首关于新时代的春天到来的歌。

在印度丛林，季节的变迁悄无声息，几乎没有什么明显的界限。整个季节似乎只有两大类——湿季和干季。但是如果你站在倾盆大雨中仔细观察，在袅袅炊烟和漫漫尘土下，你会发现四季更迭，交替规律。春天总是最美妙的，她不必给清爽洁净的田野盖上嫩叶和鲜花，而是随风吹走上个冬季残留的落叶，为沉闷的土地吹来年轻和活力。她做得是那么精妙，世界上再无其他地方比得上丛林里的春天。

有一天，当一切都累了，那漂浮在沉重的空气中的气味也变得又老又旧。没有人能解释这一切，但就是有这种感觉。又一天——虽然目光所及之处看不出有什么变化——但是气味突然变得清新愉悦，丛林里动物们的胡须也因此连根都颤动起来，随后他们便卸去冬季又长又拖沓的毛发。接着，说不定，天空下起了小雨，所有的大树、灌木、竹林、苔藓，以及多汁植物纷纷长了出来，甚至可以听见它们生长的声音。与这声音交织着的，是日夜响起的低鸣。这就是春天的声音——春天里万物繁茂的起伏，这不是蜜蜂，不是流水，也不是微风拂过树顶，这是整个温暖的世界在欢快地呼吸。

莫格里始终喜爱四季的交替。他总能从茂密的草丛里发现第一个春之眼和第一朵春天的云，而这些平时都很难在丛林里发现的。他的声音在各种场合都清晰可见，无论是潮湿的、星光闪烁的，还是鲜花盛开的地方，这种声音可以促进青蛙们的合唱，还可以嘲笑倒立着的猫头鹰在白夜里鸣叫。和他的子民一样，春天是翩翩起舞的季节，莫格里会为了享受冲刺的快感，跑过三十、四十、五十英里的温润空气，跑入黎明中晨星下；然后再气喘吁吁地大笑着跑回来，头上戴着一圈奇怪的花环。这一次，四只狼没有跟着他编织这些野花环，而是加入其它狼群一同唱响了春之歌。春天里，丛林子民总是忙忙碌碌的。莫格里能听到大家的呼噜声、尖叫声，或者口哨声，不同的族群发出不同的声音。更有意思的是，这些声音不同于他们其它日子，而这也是丛林里的春天被称为新时代的原因之一。

可是那年春天，正如莫格里告诉巴希拉的那样，他的腹部有些变化。自从竹笋上长出斑斑点点的棕色，他就开始期待能闻到气味的变化，一直期待到早上。可是当早晨真的来临，孔雀莫奥披着他那铜色、蓝色和金色相间的炫目外衣，在迷雾朦胧的山林里一路高叫时，莫格里也张大嘴巴想发出呼号，可是那些话语偏偏卡在他的喉咙口就是说出不来，一股奇怪的感觉从脚趾不断向上蔓延，一直蔓延到他脑袋上的每一根发丝——那是一股纯粹的不开心的感觉。他赶紧从头到脚仔细地审视自己，确认并没有踩到什么尖尖的刺上。莫格里想唤来新鲜的气味，鸟儿们便也跟着他叫唤。接着，从韦恩昆加的岩石旁传出巴希拉沙哑的嚎叫——既像老鹰尖锐的叫声又像一匹马在嘶鸣。猿类一族也在新生的枝丫上喧闹着。莫格里则站在那里，胸膛里充着满满的气，做好了回复莫奥的充分准备，却由于不开心，这股气随着每一次呼吸一点点地消逝了。

他瞪眼望着周围，却最多只能看到穿梭在树枝间的猿类一族嘲弄的表情。而莫奥正展开自己绚烂的尾羽，在下面的山坡上恣意舞蹈。

“味道变了。”莫奥喊道，“快去打猎吧，小兄弟！你怎么不回答？”

“小兄弟，祝你狩猎愉快！”鸢鸟锲尔和妻子一齐鸣叫着俯冲下来，又从莫格里鼻子下方猛然飞离。他们离得是那么近，以至于一撮柔软的白色羽毛飘落下来。

天空飘起了绵绵春雨，他们都称之为象毛雨。春雨飘飘摇摇，落在丛林半英里宽的一条带子里，打在嫩叶上，一片片地在雨中频频点头。随着一阵轻雷，雨渐渐停止了，留下两道彩虹挂在天边。春天的哼鸣声停顿了一下，一阵寂静，接着，丛林子民很快又开始叽叽喳喳、话语连连。只有莫格里依旧沉默着。

“我吃着鲜美的食物，”他自言自语道，“喝着清甜的河水。我的喉咙好好的，既没有烧灼感也没有变小，不像乌龟乌奥上次说的那样，是因为吃了不洁净的食物，或者被带有蓝色斑点的根部蜇了一下。可是我就是觉得腹部沉沉的，对巴希拉和丛林里的大家也没好气，他们都是我的子民啊。现在，我又冷又热，可是又感觉不到冷或热，还会因为我看不见的东西而愤懑不已。呼呼！是时候奔跑了！今晚，我要穿过边界。是的，我要在春天里奔跑，跑向北方的沼泽地再跑回来。我每次的狩猎都太轻而易举了。四位狼兄弟要跟我一起跑，他们肥得都跟大白虫一样了。”

他呼唤着，可是一点回应都没有。狼兄弟都没有听到，他们正和群狼一起唱着春之歌——月亮和黑鹿之歌。春天对于丛林子民来说，是不用区分白天和黑夜的时候。莫格里高声嚎叫，声音尖锐，却只有风一般地穿梭于枝杈间、寻觅鸟巢中的雏鸟吃的斑点树猫“喵喵”地叫着表示嘲讽。莫格里气愤极了，手握小刀准备随时抽出。接着他又淘气起来，尽管没人看他，他还是昂首阔步地走下山坡，下巴微抬，眼神睥睨一切。可是他的子民一位都没有出现，也没有人来问他任何问题，他们都忙着干自己的事情呢。

“是呀，”莫格里只得对自己说道，尽管他知道他没想到任何理由。“让红多勒从德坎赶过来，或者让大红花在竹林间舞动，这样整个丛林都会跑到莫格里这里来求饶，呼唤着他伟大的名字。可是现在，就因为有了这红色的春之眼，像莫奥这样的动物一定正伸出他裸露的双腿在跳什么春之舞。整个丛林简直变得和塔巴克一样疯疯癫癫了……凭那只换来我生命的公牛起誓！我还算得上是丛林的主人吗，我还是吗？安静！你们在干吗？”

一对年轻的狼沿着小路跑来，想找片空地决斗。（你应该记得，丛林法则不允许狼群被发现他们在决斗。）他们颈上的鬃毛硬得像电线一样，相互狂怒地咆哮着，前爪抓地准备第一个跃起。莫格里跳向前，随手抓起其中一个的颈子，想把狼甩到身后去，就像他平时玩游戏或者和狼群狩猎时一样。哪知他以前从未介入过一场春天里的决斗。两只狼同时向前跳起，把他撞到一边，接着一句话不说就滚在了一起。

莫格里保持住了平衡没有摔倒，他的利刀和白牙都闪着寒光。那一刻，他真想把两只狼都杀死。不为别的，就因为在他要求他们安静时，他们却在打架。然而，其实丛林法则规定，任何狼都有自由打斗的权利。莫格里在两只狼周围跳跃着，两肩放低，手不住抖动，时刻准备插入一击，争取在第一场打斗结束时一箭双雕，结束两只狼的生命。可是就在他等待期间，他的力量似乎也在消退，手中的刀尖不自主地放低了，他只得收刀入鞘，静静观看。

“我一定是中毒了。”他终于叹了口气。“自从我凭着大红花在议会上与众人决裂——自从我杀了希尔坎——狼群里再没有谁能把我甩到一边。他们只是拖着长尾巴的狼，小猎人！现在，我的力量正在离我而去，过不了多久我就要死了。哦，莫格里，你为什么不杀了他们两个？”

打斗以一只狼逃走而告终。莫格里被则孤零零地留在凌乱、血迹斑斑的地上，瞪眼看着自己的小刀，然后把目光转向自己的腿和胳膊，那股从未有过的压抑感再次爬满全身，就像冷冰冰的水慢慢浸湿了整根木棍。

那天晚上早些时候，他吃了些猎物，但是不多，好为春天里的跑步做好准备。他是一个人吃的饭，因为其他丛林子民都在远处，或高歌或打架。大家都说，那是一个完美的白夜。绿色植物看上去似乎一个早上就长了一个月的高度。昨日还枯黄的树叶现在已经凋零。苔藓爬上他的脚面，弯弯曲曲，茂密又温暖。新长出的小草还没那么锋利。月光下，整个丛林响彻低音管弦乐的嗡鸣——这就是新时代的月亮。月光洒在岩石和池塘上，溜进树干和藤蔓间，透过层层树叶照下来。莫格里忘了他的不愉快，高声欢唱着歌大踏步向前进。他选择了一条长长的下坡路，横穿丛林中心，直通北沼泽，仿佛要飞起来一般。土地的弹力削弱了他跑步时落脚的冲击。人类教出的人只能跌跌撞撞地走过月光下的道路，而莫格里的肌肉是经过多年历练的，能把他好好保护在中间，如同保护一叶轻巧的羽毛。若是踩到一根腐烂的木棍或者隐蔽的石头，他的肌肉可以保护他免受伤害，而不用思考如何避开障碍。要是走累了或者腻了，他就像猴子一样抓住最近的藤蔓，轻盈得仿佛在空中漂浮，而不是在树枝间攀爬。他会随心情选择空中道路，或者再次跳到铺满落叶、爬满苔藓的土地上来。路上有闷热的地洞，周围布满了潮湿的岩石，使他难以闻到夜晚的鲜花和藤蔓植物花苞的浓香。路上一片漆黑，月光和往常一样呈条带状照下来，洒在地面上，碎成教堂走廊里的格子状大理石的样子。莫格里跑得大汗淋漓，此刻正抬头挺胸、环抱着双臂站在灌木丛中。山顶上有一块块破碎的岩石，他可以从狐狸巢穴顶上的一个石头跳到另一个石头，吓坏了洞里的小狐狸。他还能听见从很远的地方传来的微弱的轧轧声，那其实是熊在磨牙。他常常看见这个灰熊庞大的身躯在一棵大树下又喊又挠，嘴里全是泡沫，眼里射出焰火。如果他转过身去，就能听见另一端传来鹿角冲撞的声音和嘶嘶声还有咕哝声，接着，从他眼前便掠过一对愤怒的黑鹿，低着头不安地来回走着，身上的斑斑血迹在月光下有些发黑。又或者，在激流浅滩边，他可以听到鳄鱼贾卡拉正像公牛一样在怒吼；或者他一不当心打扰到了一对有毒一族扭打在一起，不过在他们打起来之前，莫格里就已经踩着闪闪发亮的鹅卵石，深入丛林走开了。

他跑啊跑啊，时而大叫，时而歌唱，这是那天晚上，丛林里最让他开心的事情，直到鲜花的香味从前面传来，警告他他离沼泽地已经不远了，远远超出了他平日狩猎所曾到达的最远地方。

再强调一遍，在这种地方，人类教出的人恐怕走不出三步就会陷进去，最后只剩下一个脑袋露在外面。但是莫格里的脚是长了眼睛的，它们可以带着他从一簇草丛走到另一簇，从一块落脚点走到另一块，而不需要询问脑袋上的双眼。他就这样跑向沼泽中心，惊起一片池塘里的鸭子。接着，莫格里在黑泥潭中一个布满苔藓的树桩上坐了下来。周围的沼泽里一下子发出许多簌簌的声响，这是因为春天里，飞禽一族睡得很浅，他们常常成群结队地昼夜飞翔。可是没有人注意到莫格里正坐在高高的芦苇丛中哼着没词的调子，看着自己被太阳晒成棕色的硬脚底，以防踩到荆棘。似乎所有的不开心都被留在了自己那边的丛林里，他刚刚准备好好唱一首歌，一切突然又回到了之前的状态——甚至变差了十倍。

这一次，莫格里害怕了。“它也在这儿！”他微微提高了点声音，“它跟上我了！”他扭头四处看着，想搞清楚那个东西是不是站在他身后，“这里没有别人。”只有沼泽地附近的动物们在黑夜中发出声响，但是没有一只鸟或野兽前来跟他讲话，于是那股新升起的悲凉之感变得越发强烈了。

“我肯定是中毒了。”莫格里畏惧道，“我肯定是无意中中了毒，我的力量在逐渐离我远去。我好害怕啊——可是真正害怕的并不应该是我——莫格里害怕的是两只狼打斗的时候。虽然阿克拉或者哪怕是普奥都能让他们安静下来，可是莫格里就是害怕。这一定意味着我中毒了……可是丛林里现在还有谁在乎呢？他们唱着叫着打斗着，成群结队地在月光下奔跑，而我——呵呵！——我就要死在沼泽里了，就因为我吃了有毒的东西。”他难过得差点儿哭出来。“等我死后，”他接着说，“他们才会发现我躺在黑乎乎的泥潭里。不，我会回到我自己的丛林去，我要死在议会岩石上。巴希拉，我那么深爱着的巴希拉，如果他不在山谷里嚎叫——或许巴希拉就会在一旁看着我剩下的一点东西吧，好防止锲尔像吃掉阿克拉一样吃掉了我。”

一大滴温暖的眼泪掉落在他的膝盖上，莫格里一边伤心着，同时又因为自己竟然如此伤心而感到快乐，如果你能理解那种否极泰来的感觉。“就像鸢鸟锲尔吃掉阿克拉那样，”他重复道，“我把狼群从大红狗救出来的那天。”他沉默了一会，回想着孤独之狼的临终遗言，你一定也没有忘记，“阿克拉临终前跟我说了很多蠢话，说什么死的时候，我们的肚子会变。他还说……无论如何，我属于丛林！”

想起当年在韦恩昆加河岸的打斗，莫格里激动地大声喊出了自己最后一刻的想法，吵得一只野牛从芦苇丛中站起身来，愤怒地喷着气说道，“人类！”

“哼！”野牛梅萨说道（莫格里听到他转身打滚），“那不是人类。那只是西奥尼狼群里那唯一一只没毛的狼在这种晚上跑来跑去。”

“哼!”母牛重新低头吃草,“我觉得这就是个人。”

“我说了不是。哦,莫格里,它危险吗?”梅萨放低声音说道。

“哦,莫格里,它危险吗?”男孩嘲讽地重复道。“这就是梅萨所能想到的一切了,‘它危险吗?’可是对于莫格里来说,不管夜里谁在丛林里跑来跑去或者四处张望,它关你什么事呢?”

“可是他叫得多响亮啊!”母牛说道。“那又怎样,不管怎么说,他们只不过就是叫唤了几声。”梅萨轻蔑地答道,“践踏草坪的人总是不知道怎样才能好好地吃草。”

“更不用说,”莫格里自言自语道,“更不用说,上一次雨季时,我曾经把梅萨刺倒在地上不住地打滚,还给他套上缰绳,骑着他飞快地跑过沼泽。”他伸手折断了一根芦苇,又叹着气收了回来。梅萨仍然站在那里继续淡定地咀嚼着食物,被牛啃食过的草地纷纷断成两截。“我不会死在这里的。”莫格里生气地说道,“梅萨和贾卡拉都跟猪一样,走着瞧吧。我要到沼泽那头去看看有什么东西。我还从来没有这样在春天里跑过呢——真是又冷又热。莫格里,站起来!”

他忍不住偷偷穿过芦苇,又用小刀刺了一下梅萨。大牛立马像一颗发射的子弹那样猛然冲了出去,莫格里哈哈大笑着一屁股坐在了地上。

“现在,梅萨,说说看,就说西奥尼狼群里那只没毛的狼曾经赶过你去放牧呢。”他喊道。

“狼!你?”水牛陷在泥里哼哼着,“整个丛林都知道你曾经给人类放牧——像人崽子一样在那边的庄稼地里大喊大叫。丛林里的你!什么样的猎人会像蛭类中的蛇一样爬行,为了一个劣质玩笑——一个走狗的玩笑——就羞辱我们牛类？等到了坚实的土地上，我就…… 我就……”梅萨说得吐沫横飞。他的脾气几乎是丛林里最差的了。

莫格里看着梅萨喷着粗气，眼神却从没变过。等到他的声音可以盖过大牛身上泥水吧嗒吧嗒的滴落声时，他才开口说：“沼泽地旁有人类居住吗，梅萨？我对这片丛林比较生疏。”

“那就往北走。”公牛生气地咆哮道，莫格里戳得他着实不轻。“那边没有牛群回去。你自己到沼泽地山脚下的村子去问吧。”

“人类不喜欢丛林里发生的事情。况且，我觉得你皮上的一小道抓痕对议会来说真是无足轻重，梅萨。不过我会去看看这个村子的。是的，我会去的。现在，给我安静点。丛林主人又不是每晚都来放牧。”

他打着寒颤走出沼泽，边跑边想着公牛愤怒的模样，心里很清楚梅萨永远不会停止嘲笑他了。

“看来我的力气还剩一些嘛。”他说道。“或许毒性并没有深入我的骨头。哦，那边低空中悬挂着一颗星星。”他用手遮住眼睛，透过手指缝向外望去。“凭那只换来我生命的公牛起誓，那是一朵大红花——是我曾经趟在旁边的大红花——就在我第一次见到西奥尼狼群之前！现在，我又看见它了，我就要结束这场跑步了。”

沼泽地止于一片开阔的平原，在那里，火光闪烁。自从莫格里上一次跟人类打交道以来，已经过去很久了，但是今晚，大红花的微光吸引着他一步步向前走去。

“我要去看看。”他说道，“正如我以前做过的那样，我要去看看人类有多大变化。”

莫格里忘了他已经远离丛林，不能再随心所欲了。他匆匆忙忙地跑过铺满露珠的草地，来到一处亮着灯光的小屋。三四只狗叫了起来，说明他已经来到了村子边缘。

"呜！"莫格里感叹着，发出一声长长的狼嚎，吓得村里的狗都安静了下来。然后他轻悄悄地坐下，摩挲着嘴巴，想起了几年前他在另一处人类村庄，被村民们用乱石赶出村子的事情："接下来会发生什么呢？莫格里，你来人类的处所干什么，你还想跟他们有什么交集吗？"

小屋的门开了，一位妇女走了出来，眯着眼往无边的黑暗中看了看。这时，屋里传出一个小娃娃的哭声，妇女回头说道："睡吧。不过是条狼吵醒了村里的狗。没多久天就要亮了。"

莫格里躲在草丛里，开始不住地颤抖，仿佛又发起了高烧。他太熟悉那个声音了，不过为了保险起见，他轻轻叫了两声，惊讶地发现他还会说人类的语言："美苏阿！哦，美苏阿！"

"是谁？"妇女紧张地问道，喉头收紧。

"你难道忘了吗？"莫格里说道，他的喉咙又干又哑。

"如果真的是你，我当时怎么称呼你的？说！"她半掩上门，手抓住胸口。

"纳苏！哦，纳苏！"莫格里答道，或许你还记得，这就是莫格里第一次来到人群中时美苏阿喊的名字。

"来吧，我的儿。"她喊道，莫格里走进光下，打量着美苏阿，那个对他务必温柔的好女人，那个很久以前被他从人类手中救下一命的女人。她老了，头发花白，但是她的眼睛和声音都没有变。像所有女人一样，她期待着在她离开莫格里的地方重新遇到他。现在，她的眼睛迷迷糊糊地从莫格里的胸膛扫到他的头顶。他的脑袋已经能够碰到门顶了。

"我的儿，"她结结巴巴地说着，弯腰抚摸他的脚，"可是你已经不是我的孩子了。你是丛林的小保护神了！啊哈！”

莫格里站在煤油灯橘红色的灯光下，强壮、高大、健美。一头乌黑的长发扫及肩部，防身小刀挂在颈子前，头顶戴着一圈白色的茉莉花环，确实一不当心就可能把莫格里当成了什么丛林神话里的神灵。美苏阿抚摸着莫格里，他站在那里，望着屋里的水罐、锅、粮库，还有其他一些人类特有的东西，惊讶地发现自己竟然还记得如此清晰。

“你想吃点什么吗？”美苏阿低语道，“这些都是你的。我们的命都是你的。可是你到底是我所说的纳苏还是一个小神灵？”

“我是纳苏。”莫格里答道，“我现在远离了我的地盘。看到亮光就到这里来了。我没想到是你。”

“我们来到卡尼瓦拉后，”美苏阿胆怯地说道，“英国人本来要帮助我们，不让那些想烧死我们的村民们得逞。你一定记得吧？”

“是的，我没有忘记。”

“但是等到英国法律准备完善后，我们再回到那些可怕的村民的住处时，他们的村子已经不见啦。”

“这个我也记得。”莫格里答道，鼻子微微一震。

“所以我的丈夫就在田地里安顿下来，终于——因为他的确是个强壮的男人——我们在这里开垦出一方自己的小天地。比不上我们以前在村子里过得那么富裕，但是我们也不需要那么多——就我们两人。”

“那天晚上害怕得躲到了泥潭里的那个男人呢？”

“他死了——一年前。”

“那他是？”莫格里指指一旁的孩子。

“我的孩子，两年前生的。如果你确实是一位小神灵的话，请赐予他丛林之爱吧。这样他在你那里就安全了——在你的子民那里，就像那天晚上我们也安全度过一样。”

她抱起孩了，孩了忘了自己的恐慌，伸出手想要玩弄莫格里胸前挂着的小刀，莫格里小心地推开孩子的小手指。

“如果你是我的被老虎叼走的纳苏，”美苏阿继续道，忍不住哽咽了，“他就是你的小兄弟。请给他以兄长的问候和祝福。”

“呵呵！我懂什么问候祝福？我既不是神灵也不是他的兄弟，哦，妈妈，妈妈，我的心里好沉重啊。”他坐在孩子身边，浑身颤抖。

“你们长得很像。”美苏阿说道，在锅碗瓢盆间叮叮哐哐地忙碌着，“居然大晚上从沼泽地里跑了过来。不说这个，高烧都烧到你的骨头里去啦。”想到自己还以为是被丛林里的什么东西误伤，莫格里微微一笑。“我去生个火，你要喝些热牛奶。把那个茉莉花环拿走，我们这里地方小，花环的气味太重了。”

莫格里坐下来，双手扶住脸庞低语着。所有以前从未有过的奇怪感觉再次爬上全身，正如他中毒的感觉一模一样，让他头晕目眩，恶心想吐。他大口大口地喝着牛奶，美苏阿不时轻轻拍打着他的肩膀，还是不确定他到底是不是她很久以前丢失的孩子纳苏，或者是某种神奇的丛林生物，但是她很高兴地发现，至少莫格里有血有肉，是一个活生生的人。

“孩子，”她终于说道——眼里充满自豪——“有人跟你说过，你比其他任何人生得都要好看吗？”

“嗯？”莫格里问道，他自然从没听说过这种说法。美苏阿温柔而开心地笑着，能这样看着他的脸已经很让她满足了。

“那我是第一个了？一个母亲应该教她的孩子了解这些美好的事物，可惜做母亲的并不常常这样做。你真的很漂亮。我还从来没有这样表扬过一个男人呢。”

莫格里扭过头去，努力越过自己结实的肩膀，能看见美苏阿又一次开心地笑起来，他却不明所以，只得跟着她一起笑。小男孩在他们之间跑来跑去，也大笑着。

“不，你不能嘲笑你哥哥。”美苏阿一把抱起小男孩。“等什么时候你长到有他一半大的时候，我们就让你骑在巨象身上，还要把国王最年轻的女儿嫁给你。”

莫格里完全听不懂美苏阿在说些什么，长距离的奔跑后，温牛奶的作用终于渐渐涌上心头，于是他蜷起身子，没多久就沉沉睡去。美苏阿拨开他眼前的头发，为他盖上毛毯，心里着实高兴。习惯了丛林的生活，莫格里一直睡在屋外，第二天也是如此。他本能地时刻保持警觉，以防意外。直到他猛然惊醒，震动了整个屋子。盖在他脸上的毯子让他梦到了陷阱。现在，他站在那里，手握小刀，睡眼惺忪，却四处观察，准备战斗。

美苏阿笑着把晚餐端到他面前。盘子里只有几个在火里随便烤出来的蛋糕，一些米饭，还有一块腌制的酸豆角——这些分量只够支撑着他到下一次狩猎。沼泽里传来露珠的味道，令莫格里饥饿难耐，坐立不安。他想继续完成自己的春跑，可是小男孩一直坐在他手上不肯下来。美苏阿则在用心梳理着他那头蓝黑色的长发。她一边梳头，一边哼着歌，哼着傻乎乎的婴儿歌曲，一会称呼莫格里为她的儿子，一会祈求他分一些丛林权利给小男孩。就在这时，虽然屋子的门关着，但是莫格里还是听到了熟悉的声音。一只巨大的灰色爪子从门缝里伸了进来，吓得美苏阿垂手一动不敢动。灰兄弟则在屋外，声音低沉、不安而恐惧。

“在外面等着！谁叫我叫你时你居然不来，”莫格里头也不抬，用丛林话语答复道。巨大的灰色爪子从门缝消失了。

“不要——不要带上你的——你的仆人。”美苏阿说道，

“我——我们一直和丛林和睦相处。”

“是很和睦。”莫格里说着站起身来，“想想那个晚上，在卡尼瓦拉的路上，几十个人围住了你。而对于这些，我们丛林子民即使在春天里也没有完全忘记。妈妈，我要走了。”

美苏阿谦卑地退到一旁——他的确是丛林之神，她想着；可是当他的手触碰到门上时，她心中的母性使她鼓起勇气、伸出双臂，抱住了莫格里的脖子。

“回来！”她嘶哑着低声说道，“不管你是不是我的孩子，回来吧，我爱你——看啊，他也在难过呢。”

小男孩在一旁哭着，因为带着闪亮小刀的男子就要走了。

“回来吧，”美苏阿重复着，“无论白天还是黑夜，这扇门将永远为你敞开。”

莫格里喉头一阵收紧，里面的声带似乎也收紧了，他听着自己的回答仿佛来自遥远的地方，“我一定会回来的。”

“现在，”门口的狼用脑袋殷勤地顶着他，莫格里说，“我要批评你了，灰兄弟。为什么只有你来了，而不是你们四个一起来？况且我喊了你们那么久。”

“那么久？不就是昨天晚上吗？我——我们——在丛林里唱新的歌曲，因为新时代来临了。还记得吗？”

“记得，记得。”

“歌声一响起，”灰兄弟激动地说着，“我就跟着你的足迹，离开了其他所有人，跟着你有力的步伐。可是，小兄弟，你都做了些什么啊，竟然在人类这里吃喝睡觉？”

“如果我叫你你就立刻赶来的话，就不会像现在这样了。”莫格里说着，突然加快了步伐。

“那现在呢？”灰兄弟问道。莫格里正要回答，一个一袭白衣的女孩从村子外面的小路走了过来。灰兄弟立刻消失在她视线里，莫格里则悄无声息地退回田里，躲在高高的庄稼丛里。在他消失在暖和的绿色庄稼地里前，他几乎一伸手就能碰到那个姑娘。姑娘吓得大叫起来，以为看到了幽灵，然后她深深吸了口气走掉了。莫格里在后面悄悄分开庄稼，目送着姑娘远去直到再也看不见。

“现在我也不知道该怎么办了，”他转过身来，叹了口气，“你为什么不在我叫你时立刻赶来？”

“我们跟随着您——我们跟随着您。”灰兄弟咕哝着，舔着莫格里的脚后跟。“我们一如既往地跟随着您，只有新时代到来时例外了一下。”

“那你们也会跟着我去人类那儿吗？”莫格里悄声问道。

“你以前被狼群驱逐出去时，我难道没有跟着你吗？是谁在晚上叫醒了睡在庄稼地里的你？”

“啊，可是你愿意再跟我去一次吗？”

“我难道今晚没有跟着你吗？”

“啊，但是恐怕我要一次又一次地来，你还愿意吗，灰兄弟？”

灰兄弟没有再答话。等到他再次开口时，仿佛是在自言自语：“黑豹说的没错。”

“他说了什么？”

“人类终将回到人类那里。我们的母亲拉克夏说过——”

“大红狗事件那晚，阿克拉也这样说过。”莫格里接过话头。

“卡阿也说过，他比我们都要聪明。”

“那你怎么说，灰兄弟？”

“他们曾经赶走过你，恶毒地骂你。他们朝你扔石头，砸伤了你的嘴。他们让布尔德来杀你。他们还要把你扔进大红花里活活烧死。是你，不是我，说过他们邪恶而无情。是你，不是我——我只跟随我自己的族人——在丛林里把他们放了生。是你，不是我，编了那些反对他们的歌，说他们是多么邪恶，甚至比我们反对大红狗的歌更甚。”

“我问的是，你说了些什么？”

他们边跑边说着，灰兄弟又跑了一阵子，没有回答。然后他终于开口答道——就像两个不同族群对话那样——“人类之子——丛林的主人——拉克夏的儿子——我的好兄弟——虽然春天的到来让我把你忘记了一小会儿，但是你的足迹就是我的足迹，你的兽穴就是我的兽穴，你的猎物就是我的猎物，你的决斗就是我的决斗。这是我代表其他三兄弟一起说的。可是你要对丛林子民说些什么呢？”

“那我可得好好想想了。冲出去狩猎前的守候总是不舒服的。你先走吧，去把大家都召集到议会岩石来，我会跟他们说清楚我所想的一切。不过他们不一定会来——在这个新时代，他们可能暂时都把我忘了吧。”

“那么，难道你就没有忘记什么吗？”灰兄弟咬着牙说道，放低身子准备飞奔而去。莫格里跟在他身后，思索着。

如果在其他任何时候，这样的消息都会吸引整个丛林子民，惹得大家颈上的毛发全都竖起来。可是现在，他们忙着狩猎、打斗、杀戮、歌唱。灰兄弟一个个地喊过去说：“丛林主人要回人类那里去啦！快来议会岩石。”然而，这些欢乐而激动的子民们却只是回答：“等到夏天一到，他就又会回来啦。雨季会让他躲进兽穴。灰兄弟，跟我们一起奔跑歌唱吧。”

“可是丛林主人就要回到人类那里去了。”灰兄弟重复着。

“哎哟？难道新时代的到来不比这个消息更好吗？”他们这样

答道。所以当莫格里怀着沉重的心情，回到曾经把他接纳入会的这片熟悉的岩石区时，只来了狼群四兄弟、双目几乎失明的巴鲁和沉重冷血的卡阿，缠坐在阿克拉空荡荡的位子上。

“所以，你在丛林里的足迹就要到此结束了，孩子？”卡阿问道。莫格里猛地往地上一坐，双手捂住了脸庞。“哭吧哭吧。我们体内流淌着共同的血液，你和我——人类和蛇类。”

“为什么我没死在大红狗舌下呢？”男孩悲叹道，“我的力量都没了，却不是因为中毒。没日没夜，我都能听到我的足迹上有两个脚步声。可是每当我转过身去，其中一个似乎立刻就隐去了。我跑到树后面，想去看看他在不在那里，我叫喊着可是没有人回复。我又总觉得他在偷偷倾听，只是忍着不肯回答。我想躺下，却没法好好休息。我在春天里跑步，却没法停止。我去洗澡，却不觉得凉爽。这种感觉太难受了，我却无心斗争。我的体内似乎有一朵大红花，我的骨头里都是水——我不知道我到底在想些什么。”

“说这些有什么用呢？”巴鲁转头对着莫格里躺着的地方，慢吞吞地说道，“阿克拉曾经在河边说过，作为人类的莫格里终将带着莫格里回到人群。我也说过。可是有谁把巴鲁的话听进去了？巴希拉——今晚巴希拉在哪里？——他也懂的。这就是法律。”

“孩子，我们在冷兽穴见面时，我就知道了，”卡阿说道，微微转动了一下他那牢固的地盘。“人类终将回到人类那里，即使丛林没有把他赶走。”

狼群四兄弟相互对视着，又看着莫格里，迷惑却顺从。

“所以丛林并没有把我赶走？”莫格里结结巴巴地问道。

灰兄弟和其他三个兄弟气愤地吼着说道：“只要我们还活着，就没谁敢——”但是巴鲁打断了他们。

“是我教会了你们丛林法则。应该由我来说,”他继续道,“虽然我现在连眼前的石头都已经看不清了,但是我的内心能够看得更远。小青蛙,走你自己的路吧。和你的同胞、你的族人、你的子民,建立属于你自己的住所。但是,如果你有什么需要,无论是跑腿的、狩猎的、观察的,还是夜晚里急需传达的一句话,记住,丛林的主人,丛林永远随时恭候你的吩咐。”

“中部丛林也一样,”卡阿说道,“我不随便为那些稀少的部族说话。”

“呜呜,我的好兄弟。”莫格里伸出双臂,哭出声来,“我不知道我到底在想些什么!我不想走,可是我的双脚不由自主地要走。我怎么能离开你们这么久呢?”

“别这样,小兄弟,抬头看看。”巴鲁不停地重复着,“这场狩猎中没什么好羞愧的。这边的蜂蜜吃完了我们就会离开。”

“已经褪去的皮,”卡阿说道,“我们就没法再爬回去。这就是法则。”

“听我说,我最亲爱的孩子。”巴鲁说道,“不用再说些什么了,也不用憋着什么不说。抬头看看吧!谁敢质疑丛林主人?我能看见小时候的你坐在那里玩弄着白色的小石头。还有巴希拉,用一头刚刚杀死的公牛换来你的生命的巴希拉,他也看到了这些。回顾那段日子,如今只有我俩还在这里。你的妈妈拉克夏,已经跟随你的爸爸死去了。以前的狼群也不复存在了。你知道希尔坎死了,阿克拉也死在猎犬口中。即使凭着你的智慧和力量,第二批西奥尼狼群还是会死去,最终只剩下几根骨头。要走的不是人类幼崽,而是丛林主人要改变自己的道路。谁敢质疑人类选择自己的道路?”

“可是巴希拉,还有那头换来我生命的公牛,”莫格里说道,

“我怎能——”

灌木丛中传来一声咆哮和撞击，打断了他的话。是巴希拉，轻巧、强壮、邪恶、一如既往的巴希拉站在了他面前。

“这就是为什么，”他伸出右爪说道，“我没有来。这真是一次漫长的狩猎啊，但是现在他已经躺在树丛里再也起不来了——一头两岁大的公牛——那头换来你生命的公牛，小兄弟。欠下的债都已经还清。余下的，都如巴鲁所说。”他舔了舔莫格里的脚。“记住，巴希拉爱你。”他喊着跳开去了。到了山脚下，他又喊了一遍：“祝你在新的道路上狩猎愉快，丛林主人！记住，巴希拉爱你。”

“你都听见了，”巴鲁说道，“没什么好说的了。去吧，但是一定要先来跟我道别。哦，聪明的小青蛙，来跟我道别！”

“蜕皮不是件容易的事，”卡阿说道，莫格里一直靠在失明的灰熊旁，搂着他的脖子抽泣着，巴鲁则温柔地舔着他的脚。

“星光开始变稀疏了，”灰兄弟说着，嗅到了晨曦的微风，“我们今天到哪里睡觉？从现在开始，我们都要选择一条新的道路了。”

……

这就是莫格里最后的故事。